软红尘

《金瓶梅》与中晚明世情

卜键 著

陕西新华出版传媒集团
陕西人民出版社

图书在版编目（CIP）数据

软红尘 / 卜键著 . -- 西安：陕西人民出版社，2020.10

ISBN 978-7-224-13805-4

Ⅰ.①软… Ⅱ.①卜… Ⅲ.①古典小说—小说研究—中国—明清时代 Ⅳ.① I207.41

中国版本图书馆 CIP 数据核字（2020）第 191969 号

出 品 人：	宋亚萍
总 策 划：	刘景巍
出版统筹：	关 宁 韩 琳
策划编辑：	王 倩 王 凌
责任编辑：	晏 藜 张启阳
整体设计：	哲 峰 杨亚强

软红尘——《金瓶梅》与中晚明世情

作 者	卜 键
出版发行	陕西新华出版传媒集团　陕西人民出版社
	（西安北大街 147 号　邮编：710003）
印　刷	陕西金和印务有限公司
开　本	787 毫米 × 1092 毫米　1/16
印　张	24.25
插　页	1
字　数	278 千字
版　次	2020 年 10 月第 1 版
印　次	2020 年 10 月第 1 次印刷
书　号	ISBN 978-7-224-13805-4
定　价	79.80 元

如有印装质量问题，请与本社联系调换。电话：029-87205094

惆怅软红佳丽地,黄沙如雨扑征鞍。

——范成大《市街》

目录
CONTENTS

前言   001

第一单元
从江湖到市井的文学跨度

第一节   潘金莲与西门庆是"一见钟情"吗？   003
第二节   隔壁王婆的猎艳宝典   010
第三节   谁是武大郎之死的主谋？   016
第四节   横插进来一个"三娘"   022
第五节   看西门庆如何用钱摆平一切   030

第二单元
一场婚事中的真情与算计

第一节   厨房之争，五妻妾争宠的小开端   039
第二节   紧邻合演一出"墙头记"   046
第三节   西门庆也有了大难处   053
第四节   如何迈过一个凶险的大坎儿？   060
第五节   李瓶儿的绝情与痴情   067

第三单元	第一节 "正室范儿"是如何炼成的？	079
西门大院的	第二节 潘金莲的另一个模版：宋惠莲	087
第一夫人	第三节 惠莲之死	094
	第四节 妒与毒，从瑞香花到红绣鞋	101
	第五节 西门大院的双喜临门	108

第四单元	第一节 西门庆初入官场的高光时刻	117
中晚明社会的	第二节 书中能找到丧尽天良之人吗？	125
"赢者通吃"	第三节 太师府翟管家的来信	132
	第四节 潘金莲因何"雪夜弄琵琶"？	137
	第五节 妒恨土壤中的一株弱苗	143

第五单元	第一节 妾的儿子妻做主	153
一夜风流，	第二节 为什么是李娇儿的丫鬟偷窃金镯子？	159
三万盐引	第三节 世上没有无缘无故来送礼的	165
	第四节 贪赃者遇上了官场危机	172
	第五节 一巡调离二巡来	178

第六单元 一次半公开的蓄意谋杀

第一节　藏春坞从来藏不住春色　187
第二节　补作的败笔与妙笔　193
第三节　可怜又可恨的"常时借"　197
第四节　西门庆的最后一个生日　202
第五节　雪狮子吓死官哥儿　209

第七单元 丧仪中的悲与淫

第一节　李瓶儿的遗言　217
第二节　谁在为瓶儿之死真正悲伤？　225
第三节　大丧中传来喜讯　231
第四节　谁是此时的心上人？　238
第五节　东京来了个"土鳖"　245

第八单元 西门千户的最后一个春节

第一节　棒槌事件　255
第二节　谁是潘金莲的克星？　262
第三节　温秀才的糗事　269
第四节　最后的淫纵日记　276
第五节　死神扑扇着黑翅膀来至绣榻上　281

第九单元	第一节	身亡人弄鬼,事败仆忘恩	291
潘金莲的	第二节	淫乱也伤神	297
横死	第三节	西门大院的驱逐行动	303
	第四节	自我设谶的"街死街埋"	310
	第五节	"梅时代"的开端	317

第十单元	第一节	乖人下了狠手	327
春梅之	第二节	咽喉深似海	334
"春"与"没"	第三节	死了汉子,败落一齐来	341
	第四节	帅府已成淫污地	347
	第五节	家国乱离时的"风情绝唱"	353

前言
PREFACE

几乎所有的写作都伴随着回忆。开篇之始,不免要对自己的相关阅读和研究做一番梳理:

算起来,我是在三十六年前读硕时开始阅读《金瓶梅》的,至于研究则在毕业之后,曾为它做过校注和评点,也出版过几部专著。但是我想说,即便在今天,《金瓶梅》在不少人心目中仍然扣着个淫书的帽子,确定写它并不容易,要有一点勇气。尽管学术界公认《金瓶梅》是古典小说中的名著,是名著中的名著,但是与《三国演义》《水浒传》《红楼梦》等作品相比,它似乎一直走在一条窄路上。

《金瓶梅》到底是一部怎样的作品

正因为如此,我想从五个方面概要地介绍一下该书的背景,让大家先有一点印象。这些问题包括:《金瓶梅》是不是被污名化了?《金瓶梅》是不是真的被禁过,是怎样被禁的?《金瓶梅》产生的时代和作者?《金瓶梅》是怎么流传下来的?《金瓶梅》是一部原创作品吗?

第一个问题,《金瓶梅》是不是被污名化了?

毋庸讳言,《金瓶梅》是一部有污点的书,但同时也是一部被严重污名化的书。"污点"指的是它的不少章节存在着淫秽的描写:性心理、性现场、性虐待，包括一些淫词浪曲都有，有的比较隐晦，也有的写得非常细致、直露，不堪入目。改革开放以来，多家出版社经过批准，出版了一些不同版本的《金瓶梅》，有全本也有删节本。全本提供给学者做研究，而删节本则是让更多的读者去阅读。学者们对于删节的做法不太认同，但客观来说，其间也有一番苦心。至于《金瓶梅》被污名化，怎样被污名化，也是说来话长。

这是一部产生于明代中晚期的小说，一直到整个清朝，都有人把《金瓶梅》称为"淫书"，甚至指为"淫书"之首。但其实淫秽的描写在书中只占极少的部分。20世纪90年代，在已故冯其庸先生的关心和指导下，中国社科院语言所的白维国先生和我两人合作，用了三年的时间，认真地校注过《金瓶梅》。遵照规定，我们做了比较彻底的删节，但也只删掉了不到四千字。相比全部书约百万字的总量，这个比例实际上是很小的。

第二个问题,《金瓶梅》被称为"禁书"，那么它真的被禁过吗，是怎样被禁的呢？

从今天所能看到的档案文献，还没有看到明朝或是清朝在国家层面上对这部书发布过正式的禁止文告。清代顺康雍三朝都颁布过禁售淫词小说的诏敕律令，没有具体的书名；乾隆朝曾禁《水浒传》，并开列"禁毁小说戏曲数目"，其中不包括《金瓶梅》。地方政府曾经对《金瓶梅》有过禁令，像江苏等地方，但未被推广到全国的范围。我在为著名清廉大臣、陕西韩城人王杰写作传记的过程中，曾经看到过一条记载，说在乾隆朝晚期一次军机大臣"会食"的时候，和珅对一班同僚大讲《金瓶梅》，遭到了王杰的抵制和嘲讽，而其他的军机大臣似乎听得饶有兴趣。那时朝中最重要的衙门不是内阁，也不是六部，而是军机处。军机大臣各自办公，但是会在一起吃饭，叫作会食。众军机聚在一起自然会聊天，而作为第一宠臣、首席军机大臣的和珅便办起了"金瓶梅讲座"。这个记载，当然是作为和珅的一个不光彩的事情来说的，但能够反证清廷没有禁止《金瓶梅》，否则和珅也不会在军机处开讲了。

《金瓶梅》的被禁，是由于它顶了一个"淫书"的名声，主要是私家的民间的禁毁。"淫书"当然是一个很可怕的说法，但是大家应知道，中国古代有很多优秀的小说，我们第一流的小说、戏曲作品，往往被戴上这个帽子，比《金瓶梅》早的《西厢记》，与《金瓶梅》差不多同时流行的汤显祖的《牡丹亭》，晚于《金瓶梅》约两百年的《红楼梦》，都曾经被一些道学家指为"淫书"，不只是一个《金瓶梅》。在本书中，《金瓶梅》与这几部名著的关系，也会陆续地谈到。

清初有个大才子张竹坡，很年轻，去世的时候才三十几岁，他把所评批的《金瓶梅》标称为"第一奇书"。当时有"四大奇书"之说，另外三部是《三国演义》《水浒传》和《西游记》，他将《金瓶梅》称为"第一奇书"，强烈反击流行的"淫书"之说，声称：凡认为《金瓶梅》是淫书者，想必是只看那些淫秽的描写。张竹坡又说《金瓶梅》是一部"史记"，说作《金瓶梅》者必然能写出司马迁《史记》那样的巨著。这些话有一点拔高，但并不离谱。

那么我们要问，这部书为什么会有这种集"污名"与"巨著"于一身的状况呢？

长期以来，大家习惯于把《金瓶梅》和《红楼梦》合在一起说，比较着说。毛主席做过比较，鲁迅先生也做过比较，很多学者、很多普通的读者也愿意把这两部书放在一起做比较，这很自然。我在1987年到中国艺术研究院的红楼梦研究所工作，做普通的研究人员，做副研究员、研究员，也做过不长一段时间的所长，曾经读过很多遍《红楼梦》，从中的确可以看出《红楼梦》作者深受《金瓶梅》的影响。这一点脂砚斋在《红楼梦》评语里面也写得极其清楚，他说《红楼梦》"深得《金瓶梅》壶奥"，也就是受其影响较大的意思。这两部书的确颇多可供联想和比较之处，比如李瓶儿的出丧和秦可卿的出丧，确实有很多相通之处，但是由于家族的层级不同、人物的身份差异，区别也很明显。所以在本书中，我也会试着做一些对比。

毛泽东主席、鲁迅先生都对《金瓶梅》有极高评价。毛主席一向提倡读书，曾要求党的高级领导干部阅读《红楼梦》，而且要读五遍；也讲过这些重要领导应该读一读《金瓶梅》。他说《金瓶梅》写的是真正的明代社会历史，暴露了封建统治的残酷本质，描写了统治者和被压迫者的矛盾，有的章节写得很细致。他还说，《金瓶梅》是《红楼梦》的祖宗，没有《金瓶梅》就写不出《红楼梦》。这番话并不过分。明代的小说高度繁荣，大家知道《三国演义》《水浒传》都是这个时候出来的，但是很少有一部书能像《金瓶梅》这样深刻厚重，形象鲜活，刺时警世，勾魂摄魄，一经流传就吸引着一代代读者。

中国小说史上的这两座高峰，《金瓶梅》比《红楼梦》早了将近两百年，而作为先行者，《金瓶梅》更加命运多舛。鲁迅论《金瓶梅》，有八个字最为精警，即"描写世情，尽其情伪"。这个"伪"，就是"虚情假意"的意思，穿越人间世相那种表面上的温馨热络，点出其最本质的内涵。兰陵笑笑生在书中大写声色犬马，文字却透着一副从容冷峻，在不动声色的叙写中，嘲讽世人和市井，嘲讽那些虚情假意和万丈红尘。那是明代人的生活，是他们的生命的悲哀。或者有很多也是今人的生活，是我们今天的生命的悲哀。在人性的弱点上，我们仍旧远不能摆脱这些精神痼疾，其也正是《金瓶梅》的价值所在。

著名学者郑振铎先生曾经这样评价《金瓶梅》，他说："这是一部很伟大的写实小说，赤裸裸地毫无忌惮地表现着中国社会的病态，表现着世纪末的最荒唐的一个堕落的社会景象，而这个充满了罪恶的畸形的社会，虽经过了好几次的血潮洗荡，至今还是像陈年的肺病患者似的，在奄奄一息地挣扎着生存在那里。"他说："《金瓶梅》的社会是并不曾僵死的，《金瓶梅》的人物们是至今还活跃于人间的。《金瓶梅》的时代是至今还顽强地在生存着。"他所做的虽是一种文学表述，却是着眼于现实与当世。今天来写这本书，仍有必要重新引录前辈学者的一些精彩评价，也仍要继续为《金瓶梅》扫除秽名。

第三个问题，想简单地说一下，这部书拥有怎样的一个作者？

这个话题已经不便多谈了，谈多了会招来"民科"之讥，但讨论一部古典小说，不去谈它的作者，也不合适。

《金瓶梅》的作者是一个谜团，被称作文学史上、小说史上的"哥德巴赫猜想"。今天所能看到的最早的版本，是明代万历末年刊刻的《金瓶梅词话》，又叫作"词话本"，它署名"兰陵笑笑生"，也就是作者。但是"兰陵笑笑生"是谁就不知道了。学者们根据这五个字追踪、寻找，拿着一顶帽子去寻找合适的脑袋，发现很多人都有几分相像。一般说"兰陵"指的应是地名，如山东的峄县即古兰陵，但是"兰陵"二字的内涵颇为丰富，即以地名而言，江苏的武进古称南兰陵，南兰陵也是兰陵，所以就争执不休。而对"笑笑生"三字，吴晓铃先生也有过发现，此人曾作过一首《鱼游春水词》，是否就是"兰陵笑笑生"，那就不好论定了。

对于"作者是谁"，研究界先后提出的有王世贞、李开先、屠隆等说法，各下了一番功夫，但也都缺少过硬的板上钉钉的证据。我也曾经写过一部专门的研究《金瓶梅》作者的书，叫《〈金瓶梅〉作者李开先考》，比较早了，是甘肃人民出版社在1988年出版的。现在我虽未改变观点，却也不坚持，因为什么？还是那句话，没有那种敲死了的板上钉钉的铁证。所以，在没有新的可信史料发现之前，对"作者是谁"，不必花巨大的力气折腾来折腾去地去说了。

但是，综合内证外证，可以大致推定《金瓶梅》的作者主要生活在明嘉靖隆庆年间，他应该是一位名气很大的人，在朝廷里面做过官，而且担任的是比较重要的官职。阅读小说中描写朝政、国家典章制度等方面内容，你会发现他对此非常了解。这位作者应该在退休后回到县城生活，所以才有书中对一个县城中各色市井人物的那种细致刻画。

关于兰陵笑笑生的籍贯，个人强烈认为应该是在山东一带，这也是前人都有过说法，都曾经提出过的，本人表示赞同。作者人生经历与生活环境，不可避免地要在作品中显现，比如《红楼梦》的作者曹雪芹，就不太熟悉小县城的"市井"，在家族败落以后，他回忆和书写的仍然是京师贵族的生活；但是《金瓶梅》的作者兰陵笑笑生，非常熟悉"市井"，尤其是小县城的市井人物，一落笔便觉须眉生动。

第四个问题，《金瓶梅》是怎么流传下来的？

今天能看到的最早记载，是《金瓶梅词话》手抄本在一个文人圈子里面秘密流传的故事。这个圈子里面有很多如雷贯耳的人物，大都是今天我们所能知道的那个时代的大名士。比如说"公安三袁"（袁宗道、袁宏道、袁中道），嫡亲三兄弟里面的大哥和弟弟都说到过《金瓶梅》；比如说当时已经名气很大的汤显祖，当然今天汤显祖的名气就更大了，常见有人把他跟莎士比亚相比；比如说号称"文坛祭酒"的王世贞，后来做到了礼部尚书；还有比王世贞官位更高的，就是华亭人徐阶，他在嘉靖朝为内阁大学士，隆庆朝成为首辅，明朝朱元璋废除宰相制，首辅一职相当于前代的宰相。这些名流显宦，这个大文人的小圈子，他们在传递、借阅、转抄《金瓶梅》。

《金瓶梅》传世的第一条信息，是袁宏道写

给董其昌的信。董其昌是尽人皆知的大书画家、大文人，也是华亭人，做到了礼部尚书，一个职位和名声都很高的官员。袁宏道给他写信，是在万历二十四年，也就是1596年，信里边说——大家要注意语气中充满了急切——《金瓶梅》是从哪里来的？我抄完了从哪里换后半部？他的信虽然很短，仍在匆忙间做了一个评价，叫"云霞满纸"，也就是说写得极好。袁宏道希望董其昌能够赶紧给他一个回答，但是我们没有看到回应，那个时候的董其昌是翰林院的编修，也是皇长子的老师，官不大，但是大家知道，位置很重要，后来这个皇子当了皇帝，老董自然升格为帝师。

通过董其昌的年谱可以发现，那一年的春天和秋天，他曾经两次回到华亭老家。华亭现在是上海的松江，当时是一个县，人文荟萃。董其昌去北京来来回回都要经过苏州，而袁宏道已经名满天下，正在苏州的吴县担任知县。从袁宏道的信可知，两人不仅见了面，董其昌还把私藏的《金瓶梅》手抄本给他看，借给他抄录。借给他的是前半部，所以袁宏道就问下一半在哪里？抄完了从哪儿换？我们虽看不到董其昌的回答，但他一定会有回信，袁宏道给他写了信又有具体的问题，他的半部书稿还在袁宏道那里呢，不可能不回信。但是我们看不到这封信了，在袁宏道的集子里没有，在董其昌的集子里也没有，推测一下，大概还是因为不愿留下一个传抄淫书的名声。这些人也包括王世贞，王世贞留下来的文字非常多，几百万字的集子，根本找不到《金瓶梅》的任何痕迹。还有汤显祖曾经公开夸《金瓶梅》写得好，但是汤显祖的集子里也没有痕迹。

有了这样的了解，我们对该书缺少记录的情况应不再惊奇，也对明代万历二十四年《金瓶梅》抄本流传的记载倍感侥幸。而大约过了二十年，在万历四十五年（1617），苏州就出现了刊刻本，这是它的第一个刻本，即今天能够看到的《金瓶梅词话》。

从传抄到正式刊行，情形不一，通常会有一个或几个整理者。为什么叫"整理者"？就是说一部书在社会上以手抄本流传之后，到出版之前，往往因章节不完整，需要有人从头至尾做一番整理，缺的补上，情节对不上、人物关系纠缠的要顺一顺，如此等等，就是整理者要做的事。一般是由书商聘请些较有文字能力的人，相当于做编辑加工。

《金瓶梅词话》的整理者水平不太高，所以书中充满了错讹，一些章回的回目，还停留在备忘的阶段。我国章回小说通常很讲究回目，对仗非常工稳，不光是内容的关键词，文字也讲究整饬，就像对联一样。但是《金瓶梅》第六回就出现了"西门庆买嘱何九，王婆打酒遇大雨"这样的回目，很不讲究。另外，在"词话本"第五十三到第五十七回，有五回与前后文的内容多处不连贯，对不上茬儿。当时就有一个大学者沈德符指出，这是由"陋儒补入之五回"。"陋儒"，此处指水平比较差的书生或教书先生，有些刻薄，却也是几乎所有续补名著者都会得到的差评。但话又说回来，原抄缺了就要找人来补上，给的报酬不多，时间又紧迫，可知补作也不容易。具体到《金瓶梅》，苏州的出版商就近找了一名枪手，没有类似的生活阅历，也没这个写作水准，又要补出来，就出现了前后不接气的五回，里面夹杂着大量的苏州方言，至于有人根据这几回里面的苏州方言，断言作者是南方人，就有些荒唐了。

尽管"词话本"有这么多的毛病，但是它是《金瓶梅》的版本里面最早的，也是最重要、最精彩的一个版本。大家要想阅读原文，去看"词话本"。人民文学出版社曾经出过删节本，不难买到，也很便宜，建议去买这个本子来看，删得虽说多一点，但是主要的内容都保留了。

第五个问题,《金瓶梅》是一部原创的作品吗?

应该不能算是。

在这里想反问一句:原创的作品就一定比非原创的作品好吗?应该也不是吧。《金瓶梅》的大的框架来自《水浒传》,有很多东西是从《水浒传》或别的书中拿来的。我把它比作"零部件",比如一些韵文啦,一个抒情小赋啦,一首诗啦,一段文字啦,往往从其他书里面拿过去就抄到书里了,就好像是组装车辆的零部件一样。作者好像从来不考虑独创的问题,在做一些描写时懒得去费事儿,比如说写"雨",古典小说里有很多写雨的精彩片段,兰陵笑笑生到写"雨"的时候,像第四回王婆打酒遇到大雨了,就随意从别的书里抄来一段,写得很生动,嵌入后并无违和感。

说到《金瓶梅》的内容和架构,也很特别。作者博览群书,显然对俗文学,对于小说、戏曲、民歌、谣谚,包括对联,非常熟悉。他是一个典型的拿来主义者,从来不避讳"抄袭",凡是自己看上的,认为有用的,拿起来就放进自己的书中。为什么要这样?为什么会这样?

写到这里,我想解释一下那个时候的小说家与我们今天的作家有什么不同?比起明清两朝的小说家,今天的作家实在是太幸福了,国家发一份工资,写得好了还可以升官,有各种各样的荣誉,稿费也都是自己的。古代的小说家没有稿费，也没有工资，有的只是写作的冲动和可能得来的名声，当然也有可能带来麻烦，甚至灾难。所以他们对于署名很谨慎，因为万一被发现有影射等等的东西，那可就会倒大霉，不是有没有稿费的问题，而是有没有脑袋的问题。今天一些作者恨不得到处都写上自己的名字，那个时候不是，作者署的常常是假名。与此相联系，他们对"抄袭"则很大胆，他才不管呢，觉得有用就拿过来。

当然我说的只是一些枝枝叶叶，不关乎一部书的整体布局、情节主线、整个作品主人公的创造，如果这些都抄袭，就不称之为"作品"了。补充说明一下，"创作"和"抄袭"的不同，在于是不是能够赋予一部小说以文学的生命。兰陵笑笑生尽管使用了许多其他书上的片段、人名，却是化用和重铸，是再创作，用这些材料建筑了自己的文学大厦，建构了一部全新的伟大小说。

整部《金瓶梅》的大框架，是取自《水浒传》的武松故事。《水浒传》有"武十回"之说，就是主要写武松的十回文字。过去的章回小说，一般有百回之多，但在大叙事中套着小叙事，段落性很强。比如这一段写林冲，那一段写武松，写武松的有十回左右，所以就把写武松的十回称作"武十回"。兰陵笑笑生就把这个"武十回"拿来，加加减减，扩充开来。我们说《金瓶梅》好像是从《水浒传》上砍下的一根树枝，栽到泥土里，又长成的一棵参天大树。如果说两书的关系，我想大约是这样的。《水浒传》里面的一些内容，还有当时流行的话本小说、流行的戏曲里面的一些人物，一些小故事，直接化为作者的写作元素，作为《金瓶梅》的零部件。

在这样做的时候，兰陵笑笑生具有强烈的文学自信，这是我要强调的一点。凡是拿来的东西都是为我所用的，都经过了一番解构与重构，故事好像还是那个宋朝故事，人物也有很多"水浒"的故人，但是这些形象的举手投足之间，已完全散逸着明朝的风尚与色泽。

所以，武二郎还是那个打虎英雄，但是他从水泊梁山的江湖，走入小县城的市井，由闯荡江湖的铮铮铁骨，变得喊冤叫屈，苦苦哀求，也由主角变成配角。而原书那个被武松三拳两脚当场就打死的西门庆，由一个市井小混混，变为富甲一方的商人，再由富商变成官员，而且是主管刑狱治安的官员，接下来由副职变成正职，成为一部新书的主人公，意气风发地又活了七年。大家注意，本书中西门庆的故事只有七年，是没有打死他，是活下来了，但是活了多久呢？短短的七年。他最后死在了潘金莲的床上，此时武松还在外地服刑。

这是一个重大改变：在《水浒传》中，作恶与报应相连，武松出差回来，立即给哥哥报仇，将西门庆痛打致死；但是在《金瓶梅》中，作者把那种立刻实施的为兄复仇，让读者看得痛快淋漓的手起刀落、血溅五步，改成一种自然的死亡，不是被打死、药死、砍死，而是死在绣榻之上、温柔乡中，是在极为欢乐的情况下发病，在死之前经过极其痛苦的折磨。请注意，这是病痛的折磨，更是他的自作自受，是一种伴随着长期放纵的自我折磨。我想，原书中那种血腥报复，比起《金瓶梅》所突出的人的自身生命规律来讲，远不如后者更为深刻。

从另一个角度讲，西门庆的死也应该算作"暴亡"。他不是正常死亡，他才三十三岁，他的事业正如日中天，财富正滚滚而来，但是他嘎嘣就死了，能算是自然死亡吗？兰陵笑笑生在全书开始的时候，就做了一个声明，说自己写的是一个风情的故事，主要指的就是西门庆与潘金莲等人的爱欲与情感的纠葛。他们曾经有过很多的快乐时光，他们之间也不是一点爱情也没有，但人品太差，道德太差，害人、互害，最后害了自己。在今天的现实生活中，像西门庆这样的人物,应该说不光存在,还多得是。书中的情色描写,主要是用来刻画人的生命过程之脆弱。以情色场景的呈现,以争风吃醋和诸般害人手段,来表达一种痛彻心扉的反省。我们说《金瓶梅》是一部明代社会的百科全书,就是这个道理。书里面有情色,但更多的是现实主义的描写,更多的是对社会堕落、人性丑恶的抨击。

"风情"的故事,也指西门大院内外那些偷偷摸摸、永不间断、不择地而生的私情。不是一件两件,是一件接着一件的私情。不仅仅是西门庆,也不仅仅是潘金莲、李瓶儿、庞春梅三个女子,还要加上更多的青春的生命,无一不是走向死亡。

怎么样去阅读《金瓶梅》?

东吴弄珠客给《金瓶梅》写的序说:"读《金瓶梅》而生怜悯心者,菩萨也;生畏惧心者,君子也;生欢喜心者,小人也;生效法心者,乃禽兽耳。"大家在阅读《金瓶梅》的时候,不妨参照一下这段话。

每一个读过《金瓶梅》的朋友,大约都不会忘记初读的感受。我是在1982年年底,第一次接触这本书的。那时刚刚考取中央戏剧学院文学系的研究生,专业方向是古典戏曲。我们这一代人大多数都有过插队、下厂或到生产建设兵团的经历,得到读

书的机会不容易，所以格外刻苦。而图书馆的老师对于刻苦勤奋的学生总是比较偏爱，我也渐渐和她们熟悉起来，被允许到四楼的"保留书库"看书，中午休息的时候就可以不离开，充分利用那点儿时间，堪称如饥似渴。在书库的时候读累了也会起来转转，到一排排巨大的书架之间挨着转悠，感兴趣的就抽出来看看，就这样我发现了《金瓶梅》。它被装在一个精致的木匣子里，我本来只是想打开见识一下，后来便一发不可收，开始一册一册偷偷地读。现在回想那个时候的感觉，就是紧张，发自内心的紧张，生怕被那些好心让我进入书库的老师发现。

对《金瓶梅》的阅读，对我的学术道路有着很大影响。我的硕士论文做的是关于明代戏曲家李开先的研究，就跟《金瓶梅》这部书大有关联，我在写作时也有所留意。著名学者冯其庸先生主持了我的论文答辩，在答辩结束的时候他特别问道："有一种说法认为，李开先是《金瓶梅》的作者，你是怎么认识的？"我就依据李开先生平家世的资料，谈了几点粗浅的看法。后来其庸师把我调到中国艺术研究院红楼梦研究所，帮我把硕士论文全文发表，鼓励我写成《〈金瓶梅〉作者李开先考》并为题名书序，对我在这个方面的研究一直都给予关注，师恩难忘。

1986年夏天，冯其庸先生还曾经与我一起到山东的章丘，即李开先的家乡。多年后我出版《李开先全集》，用的还是冯先生拍的照片，因为那个时候他老人家有相机，我没有。

那是一个难得的读书认真、学术繁荣的时期。我在刘辉、吴敢诸位引领下参加了一些学术会议，也参与创建了"中国《金瓶梅》学会"，大家还联手写作了一本《金瓶梅之谜》，试图回应读者提出的各种问题。在1994年的时候，我和白维国兄在岳麓书社合作出版了《金瓶梅词话》的校注本，有所删节。这个校注本在去年又由人民文学出版社重新出版，它是一个全本，补齐了删掉的文字。

另外，也是出于冯其庸先生的鼓励，我在作家出版社推出了评点本，叫《双舸榭重校评批金瓶梅》。为什么用"双舸榭"三字作为室号，皆因其时我担任《中国文化报》的总编辑，白日编务繁忙，回家则挑灯评说《金瓶梅》，颇有点像脚踏两只船。这些评点的文字后来在人民文学出版社结集成书，题为《摇落的风情：第一奇书〈金瓶梅〉绎解》，至今已经印了三版。《摇落的风情》被台湾三民书局看中，去年推出了繁体字版。

由于《金瓶梅》是一部产生于明代嘉靖隆庆年间的书，我在研究它的时候，也大量地去翻阅当时的资料，比如明朝的实录，我曾经一章一章地读《明世宗实录》，后来写成了《嘉靖皇帝传》，在团结出版社出版。2012年的时候，人民出版社又看中这部书，改名《明世宗传》，列入它那一套历史黄皮书。

本书将沿着《金瓶梅》的情节线的推进，以两回为一个单元，来做细致的讲述。我推荐大家阅读《金瓶梅词话》。为什么呢？理由有两点：其一，它是《金瓶梅》最早的版本，是以后各本的祖本；其二，它对人情世态的描写最为生动，也最为深刻精警。

什么是"词话"？这是盛行于元代和明代的一种说唱艺术，由说书人连说带唱，后来发展为"弹词"和"鼓词"，也发展为一种小说的文体。比如据说"三国""水浒"故事在早期都有过词话。简而言之，词话是一种可以讲唱的小说，里面有大量的韵文，像《三国演义》开篇的"滚滚长江东逝水，浪花淘尽英雄"，就被认为是词话的遗留痕迹。

《金瓶梅》中的词话痕迹更明显：开篇先有"词曰"四段，说的是不做官怎么好,以及归乡退隐的闲适,"茅舍清幽,野花绣地","且优游,且随分,且开怀"。接下来又有《四贪词》,依次评说"酒、色、财、气"对性命的戕害,皆从贪欲上落笔。再下来在第一回,又用一首词开始,并简单讲了项羽、刘邦的故事。这首词出自宋人卓田,词牌"眼儿媚",标题《题苏小楼》,本来为哀叹佳人薄命,却扯到开创了不朽事业的汉高祖刘邦和楚霸王项羽身上,不是讲他们的盖世功业,说像他俩这样的人物,都因为一个女子而英雄气短。作者用了四个字,叫"豪杰都休",意思也就是英雄不过美人关。所以,在潘金莲登场之前,还有项羽的虞姬和刘邦的戚姬做简短铺垫。尤其是戚姬,她处心积虑为儿子赵王如意争夺皇位,最后死得很凄惨。作者以这个西汉皇室的悲情故事,为后世的女性,也为本书中的女性做一个引子,很值得回味。

第一单元

从江湖到市井的文学跨度

在《金瓶梅》的第一个十回，大量使用了《水浒传》中武松的故事，但该书的主要人物悉数登场。这些人物多数来自《水浒传》，如武氏兄弟、西门庆、王婆、郓哥；也有不少出自作者新创，如西门庆的正妻吴月娘、续娶的孟玉楼；而重点写的是潘金莲，写她由偷情、杀夫到嫁入西门大院。甚至可以说，是由《水浒传》的"武十回"，即写武松故事的十回，变成了一个新旧交缠的"金十回"，也就是主要写潘金莲的十回。在两书的比较中，我们会发现一些有趣也值得深思的现象。从《水浒传》的浩浩江湖，到本书的小城市井，重要的不在于场域的转移，而是一次文学的跨越，是从演义传奇向写实的回翔。后文中将随着故事情节的推进，做一些对比，看看它有哪些改动，看看这些改动对于《金瓶梅》写人物有哪些作用。

第一节

潘金莲与西门庆是
"一见钟情"吗？

本节开谈《金瓶梅》的第一和第二回，乍看大多来自《水浒传》，几乎没有什么新的东西，实则不然。我们要看潘金莲如何登场，为何要去勾引自己的小叔子，有没有一点真爱在她心中；要看潘金莲怎样遇到的西门庆，一个撑帘子的竹竿，怎么偏偏就打中了在街上行走的西门庆的头；还有，西门庆的"贼眼"中，会有充满爱意的"秋波"流动吗？

故事梗概为：

宋徽宗政和年间，山东阳谷县一家姓武的家中有两兄弟，老大武植是一个侏儒，身不满三尺，为人懦弱；老二武松身高七尺，自幼学得一手好枪棒，武艺高强。长大后兄弟二人分开了，老大留在老家，但遇到灾年，把房子卖了，搬迁到了清河县，做些卖炊饼的小生意。而老二武松闯荡江湖，打了高官童枢密，逃亡到沧州，在小旋风柴进的庄子里躲了一年多，因为想念哥哥，决定回老家去看看。武松喝醉酒后夜过景阳冈，打死为祸一方的老虎，引起轰动，也受到清河知县的欣赏，被聘为县里的巡捕都头。古代县一级官员很少，巡捕都头职位很低，但权力不小，大约相当于今天的公安局局长。

一日武松在街上与武大相遇，到哥哥家中饮酒说话，又应嫂子潘金莲之邀搬来居住。不久，就因潘金莲公然勾引，武松起身怒斥，搬离了哥哥的家。后来武松被知县差往东京送礼，临行前特地来家，叮嘱哥哥诸事小心，遇到事情多忍让，有什么事等他回来再说。果然有这么一天，潘金莲在家里放门帘子时，恰好用叉竿（也就是竹竿，前头有一个叉，用以撑起门帘）打中了在街上闲行的西门庆，四目相对，两下都有意了。于是就引发出《金瓶梅》新的故事。

这两回的情节和人物，主要来自《水浒传》的第二十三回和第二十四回。大家注意，作者特别点明了小说的时代背景，即宋徽宗政和年间，在这一时期，中国北方的女真人已经崛起，大金已经建国。这个时间节点不容忽视。北宋的死敌是大辽，多次交战，不得不向辽国割地赔款。而此时在辽国的后面，出现了反抗它的女真人政权大金，在宋朝许多大臣看来真乃上天之助。生活于白山黑水的女真人起源悠久，曾备受辽人凌辱，崛起后锋芒极锐，给辽国造成了极大的恐慌。北宋君臣在一开始很开心。但是他们也很快意识到，面对的是一个更凶恶的敌人。此时距离金朝灭亡北宋，还有不到十年，所以我们说《金瓶梅》是一幅末世的生活画卷。

《金瓶梅》中的男欢女爱,从朝廷到市井的万丈红尘,都是在这样一个末世发生的。这是一部大书的底色,是它的社会背景和生活场景。全书中形形色色的人物,潘金莲作为一个残疾小买卖人之妻的憋屈与不安分,西门大院的钩心斗角,凡此种种,也是在这个背景下开始的。

在《水浒传》中,武大郎被一笔带过,仅作为一个可怜的人存在。但是到了《金瓶梅》里,对他的描写开始细化。写他因遇到灾荒,不得不卖了祖屋,离开老家阳谷;而搬到了清河以后,武大郎仍然遭遇到各种不幸,生意亏了本,老婆也死了,房子也没有了,只好租张大户的房子来住。请留意,在《水浒传》里并没有写他原有老婆,也没说他有一个12岁的女儿,这些都是兰陵笑笑生为叙事需要添加的。

张大户也见于《水浒传》,寥寥几笔,连姓都没有,就叫"大户",说他想占有使女潘金莲,金莲不从,告诉女主人,大户恼怒之下将她嫁给了武大郎。《金瓶梅》对张大户有了比较细致的描写,县城中一个六十多岁的富翁,有万贯家财,无儿无女,悄悄收用了婢女潘金莲,夫人发现后将张大户骂了一通,并将潘金莲好一通苦打。

潘金莲在家里难以存身,就被嫁给了武大郎。这里面有主家夫人惩罚的意味:你不是勾引男主人吗?我把你嫁给这么一个"三寸丁,穀树皮"。但是张大户私下里还是和潘金莲来往,在一起鬼混,弄了一身的病,不久即丢了性命。主家夫人很生气,就把这一家赶离了院门,到其他地方租房子住。写张大户之死,往远说是为西门庆的死做引子,往近里说则是衬托潘金莲,兼写武大郎。武大生来残疾,生性懦弱,生活在社会的底层,特别能忍耐,但并不糊涂。《水浒传》说他是一个糊涂的人,《金瓶梅》却写他一点儿也不糊涂,脑子清楚着呢。

武二郎是一个响当当的汉子，在《水浒传》中就是这样，在本书中又加以提升：原来他的逃亡是因为打了机密——大致就是管理档案文书的小官，惹了武松，打他一顿很自然，在《金瓶梅》中，他打的是童枢密，就是权势熏天的"四太尉"之一的童贯；景阳冈打虎一节，也写得更为神勇。

接下来武松由江湖进入官府，做了县里的巡捕都头，与小嫂吃饭时不敢对视，不敢抬头，不敢回话，显得有几分英雄气短。这是因为潘金莲美色逼人，而且就那么直直地看着他，所以他不敢对视。但是一旦嫂子把话挑明，武松就疾言厉色，斩钉截铁，毫不留情面。

张竹坡曾指出，这一段看着两书的描写差不多，实际上有了根本的变化："《水浒》中此回文字，处处描金莲，却处处是武二，意在武二故也；《金瓶》内此回文字，处处写武二，却处处写金莲，意在金莲故也。"一句话，书写的重心或者说主次，做了调整。写武松之怯，在于突出潘金莲之淫；写武松之正，是为了衬托潘金莲之邪。

对本书这个第一女主人公，兰陵笑笑生做了许多刻意的改动：《水浒传》写其二十余岁为一大户家使女，此书则写她九岁就被卖到王招宣府里当丫鬟，后来有大量篇幅写王招宣府的情况，十八岁又被转卖给张大户；《水浒传》写她不过是一个有些姿色的粗使丫头，《金瓶梅》说她自幼习学弹唱，尤其弹得一手好琵琶；《水浒传》写她受到男主人的骚扰，主动向女主人告状，被大户挟恨嫁与武大郎，《金瓶梅》写她与张大户私通，嫁与武大后仍私会不断，导致六十多岁的张大户一命呜呼；《水浒传》写她出于贫贱，婚姻不幸，有些自暴自弃，《金瓶梅》写她识文断字，精擅器乐，在性方面早熟而且有些主动。

这样一个不安分的美貌女子，嫁与了矮小懦弱的武大郎，怎能安心？

可以想象生活中的潘金莲必充满屈辱，充满内心的煎熬，也充满对于改变现状的渴望。连丈夫的弟弟都敢去勾引，又有什么是她不敢试试的呢？唯一遗憾的是，对于一个女子来讲，生活中的机遇实在不多。

但机会是留给有心人的。很快，潘金莲就用竹竿打中了西门庆的头。第二回里面特地写了这一段场景。就是说，每天潘金莲都到房门口那个帘子底下站着，只要她丈夫不在家，她就把帘子撑起来，在那后面站着，来来回回看街上的人。估摸着她的丈夫快回来了，才把帘子放下来，扫兴归屋。那么这一天其实她也是站了半天了，要放帘子的时候，凑巧用叉竿把西门庆的帽子打着了。大家想，门帘不是用来遮挡视线的吗？家里挂了门帘，除了遮挡苍蝇蚊子，不是遮挡人的视线的吗？为什么要把它挑起来？

对于潘金莲来讲，当然是要把它挑起来。挑起来以后，便于看街上的人。在里边，不挑也可以看人，可是人家看不见她。挑起来以后，她可以看人，人家也可以看她。还有一个问题，西门庆不是在大街上行走吗？怎么能被家门口的一个撑帘子的竹竿打着呢？

明代崇祯年间有一个《金瓶梅》的版本，叫作《新刻绣像金瓶梅》，是"词话本"之后的又一个重要版本，简称"崇祯本"。该版本卷首配了两百幅图，每一回有两幅图，第二回的一幅图，恰恰就画了这个场景。我们配合着这个图，来理解此处描写之妙：放下的门帘是用来遮挡的，撑起的门帘则是用来看人的；武大在家时帘子自然垂下，他外出时便以叉竿撑起；撑起的门帘，潘金莲在后面若隐若现，可供人观看，更可以看街上路过之人。

至于西门庆，也有必然被竿子打中之理：他在大街上走路，不走街心，专走街边，靠近他人院门来走，此其一；走路偏不去看路，眼珠子乱转，脑子里想入非非，此其二；还有一种，我觉得是更大的可能，他早就看见门帘后的潘金莲,佯装不知,直身便撞,有意让她手中的竿子碰到。

就是这一碰,这说巧也不巧的一碰,引发了一场孽恋,引出了西门庆和潘金莲两个人的恶姻缘——自古姻缘也有善有恶。作者先写潘金莲眼中的西门庆,也就是通过潘金莲的视角来看西门庆,说他是张生的庞儿,潘安的貌儿。大家知道潘安是晋代著名的美男子,也就是说,我们熟悉的西门庆,其实是一个非常俊伟的男子。

作者再写西门庆眼中的潘金莲,也用了大段的韵语,赞美她的美貌,从头饰、容颜、酥胸一直写到小脚,说是"人见了魂飞魄丧"。他们两个的这一幕恰好被隔壁开茶馆的王婆看见,也来打趣。潘金莲赶紧道歉,西门庆连说是自己的错。

作者写西门庆:"那一双积年招花惹草、惯细风情的贼眼,不离这妇人身上,临去也回头了七八回,方一直摇摇摆摆,遮着扇儿去了。"写得很生动。为什么回头那么多次?当然是被吸引了,还有一点就是,潘金莲一直站着目送他离开,他每一次回头,都能看见那个女子还在看他。

这是我们常说的"一见钟情"吗?

我们阅读历史,尤其是阅读古代小说和戏曲,能了解到古人的情感活动与我们今天一样的丰富多彩,一样的热烈,一样要经历等待和思念的煎熬。那些历尽磨难的真爱令人感动,世间当然有真爱,古代有很多美丽的爱情故事,让人感动难忘。

但是他们交往的形式,经常是简单的、即兴的、模式化的,最常见的便是"一见钟情"。古代经典爱情剧中如《倩女离魂》《秋江送别》《墙头马上》《西厢记》,全都是一见钟情。后来在明代更是走到极端,如《牡丹亭》是在梦中的"一见钟情",现实中见都见不到了,只能在梦里了,引出一段可歌可泣的魂灵之爱。

为什么？毕竟生活中的机会太少太少了，没有很多的见面机会，更谈不上手机和互联网。不太可能大家去做同窗，我们知道有一个梁山伯与祝英台的故事，还是女扮男装。也很少有《红楼梦》中大观园那样的花前月下、耳鬓厮磨。绝大多数的人没有这个机会，只好抓住那种偶然的稍纵即逝的契机，只好采取一些押宝式的断然的不管不顾，只好依赖丫鬟小厮不太可靠的忠诚，只好暗地里用眼睛来会意传情。

《西厢记》中有一句名言："怎当他临去秋波那一转？"赵本山不是故意说成秋天的菠菜吗？那个时候"秋天的菠菜"是大卖的，非常流行。"怎当他临去秋波那一转"，是张生眼中崔莺莺走时的回眸一瞥，被他痴痴望去的眼神捕捉到了，成为一种永恒的温煦的爱意。

明代有位老兄非常赞叹，撰写了一篇《秋波一转论》，洋洋洒洒，写得很精彩。《金瓶梅》里把它移过来写西门庆，有四句诗，其中一句写到"临去秋波转"。谁转？西门庆。说他招花惹草的贼眼也转了一下，也有秋波（淫欲）流动。

兰陵笑笑生喜欢用调侃笔墨、戏谑笔墨、间离笔墨，看似有一些违和，其实效果绝佳。他把美丑相间，善恶错杂，随处对比和映衬，读来令人忍俊不禁。可大家想想，猎艳和偷欢、放荡风骚之辈，也会懂得眉目传情，不是吗？你不能说只允许才子佳人眉目传情，不让他们眉目传情，没有这个专利权。

潘金莲和西门庆就这样碰面了。不久以后潘金莲就嫁入了西门大院，虽然列在第五位，也就是西门庆的第五个老婆、第四个小妾，但作者对她显然是作为最重要的角色来处理的。至于隔壁卖茶的王婆，为什么也是恰巧看见？她在中间起了怎样推波助澜的作用？也是从《水浒传》走来的她有何变化？这也是本书中一条精彩的情节线，不可轻易放过。

第二节

隔壁王婆的猎艳宝典

在《金瓶梅》的第三、第四回里，主要人物应说是王婆，也就是潘金莲家隔壁开茶馆的王婆。"王婆"这个名字，在古代的戏曲小说中很常见，通常被安排给一个普通的邻家老妇人，就像年轻丫鬟多叫小玉、梅香，是一个非常类型化的名字。王姓乃大姓，娶来个媳妇，再历之以岁月，便可称为"王婆"。

明代嘉靖二十六年（1547）夏，赋闲在乡的李开先创作了著名传奇《宝剑记》，剧中陪同林冲妻子逃亡的那位邻居大妈，就叫王婆，是一个心地善良的好王婆；至于像《水浒传》和本书中这样可恶的歹毒老妇王婆，属于少数。《金瓶梅》中的王婆，又加入大量细节摹绘，成为本书中一个形象丰满的角色。她是潘金莲嫁给西门庆的媒婆，也是杀害武大郎的主谋。杀害武大郎，真的不是潘金莲、西门庆想起来的，而应归咎于王婆的积极建议和推动，她设计了一整套害人的计划，不可忽视这个人物。

故事梗概为：

西门庆回家后，满心都是刚遇见的潘金莲，心痒难搔，在当天又折回去，到武大郎的小楼外边，到王婆的茶铺里面转来转去，转了三次，第二天又来了三次。本想自个儿能再次遇到潘金莲，谁知潘金莲偏偏就没出来——没有站到帘子后面。碰不到潘金莲，只好去求王婆帮忙。那时的西门庆虽然已开了生药铺，但显然钱不够花，甚至还欠着王婆的茶水钱，这次因为求王婆，一出手就是一两银子。对于升斗小民，一两银子已是个大数。

王婆早看透了他的念头，话语中有意撩拨，要引他上钩。她说自己光靠卖茶是无法过日子的，说了一番顺口溜，自夸好在还会一些"杂趁"。西门庆问什么叫"杂趁"，王婆说："老身自从三十六岁没了老公，丢下这个小厮，无法过日子，先是跟着人家说媒，次后弄一些旧衣服卖，又与人家抱腰，收小的，平日也会做牵头，做马泊六，也会针灸看病，也会做贝戎儿。"一通调侃过后，便开始为西门庆支招，使他很快与潘金莲勾搭成奸。

王婆所说的"杂趁"，指卖茶之外的零碎赚钱手段，大都涉于淫邪："抱腰"和"收小"，话虽两样，其实是一回事儿，就是做接生婆；"牵头"和"马泊六"，同样也是一回事，就是给不正当的男女关系牵线搭桥；贝戎儿，乃用拆字法，把"贼"字分开，即偷东西。说得热闹，也能见出她是一个生存在社会底层的老妇人，生存艰难，为了赚钱不择手段。

在第三和第四回，王婆极为活跃。写西门庆心心念念都是帘下那个女子，央告隔壁卖茶兼做媒的王婆帮忙。王婆即授以十条"挨光计"，把潘金莲邀来家中做针线，让西门庆装作无意赶来碰上，然后两人见面，客套几句，两人便坐到桌边，喝茶饮酒，眉来眼去。

王婆假称要去买酒，按说潘金莲该说离开了，可她"只低了头，不起身"。西门庆开始依计施为，把筷子弄到桌子底下，装作去捡，然后去捏潘金莲的小脚，潘金莲便"笑将起来"，二人"搂将起来"，然后就在王婆屋里脱衣解带。在这时候王婆回来了，说你们两个怎么能在我家里做这样的事儿，然后说那你们得保证每天到这里来聚会。显得很矛盾也很可笑，但这就是王婆。自此两人就每天到王婆的茶馆里私会，街坊四邻无不知晓。有个卖梨的小孩子名叫郓哥，平时卖梨也不容易，跑来想赚几个小钱，王婆不让他进屋，他就硬往里挤，结果被王婆发力推出，把盛梨的篮子也扔到街上。王婆得罪了这个小瘦孩，立刻引起了轩然大波。

这两回的故事情节，精彩之笔在于王婆解说"挨光"，关键之处则在西门庆如何去实践挨光。什么是挨光？以书中王婆解释，即俗语所说的偷情。两字也可以分开，"挨"即是"偷"，而"光"似乎便是"情"，至少与情很接近。

就本回所写，又见挨光与偷情的明显区别：偷情是两相情愿的事儿，挨光似乎尚未到这一步，还需要做出种种努力，需要一个全身心投入的过程。如果说挨光是偷情的序曲，偷情则是挨光的华彩乐章。所有的偷情，应该说都要从挨光开始；而大多数的挨光，怕是要碰一鼻子灰，永远也挨不上，离偷情还差着十万八千里。

古今中外，偷情都是生活中经常发生的事情，是很多人乐此不疲的好事，是俗世画卷上的五彩笔墨，是人世间情与欲的交响曲。偷情的欢愉，最难忘的应是挨光得逞那一刻。本节的西门庆与潘金莲正是如此，而指导二人成功挨光的，居然是一个卖茶的老太婆，多少有些让人吃惊。

王婆曾说"俺这媒人们都是狗娘养下来的"，有几分自嘲，更多的则是对"媒婆"职业激烈竞争的真切描述。在清河这个小小县城，以后将陆续出场几个媒婆，有官媒婆如陶妈妈，更活跃的则是薛嫂文嫂之类，媒婆兼马泊六，她们的关系网和职业化程度均让王婆自愧弗如。如今碰巧来了一宗生意，她很兴奋，绝不能轻易放过。

王婆对西门庆的秉性了如指掌，也知隔壁潘金莲不安分，又碰巧看到二人见面的场景，便打起了自己的主意。我们看王婆外冷内热，心里面早就像开水一样咕嘟咕嘟的了（可逮着了一个赚钱的好机会），看她假装很冷淡，欲擒故纵，看西门庆那着急的样子，看她用话一步步诱导西门庆，给他讲十条"挨光计"。

为什么说《金瓶梅》是一部俗世画卷？为什么说它是明代社会的百科全书？就在于这些个地方。什么样的人物，什么样的故事，什么样的场景，在书中都能看到，都写得非常逼真。

兰陵笑笑生在书中几乎是照搬了《水浒传》的十条"挨光计"。前人已经写了，实在是太精彩，没法再改了，那就拿过来用呗。它不是一套普遍适用于男子的恋爱宝典，而是为西门庆追求潘金莲量身定做的一套猎艳程序。简单说，就是买一些布匹，请潘金莲来王婆家中帮忙做衣服，然后西门庆装作无意前来，两人相会。

王婆的计策夹杂很多个人索求，西门大官人则是言听计从。比如第一条，王婆说你先去买一匹蓝绸子，买一匹白绸子，买一匹白绢，再有十两好棉花，送到我茶馆来；后来还有，你要置办酒席，要割肉，要买酒，然后给我十两银子。作者的笔法是夹杂着调侃讽刺的，是故意追求那种戏剧化场景的，不可完全当真。此时的西门庆当然不是在谈恋爱，但是也有着那种急切的相思之苦，把他写得很形象，夜里睡不着，晚上来转悠，白天一早又过来转悠。

所谓"恋爱中的人智商最低"，也可借来形容甘愿被王婆摆布的西门庆，却也并不尽然。那满脑子要勾搭潘金莲的西门庆，既不是傻瓜，又不是没见过世面的小伙子，瓷瓷实实一老资格混混儿，常在花街柳巷上晃荡，连妓女都娶到家中两个，怎么能不知什么叫"挨光"？还要像小学生那样句句请教、事事遵从照办？可是阅读的妙趣正在此处。

作者于此反复用了一个"趑"字，有个词叫"趑摸"，形容带着一脑瓜的心思走来走去，转着圈儿地走，边走边偷窥。我们看西门庆东趑西趑，如热锅上的蚂蚁一般乱转；看他上赶着买绸买棉，送银两，掏酒钱；看他衣着光鲜，话语很甜，赔着笑脸，夸人时不忘自吹；看他表面上平静，心中欲火燃烧，拂掉桌上筷子，去桌子底下捏潘金莲的小脚。这样一个古代男女私会的场景，似乎正穿越时空，活色生香地呈现在读者眼前。

哪个时代没有男女私会？哪个时代的男女私会在开始时（注意是一开始的时候）不是急切和快活的？后来可能翻脸，可能发生各种悲剧，但是一开始的时候，都是快活的。

读《金瓶梅》，也包括读其他古典名著，宜用两层阅读法。两人之苟合，表层看去是西门庆处处主动上赶，猴急猴急；实际上潘金莲也一样在挨光，一样的猴急，甚至比西门庆还急。大家想想，帘子底下看了这么长时间，好不容易才用叉竿打中了一个，又是人物俊朗（我们有些研究者把西门庆描写得很猥琐，恰恰错了，被他吸引的女子很多，大概有三十岁的年龄跨度），又是财大气粗，上哪儿再去找？如今竟在隔壁茶馆意外相逢，能不心中狂喜？所以当西门庆装作捡筷子一捏她的小脚，潘金莲便笑嘻嘻"搂将起来"，她不是不想矜持，实在是早已把持不住了。

到这个地方，又能看出王婆有点儿故弄玄虚，不独那五项基本条件"潘、驴、邓、小、闲"纯属胡扯狗油，这十条"挨光计"似乎也无必要，至少有若干条夹带了私货：在她的茶馆见一个面，理由多多，何须一定要用做寿衣的名目？何须买那么多各色绸缎？何必一定要花银两置办酒席？略加分析，也只有捡筷子捏小脚有些意思，可正如各位想到的，原来也不用这么费事耗神，两个人见面只管搂抱起来，也算省却一大堆麻烦。

形容这类事儿，元杂剧中的俗谚颇多，如"一箭便上垛"，大家想想，如果箭靶是一个大麦秸垛，哪还有不中之理。所以在这个地方，如果西门庆的猎艳之箭瞄准了潘金莲，对方又是这样一个"大麦秸垛"，根本不用许多周折。

不管是"一见钟情"还是"挨光"，都是要有人帮衬辅助的，正面形象叫作"红娘"，如王婆之流则称为"牵头""马泊六"。"红娘"的举动往往出于同情和义气，像《西厢记》里的红娘，"马泊六"之辈则是无利不起早。

至于这个王婆，还是《水浒传》中那个既贪且狠的角色，吃的是独食，郓哥卖梨都不让进来，什么钱都要自己捞着，下的是绝户手，做的是一锤子买卖。表面上说的是帮西门庆献计献策，实际上借机将私欲私利搅和其中。不仅仅在这件事上收费过高，附加条件太多，以后再不见西门庆照顾她的生意，而且她自己最终也为此付出了生命的代价。那是后话。

王婆在《金瓶梅》的前十回里面，是一个活跃的角色。在后来的内容里面，也会若隐若现，直到第八十回以后，又出来晃动了一番。但是眼下，她得罪了卖雪梨的小郓哥，却是立刻引来了一场风波。

第三节
谁是武大郎之死的主谋？

如果说前两回的关键词是"挨光"和"偷情"，《金瓶梅》第五、第六回的主要情节就是"捉奸"，是由捉奸引发的一桩凶杀案。

"偷情"牵头的是王婆，"捉奸"的主谋则是卖梨的小郓哥。郓哥是这两回的重要角色，他激于私愤，激于想卖点儿水果却被王婆暴打的私仇，也许还要加上不太多的对武大的同情，把潘金莲和西门庆的丑事告诉了武大，并帮着他一起去抓现场。

郓哥还是个小孩子，又瘦又小，通过插图来看，他比武大郎高不了多少，所以被王婆称作"小猴子"。一开场，郓哥明明是要告诉武大郎潘金莲与别人鬼混的事，但他偏不直接说，含沙射影说了一堆别的，通过这些话让武大郎起疑心，然后请郓哥喝酒，送他炊饼，给他一些银两，方才把秘密吐露。小小县城，并不缺少人才，即便一个卖雪梨的小猴儿，也能有过人之算计，有精确实用之策划，也要既占便宜又出恶气。

我们读《金瓶梅》，千万不要忽视这些小人物，这些混在社会底层的市井细民。张竹坡曾说《金瓶梅》是一部哀书，正在于它擅于勾画市井中诸般人物，往往只需三五笔，便写得嘘弹如生。

第五、第六两回的故事梗概是这样的：

郓哥与武大郎在小酒馆谋划捉奸之事。次日，他俩躲在王婆茶馆一旁，等西门庆与潘金莲先后进入，渐渐入港，郓哥冲过去叫骂，引开王婆，武大郎大踏步冲进茶馆，猛撞内室之门，被西门庆一脚踢翻，卧床不起。又是王婆出计，让西门庆从自家药铺拿来砒霜，由潘金莲亲手灌到丈夫嘴里，使武大七窍流血而死。武大郎暴卒，街坊邻居前来吊唁，潘金莲只管一通假哭，王婆帮着料理丧事。西门庆找到负责验尸的件作头儿何九喝酒，请他帮助掩盖真相。武大被拉到城外化人场烧化，连骨头也撒在池子里，而他辛苦购置的小楼，便成了西门庆和潘金莲的欢会之所。

这两回最让人震惊的，不仅是武大郎的捉奸与被害，还有街坊四邻的麻木与默然。这是社会整体民风的反映，一个人死了，明显死得不正常，但是没有人报案，甚至没有人说句公道话。

古今中外，生活中都有像武大郎这样的如虫如蚁之辈，一生逆来顺受，从不惹是生非。可当他听说妻子在外面与人通奸，还是不能隐忍，"从外裸起衣裳，大踏步直抢入茶坊里来"，也显得很有气势。这哪里还是武大郎，简直像是弟弟武松了。此时我们也能想到：如果没有一个胆敢打虎且做了本县都头的弟弟，武大郎可能也就忍了。

有句俗谚，"忍字心头一把刀，哪个不忍把祸招"。在武大郎屈辱的生命过程中，忍，成为其性格和行事的主色调。张大户"楚入房中与金莲厮会"，他忍了；紫石街上小混混"日逐在门前弹胡博词"，他搬到别处，忍了；老婆勾引自家亲弟弟，武大郎心知肚明，竟"被这妇人倒数骂了一顿"，也忍了。可毕竟有一身好武艺的弟弟来了，空手打死老虎，做了县里的巡捕都头，给他带来巨大荣耀，也带来了一丝自尊，因而在老婆与别人偷情时，他就有点儿忍不住了。在这个意义上说，武松对哥哥的死，是不是也有了一点儿责任呢？

再来说一说西门庆。"挨光"和随之而来的"偷情"当然是愉悦的，一旦到了被窥、被捉而且公然捉住的时候，就很不堪了。几乎所有的市井百姓都喜爱看人捉奸，兴冲冲帮着捉奸，所以说捉奸是喜剧、闹剧，常常也是悲剧。试想将一对精赤条条的男女拴在大街上、大树下、祠堂前，捆上石头沉河，更严重的像《水浒传》中的杨雄、石秀将潘巧云剖腹剜心，都令芸芸众生感到刺激和快活。

但是《金瓶梅》这里写的，竟成为捉奸人的自身悲剧，捉奸的武大郎反被踹伤，接下来被下药毒死，发展成谋杀亲夫的阴森场面。尽管《水浒传》中已然这样描述，尽管我们对这一过程已然熟知，可再一次阅读，内心还是感到恐惧战栗，一个女人竟然可以这样狠毒。

谁是这次谋杀的主凶？

是西门庆么？细读整个过程，你会发现不是。

除了挨光和偷情，西门庆在这场谋杀中一直是被动的：武大郎前来捉奸，他的第一反应是"扑入床下去躲"，在潘金莲讽刺提醒下才从床底下爬出来，踢了武大一脚，然后拔腿就跑，也就是踹了一脚就跑了，表现得很惊慌。

武大郎在病中提到弟弟武松要回来了，西门庆听后"似提在冷水盆内一般"，连叫"苦也"，在王婆子点拨下才表示要与潘金莲做长远夫妻；杀人一节，西门庆也只是依王婆之计提供砒霜，不在现场，不曾下手。客观地说，在这场谋杀案中西门庆只能算是一个从犯。

主犯是谁？

是两个女性，一个是王婆，一个是潘金莲。

王婆这个人，出现在《水浒传》和《金瓶梅》里，都是作为三姑六婆的典型，众恶归之，所有的丑态、恶行，都经过提炼集中到她身上。世界上有没有像她这样歹毒的老女人？应该说有。王婆的反应之快，嘴巴之厉，她的贪婪和狠毒，在大事和变局前的从容淡定、应对自如，都让人震惊。

这样一个生活在底层的老太婆，岂没经历过人生的艰辛？可那又怎么样呢？鲁迅先生说过，经历过苦难的人，要不就成为善良的人，要不就成为恶劣的人。她就成为恶劣的人。苦难可以让人滋生同情心，也可以让人变得心如铁石、冷酷无情，只不过为了赚几两散碎银子，王婆就毫不犹豫地导演了这场血腥谋杀案。

潘金莲更是一个"恶毒妇"的典型形象。前些年，有一些戏剧，有一些评论，甚至有一些地方来为潘金莲翻案，很荒唐。作为一个文学形象，本无须翻案，也真的翻不了案。仅就亲手杀死丈夫一条，便难以洗涤其罪恶。当然，她本来也不是一个历史人物，也没有必要翻什么案。

在《水浒传》中，潘金莲先已被写成"淫荡"和"恶毒"的综合体，而《金瓶梅》一书则以浓墨重彩，染写了她的复杂性格：美貌与轻浮，多情与淫荡，聪明与奸狡，多才多艺与薄情寡义，争强好胜与心狠手辣……她的一生当然是一个悲剧，是时代的社会的悲剧，更是她自身性格的悲剧。

她是这场谋杀案的主凶，是一个坚定绝情的实施者。此前的她曾担心在谋杀亲夫时会手软，实际上调制毒药、强灌入喉、蒙盖厚被，都是她一人所为。武大郎跟潘金莲的婚姻是不匹配的，以侏儒之身找这样一个漂亮老婆也是危险的，但爱美之心人皆有之，既然已成夫妻，至少要有一条恩义的底线，即使再不匹配，也不至于亲手把自己的丈夫毒死。

武大郎真的很可怜。捉奸时的武大郎有些反常，一是被郓哥激的，另外有武松这个弟弟，唤醒了一股血性。在被西门庆的窝心脚踢伤后，他似乎重归于清醒，或者是用计，先稳住局面等弟弟回来再说，具体想法，不太好猜测。武大郎先是央告和哄劝潘金莲，向妻子保证弟弟回来后不讲出来。他会这样吗？我们真不知道，因为潘金莲没有给他这种机会。她静静地听完，在随后谋杀亲夫的过程中，没见出有丝毫怜悯和犹豫。

下面的问题是，人死了是要经过官方验尸，方可收敛下葬，怎么过"验尸"这一关？仵作头儿何九出场了，慢慢悠悠地赶往出事地点，大家注意，武大郎是夜里死的，何九到次日半下午才来，还要"慢慢地走来"。他在大街上被西门庆拦下，到一个酒馆中喝酒。如果说在《水浒传》里，他还是个老江湖，还有道德底线，而进入《金瓶梅》中，就完全变成一个世故圆通、毫无职业道德的市井小人。面对一场证据确凿的谋杀案，面对西门庆的胁迫性贿赂，面对穿着一身素淡衣裳假哭的潘金莲，他心如明镜一般，却决不说破。

砒霜，又叫"信石"，是古代最常见的毒药之一，无色无味，服用者症状明显，并不难鉴定。不要说何九这样经验丰富的头目，连他的手下也一眼就看出武大死得不正常，是中毒死的，何九一一为之遮掩过去。他想到武松就要回来了吗？大约没有。

《水浒传》中写到武松回归，先找到验尸的何九，何九便拿出一个层层包裹的骨头来，一看上面是中毒的痕迹，武松就知哥哥是被毒死的。而在《金瓶梅》中，武松回来后也是要找何九，但是怎么也找不到，他躲起来了。就这么一躲，老何就显得只知趋炎附势，原来那点儿职业道德荡然无存，这才是兰陵笑笑生笔下的人物。

生活中的社会中的男男女女，大多是存有一些同情心的。一个善良生命的消亡，也会引起伤感同情。对武大的死，街坊邻居能没有怜惜悲悯吗？也只是前来吊唁一番而已。何九等人能没有一点儿悲悯吗？却没有一个人站出来讲话，没有一个人想到去报案。

当然，生活中的男男女女，也有缺少悲悯之心的人。比如，王婆对武大的死不独没有怜惜，还感到一些轻松愉悦。同样轻松愉悦的是西门庆和潘金莲。正是在武大的丧事期间，在武大被毒死的房间，二人的偷情达到新的高度，潘金莲第一次露了一手弹琵琶的技艺，西门庆表达了赞赏之情，顺便也表达了对潘金莲小脚的喜欢。那个时候的女子是缠脚的，世间以女人的脚小鞋小为美。这也是潘金莲引以为自豪的一点，因为她的脚小，西门庆曾把酒杯放到她的红绣鞋里，再端起来饮用，也就是古代小说戏曲里有的"饮鞋杯"。

通常说来，俗世中最重亲情，也就是亲人之间的感情，骨肉之情。但在欺凌迫害之下，亲情也会大打折扣。在《金瓶梅》中，就在这两回，武大郎的亲生女迎儿对患病的父亲不敢照顾，不闻不问。这也是潘金莲之歹毒的旁证。潘金莲经常打骂和威胁迎儿，不让她照顾病重的父亲，声称你要是敢给他倒一点水喝，你小心！

于是，迎儿就不敢倒碗水。父亲死后，迎儿不哭不闹，在西门庆来鬼混时也只是躲起来，这个女儿有些可怜可恨，也更映照出金莲之恶。

第四节

横插进来一个"三娘"

《金瓶梅》第七、第八回的主题,是一个"乖人"挤在潘金莲的前头,嫁入了西门大院。

潘金莲心心念念要嫁入西门大院,已经觉得手拿把掐了,没想到被别人插了队。这个人就是孟玉楼,《水浒传》中没有这个人物。孟玉楼完全出于兰陵笑笑生的新的创作,是西门大院中的一个重要角色,是潘金莲平日里的好友(至少是假装作好友),也算是她的克星之一。本处写她的登场,故事梗概为:

西门庆的一个小妾死了,媒婆薛嫂上门提亲,说的是南门外贩布杨家的遗孀孟玉楼,说她有多少银子和多少布。一番话立马打动西门庆,在薛嫂指点之下,用一份厚礼拿下杨家姑妈,得到了老太太的全力支持。而孟玉楼一见西门庆,也是满心喜爱,铁了心的要嫁。杨家的母舅张四听说后极力阻挠，又在两人成亲时公开拦阻，哪知杨姑妈出来做主，两人嚷骂之际，西门庆的家仆和请来的众军牢趁乱将东西搬得净光。西门庆娶了孟玉楼之后，燕尔新婚，早把潘金莲忘在脑后，一个多月未曾登门，害得她日日苦等，夜夜相思。得知西门庆再娶的消息，潘金莲更为痛苦。还是央求王婆，跑了很多趟，终于有一次在路上拦住了醉眼蒙眬的西门庆，拉到潘金莲家。而这个时候武松即将从东京返回，先派一人回家报信，西门庆一听又不免害怕，王婆、西门庆、潘金莲三人赶紧商量，为武大郎办过百日，就将潘金莲迎娶至家。

　　第七回的情节设置和人物描写都很精彩。本来正说着那桩谋杀亲夫案，潘金莲在等着嫁入西门大院，大家也都在等着看武松回来复仇的好戏，却忽然另起炉灶，插入了一个新的生活场景——南门外贩布的杨家，引出几个新的市井人物，杨家的年轻遗孀、杨家的姑妈和母舅。于是，先前那位好一通活跃的王婆先暂时靠后，正与西门庆打热成一块的潘金莲也歇一歇儿，又来了一个媒婆，将一位新的女子推向前场。

　　这位媒婆便是薛嫂，与职业相关，在书中也是一个穿针引线的角色，其重要性将慢慢显现。比起有一搭没一搭、三年不开张的王婆，薛嫂在做媒婆方面更具有执业能力，将待嫁女娘吸引人的地方一桩桩说来：先是说她"手里有一分好钱"，箱子中的银子不少于一千两，家里的布匹还有六七百桶，破落户出身的西门庆一听就怦然心动；再说孟玉楼长得漂亮，"长挑身材，一表人物"；最后又说到"弹了一手好月琴"，也正投着西门庆的脾胃。

看西门庆大感兴趣，即刻就要相会，薛嫂才提及这件婚事还有点儿复杂，为什么呢？

原来，孟玉楼的丈夫死了以后，家里还有一个小叔子，暗示那一众亲戚都在觊觎她的财产，说她家里的亲戚可能会闹事，指引西门庆先去拜见杨家这个姑娘。果然，在成亲之日发生大风波，而拿了西门庆银子的杨姑娘还真仗义，凭着一张利嘴，把杨家的母舅张四打得个稀里哗啦。

这一回的关键笔墨，在于写寡妇再婚引起的家产之争，描绘娶亲时匆忙搬运财产的景象，由此写活了两位针锋相对的亲族代表——父族的代表杨姑娘和母族的代表张四舅。二人皆有一张快嘴，其赞成与反对、拦阻和反拦阻、嚷闹和反嚷闹、骂与对骂，真如斜地滚瓜，读来令人痛快过瘾。

宋元时有过一篇白话小说《快嘴李翠莲记》，写一个新婚女子因为话多被休弃，论者极力称赞她争取说话的权利，其实有些过度阐释，生性如斯、多嘴如斯而已。生活中历来不缺快嘴利口之人。王婆岂不是一张快嘴，薛嫂岂不是快嘴，小猴儿郓哥岂不是快嘴，哪里是要争取什么言论自由！

我们看孟玉楼回应张四舅的强硬阻拦，语速可能是和缓的，神态可能是平和的，但是句句以理反驳，呛得老舅最后哑口无言，也是一张快嘴。日后她与潘金莲貌合神离，未见金莲过多招惹她，倒是玉楼冷不丁塞给金莲几句冷话，也可以证明。

有道是：天下事大不过一个理去。市井中蛇虫杂处，贪欲潜流，表面上讲的仍是规则和道理。几乎所有的快嘴都能讲出一套理儿，抓不住理儿，说不出道理，就是快得无端了。张四舅当然是有道理的，在街坊邻居面前也可以大讲特讲，不让孟玉楼嫁给西门庆还能算错？嫁给西门庆不是往火坑里去吗？但他的主要目的，在于对外甥遗产的操控，这是他登场的根本原因，也是他的软肋。杨姑娘正是从他的软肋下手，狠揭猛批，甚至引申到他阻拦外甥媳妇改嫁有下流念头，一下子便占了上风。

鲁迅先生曾评点《金瓶梅》"描写世情，尽其情伪"。大家看，两人嚷骂得红头涨脸，表达的则全是虚情假意，也就是"情伪"。而早有准备的西门庆要的就是争闹场面，带来的家人小厮、捣子闲汉，还有从守备府借来的众军牢，"赶人闹里，七手八脚，将妇人床帐、妆奁、箱笼，扛的扛，抬的抬，一阵风都搬去了"。你张四舅不是贪图家产吗？搬走了也就不闹了。

请注意，西门庆带来搬东西的这支队伍，其中有二十名士兵，是从守备府周守备那里借的军人，大明王朝的正规军，竟奉命来参与争夺家产。此时的西门庆，能量已不可小觑。而对守备周秀，也提前伏下一线。

也就是自此一回开始，《金瓶梅》的一位重要女性孟玉楼登场了。在这场婚事中她看似被动，其实不然，守寡的日子便是她待嫁的日子，而先夫留下的家产、自身的美貌、弹月琴的才艺，都是她再嫁的资本。可以推想，在薛嫂去找西门庆之前，应该先与孟玉楼有一场对话、一番商量，先得到了她的首肯。

孟玉楼是西门庆明媒正娶的妻子，也是多有家资的富商遗孀。西门庆为什么着急忙慌地把她娶到家里来？因为财产。这个时候的西门庆虽已拥有了生药铺等，但手头并不宽裕，在市面上经常有欠账不还的状况，孟玉楼的这份家产有着强烈吸引力，于是对娶她没有一点点犹豫，快刀斩乱麻，三下五除二，就把玉楼娶来家里。至于潘金莲，此一回中半句不提，怕是已经被老西丢在脑后了。

这位一眼就爱上西门庆、一心要嫁给他的小寡妇，就这样以迅雷不及掩耳之势进入西门大院。请大家注意，在《金瓶梅》中，孟玉楼的分量仅次于金莲、瓶儿和春梅，可与主家娘子吴月娘并列第四。评者多称之为"乖人"，乖巧的乖，很传神，对于她却又难以一个"乖"字概括。以西门庆的六位妻妾相比较：玉楼的聪明似金莲，而平和内敛远过之；她的立身谨严端正如同月娘，而通脱随和远过之；她的出手大方近乎瓶儿，而心机深沉、善于谋划远过之；至于上不了台盘的李娇儿和孙雪娥，压根儿无法与之相比。

玉楼一开始是很爱西门庆的，及至嫁入西门大院内，目睹生活中的种种污浊不堪，种种争风吃醋，她很快明白过来，理性地后退一步，选择了谦让，选择了忍耐，表现得恬淡豁达，以此来守卫自己的人格尊严和生存空间。

西门庆的女人中，大多数是没有人格尊严的，但是吴月娘有，孟玉楼有。争闹不休的潘金莲根本没有什么独立人格，而且她也不在乎这个。

一部《金瓶梅》，字面上写的是北宋末年，实际上描绘的是明代中晚期社会，那是一个道德糜烂的社会，一个缺少正义和良知的时代。西门大院中的女性，是一批在末世中呼吸沉浮的可悲群体。

在这样的婆婆妈妈、叽叽歪歪的生活场景中，在无时不有、无处不在的争风吃醋中，有潘金莲，也有孟玉楼；有潘与孟表面上的亲近热络，也有孟玉楼的独立思考和洁身自好。孟玉楼可以说是众妻妾中唯一的明白人。潘金莲活得并不明白，李瓶儿不明白，大夫人吴月娘也不太明白。正因为活得明白，她尽量不与潘金莲形成利益上的对立；也因为看得较为透彻，她谨慎地将自身置于矛盾的涡流之外。

对于孟玉楼的家世，作者说得不多，只顺带提了一句，说她出生于臭水巷，顾名思义，一个贫民区，出身并不显贵。这样环境中的女孩，哪一个不是像《红楼梦》里贾母所说的"巴高望上"呢？通读全书，便知孟玉楼在西门大院中的存在，也颇为不易。

孟玉楼是乖人，乖觉、乖巧，而乖人最懂得抓住机遇，最擅长捕捉幸福。至少在此时，孟玉楼认为嫁给西门庆是幸福的。以孟玉楼形象的完整和精彩，以她在作品中的重要性，以作者塑造这一形象所倾注的爱意，为什么不将书名拟为"金玉瓶梅"呢？

思来想去，我觉得大约还是因为小说的情色主题，作者要写一个风情的故事，比起那进入书名的三位——潘金莲、李瓶儿、庞春梅，孟玉楼尽管也生得天然俏丽，也会弹月琴，但的确是少了一些风情。

《金瓶梅》在开篇就声明，情色是小说的主题；而卷首《四贪词》中的"财色"，则是西门庆生命过程之主线。西门庆挂刺上潘金莲，是以财求色；而谋娶孟玉楼，便是财色兼收。所以，他一把孟玉楼娶进家里，"燕尔新婚，如胶似漆"，就不再想到潘金莲了，因为孟玉楼有"财"有"色"，与潘金莲的仅仅靠色相，有很大的区别。

从这里，也可见出"挨光"与"偷情"的大不同。

挨光阶段的西门庆，那一番踅来踅去，那份儿殷勤上赶，那些个甜言蜜语，真让潘金莲油然而生出一种初恋的感觉；而一旦进入"偷情"，干柴烈火燃烧上一阵儿，渐渐便产生懈怠，出现潦草和敷衍，难免主次易位或曰归位。这时候女子若还要拿三捏四，就离分手不远了。

能怪西门庆无情无义吗？作为商人的他，要打理自家的生药铺，要对付新娶的有财有色、孤旷已久的小妾，要应酬县城中的大小官员……真堪称"活得匆忙，来不及感受"（普希金诗句）。而他已故的前房正妻，还留下一个女儿叫"西门大姐"，这个时候西门大姐即将出嫁，西门庆还要为女儿准备嫁妆，也是要操心的。

正是在此等地方，在日常琐碎中，兰陵笑笑生从容铺叙，不动声色，便写出一种生活常态。

　　偷情是西门庆生活的一部分，可也仅仅是一部分，他在日常中还有好多其他的内容，前面说的这些都是。本书写了西门庆一次接一次的偷情和嫖宿，却也通过所有这些胡作非为，通过各种细节，写出其生活常态仍是经商，后来是做官兼经商。"潘、驴、邓、小、闲"的"闲"字，西门庆本来是不具备的，也就是说他没那么多时间，只能是忙里偷闲，或者更准确讲是忙上加忙。过来人应该知道，不管是挨光还是偷情，怎一个"闲"字了得！

　　西门庆是从市井中打拼出来的，也是从市场上打拼出来的。试想，一个破落户子弟，一个"父母双亡，兄弟俱无"的毫无根基之人，能在县前开一间生药铺，号称西门大官人，该经过怎样的巧取豪夺？该经过怎样的惨淡经营？该有过怎样的努力拼搏？

　　此时的西门庆还处于初创阶段、积累阶段，张四舅阻拦婚姻的时候说他"里虚外实"，完全是对的。嫁女儿时，西门庆还要用玉楼带来的陪嫁，孟玉楼带了两张"南京描金彩漆拔步床"，其中一张给西门大姐做了陪嫁。为什么？嫁的是官商之家，拿不出点儿像样的东西面子上不好看，正好新娶的孟玉楼带来了号称贵重的拔步床（又称八步床、踏步床，据王世襄《明式家具研究》，为一种硬木架子床），就拿过去给了女儿。因此可看出孟玉楼的大气，也可知西门庆远不够富裕，还需要继续打拼。

　　第八回笔锋一转，重新回到潘金莲身上，写她的孤独，内心饱受折磨；写她求神问卜，整日打不起精神；写她听说西门庆又娶了妾之后的伤感与幽怨。作者似乎是要展示金莲的词曲才情，叙述中大量加入了曲子和小词，连用了好几首"山坡羊"和"锁南枝"，其是明代中叶开始流行的民间曲调，潘金莲写了一支又一支，写到纸上，找人带给西门庆。

有的学者说，作者为了展示自己的才华去写这些曲词，其实说反了，所用曲调多数都是曲谱里面现成的作品，展示不了兰陵笑笑生的才华。他以此烘托潘金莲的思念之情，真切哀怨，如泣如诉，几乎令我们忘记这是一个多么恶毒的女人。作者也以此告诉读者，再恶毒的女人也会有失落和痛苦，也会显得弱小无助，也会被寂寞和嫉恨所折磨。

但这是永不言败、永不放弃的潘金莲，更是不择手段要达到目的的潘金莲。我们看她执拗地派人去找西门庆，看她再一次施展才智将西门庆再度套牢，真也不得不佩服。潘金莲是有一股子硬气的，好不容易将西门庆寻来，一见面，却是忍不住一阵搅闹嚷骂，接下来还要摔帽子、抢头簪、撕扇子，先出尽心中委屈和怨气。与西门庆有染的女人多了，似乎没有第二人敢这样做。

潘金莲又是有几分才情的，单是那一手"兰简题诗"，整个儿就像是《西厢记》中的崔莺莺了。这是她自幼练就的本领，是她在王招宣府中、张大户家中练的基本功，西门庆恐怕没见过这套路数，大受感动，旧情复燃。就这样，两个人和好如初了。而也就在这个时候，武松即将从东京赶回清河，已派人送信来了。

第五节

看西门庆如何用钱摆平一切

在《金瓶梅》的第九、第十回，武松回来了，立刻就站在了叙事的中心，成为这两回的主角。

在《水浒传》中，武松回来后直取西门庆、潘金莲二人性命，可谓"血溅五步，快意恩仇"；而到了本书里，却因一时迁怒杀了别人，结果是自己被抓被打被流放。可怜的武二郎，由大英雄变成一个倒霉蛋儿，仇人一家子却开开心心喝酒庆贺，过起幸福日子。

这两回的主要情节为：

> 武松终于回到清河，随即赶往武大家。见哥哥已死，侄女迎儿只知哭泣，王婆胡乱支应，都让他心生怀疑。去找何九，已经找不到。街上也有好心人，指点他去找郓哥，好不容易从郓哥处得到实情，告到县衙，往日待他不错的知县，因长期吃西门庆贿赂，

拒不立案。武松径自去狮子楼酒馆找西门庆报仇，不想被他看见逃去，急怒攻心，打死了来报信的衙役李外传。武松被锁拿拷打，解送东平府。府尹问出实情，对武松深表同情，把押解武松的清河官员打了二十大板，还要提审西门庆、潘金莲、王婆、郓哥等人。西门庆大为惊慌，派家仆星夜赶往东京，央求亲家托情，辗转求得蔡太师的一封密书，遂化险为夷。竟然是武松被流放，押解去也。

请读者留意武松形象的变化，是微变，也是突变、大变，如有可能与《水浒传》对比阅读，应会看出兰陵笑笑生的超越之处。

在《水浒传》中，潘金莲杀夫与武松杀嫂连绵叙写，几乎看不见太长间隔，作恶接着复仇，血案接着血案，武大的惨死与西门庆、潘金莲的惨死先后相映照。但是到了《金瓶梅》中，这两桩凶杀案之间，也就是从他哥哥的被杀，到他去报复杀人，拉开了很大的距离——几乎是整部书的叙事距离。

这是一种刻意造成的写作的间离：作者以近五回的篇幅，写西门庆掩盖罪证，写二人在谋杀之地的恣意淫乱，写谋杀的主凶假惺惺为死者做法事，写和尚的鼓乐与淫声浪语共鸣，中间还宕开话头，插写西门庆迎娶孟玉楼之事……似乎一切已然翻篇，却又在第八回，若不经意地提到正在归程上的武松，说武松总是"神思不安，身心恍惚"。神思不安的应还有西门庆，或者也包括潘金莲。作恶与害人之辈，内心是不可能太踏实和平静的。

故事情节的间离带来了悬念，也带来了阅读的渴望和期待。

读者自然会渴望武二郎回来，那位早躲在一边的郓哥会渴望武二郎回来，像是看连台本戏一般目睹了"谋杀亲夫"故事的街坊邻居，我想也急于见到一个结局。他们慑于西门庆淫威而不敢吱声，内心则十分期待打虎英雄的回还，等待那复仇时刻的降临。

在第九回，武松回来了。武大郎的家已是人去楼空，弥漫着不祥的气息，哥哥不见了，嫂嫂不见了，家中的很多器物也不见了，只有那个悄无声息、问着只哭不说的侄女迎儿。在武松眼中，一切都是那样的迷迷蒙蒙，一切又都是那样的明明白白。他的预感得到了证实，哥哥已经死了，是被人害死的。王婆的胡扯岂能骗得过他这个老江湖？于是，深夜的紫石街响彻了武松的哭声，那是椎心泣血的壮士之哭，饱含着对失去骨肉同胞的哀恸，也宣示着其复仇意念的强烈与决绝。

武松久经江湖历练，从来就不是一个莽夫，在《水浒传》中不是，到了《金瓶梅》中也不是。即使已有了结论，他还是要找到证人，问明实情；还是要拟诉状、告官府，以求为哥哥伸张正义。武松首先选择的是走法律程序，直到告状被驳，他才明白，原来自己这位打虎英雄，原来刚刚冒险卖力为知县往东京押送礼物的巡捕都头，在上司那里是比不了西门大官人的。我从书中引录几句，大家看看知县是怎么跟他说话的——

接武松的状子时，知县对他说：

> 你也是个本院中都头，不省得法度？自古捉奸见双，捉贼见赃，杀人见伤。你那哥哥尸首又没了，又不曾捉得他奸。如今只凭这小厮口内言语，便问他杀人的公事，莫非公道忒偏向么？你不可造次，须要自己寻思，当行即行，当止即止。

其实这是告诫武松不要去报仇。就中也可品味出一些苦口婆心，毕竟武松是个难得的人才，又刚为自个儿出过力，不希望他"执迷不悟"。

而在驳回武松的状子时,知县又说:

> 武二,你休听外人挑拨,和西门庆做对头。这件事欠明白,难以问理。圣人云:经目之事,犹恐未真;背后之言,岂能全信?你不可一时造次。

就是说亲眼见到也不一定是真的,何况是听人说的?这些话好像都很有道理似的。

在一旁的典史也说:

> 都头,你在衙门里,也晓得法律。但凡人命之事,须要尸、伤、病、物、踪五件事俱完,方可推问。你那哥哥尸首又没了,怎生问理?

典史的话专业性很强,办案讲究证据,如尸首、伤口、病因、证物、痕迹,他说你的哥哥连尸首都没有了,空口指控别人,怎么去问理呢?

这些话不对吗?当然对,句句合法,句句在理,句句声称以法律为准绳,却是句句都在保护杀人犯,在贪赃枉法。县里的巡捕都头,本来就是抓人的,为什么不能直接将西门庆拿下?说到底还在于要奉命行事,只能算是官府的鹰犬。看清这一点,武松短暂的官府鹰犬生涯就此结束。他"不觉仰天长叹",不觉急怒攻心,决定用自己的方式来一个了断。

知县再三提醒武松不可造次,是担心他前去报复,但武松这时已不再听命了。我们看他大步流星赶往西门庆的生药铺,看他只三言两语就逼问出老西在何处,看他"大叉步云飞奔到狮子街",看他"飞抢上楼去",

而西门庆正在二楼与人喝酒……看到这些，令人心中真觉得畅快，没有什么能比惩办恶人更令人欣慰了。

然而，作者于此笔锋一转，西门庆不再是原来书中那个三拳两脚被殴毙的混混，而显得格外精警深沉，早有戒备。但见西门庆临窗而坐，远远望见武松飞奔而来，并不声张，借故悄然躲开，从窗户跳出去，留下那报信领赏的李外传懵懂不知，被武松揪住掷往楼外，当了替死鬼。如果没有这个替死鬼，也不能判武松的罪，所以说西门庆心思细密阴狠，每一步都算计到了。

这个替死鬼叫李外传，最后一字二读，既可读作传话的"传"，也可读作赚钱的"赚"，即里外传话，两头卖好，挣点小钱的意思。《水浒传》中陪西门庆吃酒的是一位财主，这本书则换成这样一个内线，在衙门中听到武松告状被驳的信息，赶紧跑来告诉西门庆，为的是吃一顿好饭，得几个赏钱。《金瓶梅》中如此绝妙的名字有很多，他叫李外传，后面我们会看到有很多名字取得妙极了，很个性化，很传神。李外传的登场也就是他的退场，他的聪明也就是他的愚蠢，来去匆匆，却留下了一个饱满圆整的文学形象。

武松打死李外传，不是一时失手，而是暴怒时的宣泄。如果说李外传看见武松来得凶恶，踩在凳子上想要跳窗逃跑，武松一气之下把他扔了下去，属于一时的愤恨；可是武松到了楼下，朝着奄奄一息的他"兜裆又是两脚"，便是情绪失控。他在打死人后又不逃走，站在大街上让人来抓，似乎是好汉做事好汉当，实际上是另一种失控，而且失智，已完全不像一个惯于跑路的老江湖。

我们知道，武松是惹完事儿就跑的人，站在那儿干吗？怒极失智。所以这之后的武松，真不忍心去读他，不忍心看他的磕头哀告，不忍心看他的声屈叫冤，不忍心看他在大刑之下向翻脸无情的知县套交情，不忍心看他不管侄女生计、变卖哥哥的旧家活做盘缠，也不忍心看他披枷戴锁长街行。这还是那位绿林好汉、打虎英雄吗？

武松的亲兄之冤未申，恶嫂之恨未解，西门庆未杀，自己却进了监牢，戴上镣铐。这还是那个勇武过人、心思缜密、闯荡江湖的武二郎吗？

不能不说兰陵笑笑生对武松形象做了极大改动，两部伟大的小说，两个武松。《水浒传》中的武松，是作为绿林好汉的武松，是起义造反的武松，是英雄传奇中的武松；《金瓶梅》中的武松，则是市井众生中的武松，是在末世官场的末梢浮沉的武松，是世情小说中的武松。

两个武松，两种笔墨，两样色泽。然则情节改变，武松的血性与精神未改，其为兄复仇的故事内核未改。本回的"贼配军"还是我们的武松。武松踏上了漫漫流放路，但还会回来的，对这一点，读者当然深信不疑。

不管宋朝明朝，朝廷和官场都异常黑暗，也都是无限复杂的。不是说官官相护吗？这里表述的却是一种例外：武松在县衙门中任巡捕都头，职权要大过今日之公安局长，算是官场中人物了，加以有恩于地方，有功于知县，有冤有理且又有人证，仍然被棍棒加身，负屈含冤。官场中更通行的，是钩心斗角，是争风吃醋，是朋党和派系、门生和故吏，而核心的核心是利益。

利益使官场与市井紧密相连，使官员与商人密切相关，正因为如此，西门庆虽还不是官场中人，却是能使动官衙的人，已被称为"西门大官人"。知县岂不爱武松之勇，岂不知武松之正？县丞、典史等官岂不知武大之冤？他们在拷问武松时岂无一点儿恻隐之心？可扛不住西门庆那银子来得猛，"黑眼珠儿见了白花花银子"，又能怎么样呢！

官场中历来也有一些踩不到点子上的人，总有几个倒霉蛋儿。此时的武松，只当了几个月的小官，虽然很努力，也知道巴结第一把手，但还未参透其间的奥妙，便成了一个十足真金的官场倒霉蛋儿。

随着武二郎的充军远方，"水浒故事"告一段落，"金瓶梅"式的生活才算正式开张，同时开始的还有李瓶儿的故事：这位西门大院隔壁紧邻的花家娘子，虽未正式亮相，已用一份高档礼品先声夺人。

西门庆的妻妾在一起喝酒，说隔壁花家娘子送了一份礼物，打开一看礼物很有品位，大家都很喜欢。她就是《金瓶梅》中的"瓶"，一位经历复杂、见过大世面的年轻女子，更可以说是清河县里的第一富婆，手中既有做梁中书小妾时带出的"一百颗西洋大珠、二两重一对鸦青宝石"（研究海上丝绸之路的学者，可以此旁证中西贸易的发达），更重要的是继承了花太监的丰厚的遗产。做过御前班直、广南镇守的花太监回归故乡清河，临终前居然甩开四个侄儿，把财产全部交由李瓶儿来掌管。光这一份信任，阅尽世事的老太监对一个晚辈媳妇的信任，就足够那些热衷探谜者兴奋的了。

到《金瓶梅》的第十回，《金瓶梅》中的金、瓶、梅三位重要女性悉数出现。前十回基本是金莲的主场，春梅成为她嫁入西门大院后的丫鬟，经潘金莲安排，竟也与主子春风一度。潘金莲既得西门庆宠爱，也受大院第一夫人吴月娘喜欢，日子过得兴兴头头。就在这时，李瓶儿出现了。

第二单元

一场婚事中的真情与算计

进入第二个单元，也就是《金瓶梅》的第十一至第二十回，主要场景转入西门大院。请大家注意，《金瓶梅》故事的主场基本上是西门大院，而以清河县城为外景，以首都东京为远景，以日常生活为基本内容，以明代的历史为基点。西门大院之内，一众妻妾也是有分工的：吴月娘是正头娘子，虽说体弱多病，书里一直强调她身体不好，但是她主持家政，这个地位没有人能挑战。李娇儿管钱，很重要吗？不是，她只负责每日银钱出入，类乎今日的出纳，离银柜很远，银柜在吴月娘那儿。至于孙雪娥，掌管的却是一应饮食，人手不够时也要亲自上灶。在西门庆的妻妾系列里，她的地位，在于丫鬟和姨娘之间，算是一个软柿子。所以潘金莲和春梅就逮着她来捏吧捏吧。这位成日在厨房忙活的四娘，有些蠢，绝不全蠢；有些倔，也算不上死倔；无命无运，却不屈不挠，也不可小视。她从一开始就跟潘金莲做对头，虽说是个软柿子，里面的核却是硬的。

第一节
厨房之争，
五妻妾争宠的小开端

如果说前十回还带有大量的《水浒传》的痕迹，还要为各种新旧人物的登场做铺垫，那么从第十一、第十二回开始，兰陵笑笑生就进入一种全新的叙事。

作者正式以西门大院为主场，首先出场的是潘金莲，兴兴头头刚住进西门大院的潘金莲，陪同她的是生性高傲的丫鬟春梅。我给春梅定性的词是"生性高傲"，尽管是一个小丫鬟，性子也是很骄傲的，惹不得的。潘金莲和春梅在个性上都属于刻薄刁恶的一类，却不光能够相安无事，还一直处得很好。

两个喜欢惹是生非的人，很快在院中找到第一个打击目标，那就是孙雪娥。

孙雪娥是谁？是西门庆原配的陪房，也就是《红楼梦》里所说的通房大丫鬟，在妻妾中排名第四，平日负责管理厨房，忙的时候也亲自下灶。

这里解释一下：除了续娶的正妻吴月娘之外，西门庆小妾的排行，显然是以入门先后为序，不按照身份、财产和美貌。除了吴月娘之外，李娇儿排在第一，接下来是孟玉楼、孙雪娥，然后才是潘金莲。这样看来，西门庆是在娶了玉楼之后，顺便才将雪娥提拔使用的。较晚入门的孟、潘二人，也许是夫君太忙，还未来得及分配工作。对于孟玉楼来说，不管什么就不管什么，老老实实待着，清清闲闲过自己的日子，什么也不掺和。潘金莲不行，既然没分配我管什么，我就把老公管起来吧。所以她就想霸住西门庆，忘了西门庆也是别人的老公。

新妾上任也是三把火，金莲在兴头上，雪娥在兴头上，而刚与主子有了一腿的春梅（上一回由潘金莲安排的）也在兴头上，于是一场碰撞发生了，地点就在西门大院的厨房。

我们知道，清代的《红楼梦》第六十一回写厨房夺权，先从小丫头索要一碗鸡蛋羹入笔，写得波澜层叠，而本书的厨房风波，也起于丫鬟催要吃的，引起了一场大的争端。

这两回的故事为：

> 潘金莲进了大院后，用各种手段来吸引和黏住西门庆，她总有办法把西门庆黏住，让他在自己的屋里，不到别人的屋里，引得其他妻妾不满。一日，春梅与排位第四、管领厨房的孙雪娥斗了几句嘴，回来添油加醋，学了给金莲，金莲再一番添加佐料，转告给了西门庆，令他很恼火。恰好让秋菊去要早点迟迟不来，西门庆着急，春梅又去催，再次与孙雪娥吵嚷，回来再告状。西门庆就火了。跑到厨房，对雪娥踢了几脚。雪娥不忿，在吴月娘

的房间与潘金莲吵了起来，西门庆又把她打了一顿，所以潘金莲很得意。西门庆在清河有一帮结拜兄弟，自己做会首，称老大。隔壁的花子虚排第六，这次在花子虚家聚会，请的歌妓中有个年纪小小的叫李桂姐——在《金瓶梅》里也是一个重要人物，李桂姐是西门庆小妾李娇儿的侄女，我们知道李娇儿出身于妓院。西门庆一下子便被李桂姐吸引，当夜赶往李家妓院，要梳拢桂姐，就在妓院留下了，贪恋桂姐美色，连自己的生日到了都不回家。其他人都还可以，潘金莲欲火难忍，勾搭上孟玉楼带来的一个小琴童，开始鬼混。小琴童得到主妇一级的爱，忍不住要显摆，将潘金莲给他这个东西那个东西，拿出去显摆，大家也都知道了。西门庆来家，孙雪娥和李娇儿告知实情，先将琴童打一顿赶出家门，再令金莲过来跪下，抽了几鞭子，让她交代。潘金莲死活不承认，加上春梅在一边替她说话，这个事儿便不了了之。而金莲挨打后有些沮丧，又被西门庆剪下头顶一绺青丝，交给桂姐垫于鞋内，日日踩踏。

谁教给李桂姐的？推想，应该是李娇儿教给这个侄女的，以踩躏潘金莲的自尊心，出一口恶气。这两回虽然是一摊子日常琐碎，却也写得波澜层叠。

故事发展到这里，经过了前面说的"潘十回"，到这个时候，潘金莲已经惹了众怒。她喜欢掐尖好强，喜欢偷听，听到别人背后议论还忍不住要冲出来吵，是以都知道她是喜欢听墙根的人。这些表现自然是恶习，也与她那种希望专宠的幼稚念头相关。厨房内的吵骂固然热闹，原因却在厨房之外，在于潘金莲挑唆西门庆打孙雪娥。

这两回的故事情节，又可分为三个小的板块。

第一个小板块，是"三打孙雪娥"，发生在第十一回。

《金瓶梅》一再提及西门庆"打妇熬妻"，是个"打老婆的班头，坑妇女的领袖"，至此对其打老婆的行为第一次做正面描写。

西门庆久等早点不来，又被潘金莲的话所激，走到厨房踢了雪娥两脚，算是第一打，以吓唬为主，并未真打；踢了两脚之后，离去未走远，听见雪娥抱怨发狠，回来又是几拳，下手便重了一些，算是第二打；晚间归家，得知孙氏骂金莲，动了真怒，"三尸神暴跳，五陵气冲天，一阵风走到后边，采过雪娥头发来，尽力拿短棍打了几下"，这一打算是第三打，也是狠打。一日之间打了三次，又有着力道的差异，先是吓唬，接下来生气真打，第三次才是下狠手的打。

在妾与妾的冲突中，潘金莲大获全胜。但是《金瓶梅》一般不写孤立的事件，优秀的小说多不写孤立的事件，都会铺叙其前因后果。厨房的风波播下仇恨的种子，接踵而来的便有一个报应，而后来春梅和金莲先后被赶出西门大院，主要也是孙雪娥在起作用。

所以说，世间之事，往往一报还一报。不要轻易判定哪个智商高或者不高。论者大多说孙雪娥蠢笨，潘金莲也是这样认为的，其实她对仇恨记得很清晰，睚眦必报。再后来孙雪娥被卖出去，卖到守备府做饭，受尽春梅报复，循环相报，都以此一厨房争端扯开帷幕，贯穿于整部小说中。

第二个小板块，是梳拢李桂姐。李桂姐也是一个厉害角色，在后文中的戏份很重。

潘金莲赢了进入西门大院后的第一仗，还未高兴两天，西门庆又爱上了一个小妓女。在权贵和有钱人跟前,历来是不缺少美色的。美色不可靠,一个是红颜易老,一个是美色很多。潘金莲还不太知道这个道理,她虽然沿着寻花问柳的路进入西门大院,而丈夫的寻花问柳却远没有结束,用今天的话说是"在路上"。西门庆发现了二条巷的李桂姐,妓馆有女初长成,活脱一个小美人的李桂姐脸上一团秀气,说话乖觉伶变。西门庆一心便要梳拢她,那一帮狐朋狗友立刻跟着起哄架秧子,到了二条巷李家妓院,摆酒庆贺。

梳拢,本指梳头,此处则指妓女第一次接客伴宿。旧时妓院中的雏妓只梳辫子,接客后梳髻,故称"梳拢"。在应伯爵等人忽悠下,西门庆还真有些动感情,又是"五十两银子",又是"四套衣裳",又是"吹弹歌舞,花攒锦簇,做三日,饮喜酒"。比较一下当日娶潘金莲,是"一顶轿子,四个灯笼,王婆送亲,玳安跟轿",一下子就抬回来了,也没有什么摆酒庆贺这一说,至少没有请很多的客人,完全不能与眼下大动干戈的"梳拢"相比。

李桂姐一出场便成为主角,蛾眉不肯让人。这位妓院中的家生子、小县城的小小名妓,这位被西门庆极力追捧、众帮闲跟随簇拥的风尘女子,早练成全挂子的武艺,就是她从小耳濡目染这些妓院的手段,都学会了。坑蒙拐骗,吃醋拈酸,调三惑四,撒娇撒痴,哪一样都精通。

李桂姐跟潘金莲不一样。若说金莲还有一些直爽外向的可爱之处,这个李桂姐是一个天生的尤物,却没有一点点可爱。她把西门庆羁绊在妓院中,怎么留?把他的衣服藏起来,典型的娼妓家风,抓住蛤蟆攥出尿,急是急了些,倒也出于对嫖客一族的专业化了解:别说什么放长线钓大鱼,一放长线他就没了,大鱼就走了,所以就拿住一把是一把。

第三个小板块,是潘金莲挨打。与打孙雪娥不同,一上来就被狠打。

前回中孙雪娥的挨打，是激打，即西门庆受了潘金莲挑唆，被激怒而打的。金莲看上去大获全胜，实则已危机四伏。争房争宠岂止伤害到雪娥一人？心中生恨者多了。吴月娘能不嫌吗？李娇儿能不气吗？就算表面上与她关系不错的孟玉楼，心里会舒服吗？第十二回写金莲与小厮琴童奸事发作，出丑受辱，也是情节发展之必然，没人替她说话。

进入西门大院后，潘金莲进取心很强，太强，一时宠冠五房。她的美貌与强梁，小算计与坏心眼儿，是吴、李、孙、孟四人都难以匹敌的；若论起贴恋夫君的小巴结，论起在房间里面的无所不为，四位更不是对手。

准确地说，"无耻无畏"是潘金莲主要的得分手段。别人无耻后可能惭愧，她不惭愧，她无耻得很公开，很傲娇。所以，她这种无耻、无原则和无底线，在西门大院没人能比得了。但这次潘金莲遇上的对手是妓女，她那两把刷子就差远了。要说李娇儿也是妓院里的人，但是一嫁过来就装作很收敛，装作很文静。

潘金莲的对手是李桂姐，一个小小年纪的美貌妓女，是业余与专业的差别。你说潘金莲不像妓女吗？在很多地方都像，但是当真遇到专职妓女时，便不灵光了。人家可是经过几代人的专业训练，生就吃这碗饭的。

至于年轻美貌，潘金莲就更不行了，已然是"奔三"的人，在那个时候算是中年家庭妇女了。桂姐儿年方二八，嫩得一掐出水的模样儿。潘金莲在招宣府培养了些艺术技能，会弹几下子琵琶；而李桂姐那是自幼习学，一上手便如行云流水。所以说潘金莲遇到了对头。

婚姻和感情向来是一条窄路。潘金莲遇上了对手，狭路相逢，毫无准备的她败得一塌糊涂。她重又开始了焦灼的等待，难以消解那永昼长宵的孤单；她重又祭起花笺题相思的故技，这次却被撕得粉碎，牵连送信的玳安（西门庆的得力小厮）被一通踢骂；受辱之后，她屈身服侍，苦苦劝说西门庆回头，可这厮转身又去了烟花寨；最后竟是她那为之自豪的一头青丝，被"当顶上齐臻臻剪下一大柳来"，垫在桂姐鞋里，每日踩踏。西门庆这样做时颇有一点儿为难，但架不住李桂姐拿话激他，还是被逼着剪了潘金莲的秀发。

挂刺上院中的童仆，压根儿不能算是爱，只算是潘金莲心态的失衡，而更严重的是很快败露。这是一场互绿的竞赛：西门庆梳拢的李桂姐，十六岁；潘金莲勾搭上的小琴童，也是十六岁。与西门庆梳拢嫩妓相对比，寂寞难耐的潘金莲勾搭上小琴童，堪称是半斤八两。然则在宗法社会里，西门庆所做那叫风流，潘氏便是淫荡；西门庆可以呼朋引类摆宴欢庆，潘金莲只能偷偷摸摸极力掩盖。这种事又岂有秘密可言？我们说皇宫里面房子虽然多，但是没有什么秘密，西门大院更是没有秘密，人类从来就是一个信息化社会，只是传播手段不同而已。

于是风波陡起，李娇儿、孙雪娥多次举报，西门庆先是拷问琴童，拿到物证，接下来便轮到审问潘金莲，三句话没说，"兜脸一个耳刮子"，带着十成的狠戾，与打雪娥时的故作声势明显不同。潘金莲栽了，也怕了，乖乖脱光衣服，跪在地上，一任夫主鞭打叱骂。

西门庆打女子的方式有些特别，喜欢让对方脱光衣服，但也就是这一脱带来了转机。淫虫入脑的他向来见不得"光赤条条花朵儿般身子"，加上金莲死活不认、春梅为之说情，雷声大雨点小，一场风暴顿时消解，让躲在一旁偷听的人好生失望。

这件事虽没有坐实，对潘氏了解甚深的西门庆，应是信多疑少，但不再追究了。经此一番羞辱，潘金莲也接受了不少教训，至于是不是能改，能改多少，且听下回分解。

第二节

紧邻合演一出"墙头记"

《金瓶梅》第十三和第十四回的关键人物是李瓶儿。在本书书名包含的三个女性中，李瓶儿应是唯一真爱西门庆的女子；在与西门庆有瓜葛的十余个女子中，瓶儿也是他唯一真爱、长爱和深爱的女子。

这两回的故事为：

西门庆对花子虚娘子李瓶儿垂涎已久，瓶儿显然也爱上了西门庆，处处主动，捎信递话，请茶送礼。终于在重阳节夜晚，两人约好，西门庆推醉先撤，李瓶儿将花子虚等人轰到妓院饮酒，说太烦了，你们到外面去吧，这一帮人就欢欢喜喜到妓院喝酒去也。西门庆跳过院墙来会，不须啥子挨光，与瓶儿立马搞在一起。这段姻缘也是从偷情开始的，不敢从大门走，怕被别人看见，便要跳墙。从哪里跳的墙？从一墙之隔的潘金莲小院。潘金莲是什么人，很快就发现他们在墙上来回递暗号，一番追问，西门庆实话相告，得到金莲的积极帮助。不久后，花子虚因遗产之争被拿往东京，李瓶儿央求西门庆帮忙，给他三千两银子的运作经费，并借机把四箱宝物从墙上转移到西门庆家。为什么呢？是怕抄家。人抓走了，一抄家就什么都没了，所以把这些宝贝转移过来。花子虚后来被放回，归家后发现银子也没了，宝物也没了，老婆也跟西门庆搞上了，又急又气，一病不起。而李瓶儿一番心思都在西门庆身上，对花子虚的病也不太去管。

所谓"猎艳"，意味着放荡而非专注，却不一定是喜新厌旧。西门庆大体算是一个喜新不厌旧的家伙，所以活得比较累。此处继续写西门庆的猎艳之举，又换人了。换的是谁？新的目标，住在隔壁的结拜兄弟花子虚夫人李瓶儿。两回中的情节和文字很精彩，尤其精彩的是，每一回都上演了一出"墙头记"。

什么叫"墙头记"？豫剧和吕剧等剧种有一个戏叫《墙头记》，演的是某老人有两个儿子，两家住隔壁，都不孝顺，轮流管老父亲的饭，遇到这么一天，月头还是月尾，都认为该对方养，便把个老爹放在墙头上推来推去。《金瓶梅》写的也是墙头上发生的故事，却比剧情涉于夸张搞笑的小戏更真实，是偷情和转移财产的故事。

第十三回的"墙头记"，写西门庆跳过墙去与瓶儿偷情。又是见色起意，又是挨光和偷情，又是先奸后娶，似乎不新鲜。但是从这些地方，最能见出作者的才华，古代文论中有"特犯不犯"之说，故意去写近似的东西，好像是要重复，但绝不重复，各有新意。

同是西门庆情妇，同样是急着要嫁给他，潘金莲比较多的是热烈，李瓶儿比较多的是温婉，二人心性与做派不同。同是偷情，潘金莲是要钱要物，不断索取，她跟西门庆在一起，大多数的时间是要东西，用各种办法要东西，这个我也没有，那个我也没有；在李瓶儿则是给钱给物，关注的是情感，这个要给你，那个也给你。不独此二人，后文中写到西门庆猎艳之举很多，都是在刻画人的性情，性情习好在各种时候都能表达，但是在两个人缠绵的时候，流露得往往更为充分。

跳过墙去与结拜兄弟的老婆偷奸，在西门庆并没有太多道德障碍；但何时能跳，从哪里跳，怎样趁着花子虚不在家又不被别人看到，其实有很多麻烦。尽管西门庆不怕麻烦，可因为真的费劲，在他跳墙之前，挨光的日子显得长了些。

谁想挨谁的光？初看是西门庆主动，有事没事到隔壁门前转悠，有话没话与李瓶儿搭讪，本来没喝多少却故意装醉，回家之后急煎煎等着墙那边发的信号，处处看得出他的热切与投入。可细细读来，又觉得是那李瓶儿主动上赶，人家家庭聚会，妻妾欢聚，偏要来送礼，西门庆在门外转悠时自家等在门里，又是让丫鬟来请叙话，又是哄老公邀来家中饮酒，饮酒后再把老公等一帮人赶往妓院，处心积虑，终于在墙上迎来了西门庆。

跳过墙去的西门庆，同时也把一顶绿帽子，结结实实扣在他的哥们儿花子虚脑袋上。有了李瓶儿的内应，加上他那种娴熟的手段，不光花子虚全然不知，连老混混应伯爵也被蒙骗过去。但应伯爵毕竟机警过人，觉得有些不正常，今天怎么西门庆没喝多少就醉了呢？本来都是跟大家待很久，怎么早早就走了呢？他觉得有点儿不太正常，但是还没想到这一层。

跳墙的地方选在潘金莲所在的小院。为什么要在这里？一则僻静，与花家紧邻；二则算准了金莲会配合。果然，开始时金莲也被瞒过，发现后却成了他的同盟和支持者。一个沿着偷情之路千辛万苦走来的小妾，一个像潘金莲这般心性的人，会真的支持夫君新的偷情行为吗？

可潘金莲又能做什么呢？擅于偷情、热衷于偷情的潘金莲，在经历了一次暴露和随之而来的巨大屈辱后有所收敛。她无奈地为西门庆与李瓶儿的偷情提供帮助，保守秘密，所得到的回报也是丰厚的：有寿字金簪儿和衣饰，更为重要的，是她与琴童的那些龌龊记录就此被抹掉，又抓到了西门庆的把柄，地位在无形中得到了提升。

第十四回又是一出"墙头记"，一出夜幕下悄无声息的热闹"墙头记"，目的是转移资产。第一出"墙头记"的演员较少，这边是西门庆，对面是李瓶儿，后来才有潘金莲给他帮忙。但是第十四回的"墙头记"，有了一帮人，吴月娘也来了，大家都知道吴月娘一向庄重严肃，吃斋念佛，不苟言笑，这个时候却来了，表现得比谁都积极，转移过来的金银财宝，也都搬到她的屋里。

自从人间有了墙，也就有了跳墙的行为，有了文学作品对跳墙的描述，渐渐地形成了一种人文传统。《西厢记》中的张君瑞，跳的是寺院之墙；再数百年而有西门庆，跳的是邻舍之墙。张生跳过墙后，被崔莺莺正色责斥，热情怀变冷冰，饱受爱恋之折挫；而西门庆跳过墙去，被瓶儿和丫鬟扶梯子接着，饮酒絮话，不一会儿便打成一片，充满了快乐。墙已然成为西门庆的猎艳捷径，身手矫健，跳来跳去，这边有潘氏相送，凳子踩着，那边有瓶儿迎接，梯子伺候——既锻炼了身体，又提升了兴致，跳得非常快活。

而此一回的"墙头记"，上演的主题有了变化，变成了转移家产——这是人世间相当一部分奸情故事的第二乐章，先发生奸情，然后转移财产。

其背景与情形虽千差万别，主人公身份虽千差万别，但性质与形式十分接近。现在"情妇反贪"也是这个道理，古今通例，先发生奸情，接下来常会有财产的转移。

隔壁花家的官司，起因也是财产。本回一开始，写西门庆满脸惊慌跑回家，月娘觉得不对，一问始知是花子虚在妓院被捕，而且是开封府直接来人抓捕，将那在场的西门庆吓得不轻。我们知道西门庆是有案底的人，以为来抓他，回到家还在恐慌。

大家想，花太监留下那么多资产，本家侄儿辈又是这么多，都被花子虚继承了，其他人当然不平衡，所以就被告到官府，导致他被抓走。告他状的都是一门至亲，但也是毫不客气，你来我往，你花子虚吃独食，其他几个就去告你。而花子虚只知道独享遗产，只知道寻花问柳，贪婪而无智，加以性格懦弱、遇事慌乱，怎能不起事端？李瓶儿曾经说过，说本来让他分一点钱给其他兄弟，他就是不听，过分贪婪，吃相难看，结果就引起了这样的事端。

作为妻子的李瓶儿，自然是营救花子虚的主导者，却已然怀有二心，营救的同时，开始转移资产。转移资产的行动在两家的隔墙上迅速展开。似乎看不到西门庆的身影，只觉得一向淡漠冷漠的吴月娘热情高涨，从提议墙头行动到监督实施，都是这位身子骨不强的当家娘子一力主张。星月之下，院墙两边，几位女眷和贴心丫头一通忙乎，花家的主要财宝便到了西门大院，而且是"*都送到月娘房中去*"。通过这一出"墙头记"，你会发现吴月娘也不可小觑。

什么叫心照不宣？什么叫墨分两色？本回的文字提供了一个范本：李瓶儿求西门庆救丈夫的时候，并非一点点对丈夫的真情都没有，但也不全是为了解救她的丈夫；西门庆派人拿着钱去京城里跑关系，当然也有朋友义气，又不全是朋友义气，整个过程和当事人心态都很复杂；花家的财产，从墙上转到了西门家，当然有应对查抄的必要，但又不全是为了应付官府的查抄。作者的写作之妙，正在于二者兼有，在于这种朦胧含糊，也在于朦胧中自有一条清晰的线。

作为会中结拜兄弟，西门庆主持了对花子虚的营救行动，派家人连夜赶往东京，拿着花家的银子，拜托陈亲家求了杨提督，再"**转求内阁蔡太师柬帖，下与开封府杨府尹**"。又是一个府尹，又是蔡太师一封信即解决问题。开封府尹即京兆尹，级别较高，要侍郎以上官员担任。这是一次有效高效的官场运作，天大的事，只要蔡太师一句话，于是官司结了，花子虚放了。

可子虚回家后见银两珠宝全无，房产还要变卖，妻子已生外向，昔日弟兄西门庆避而不见，急怒攻心，不几日便呜呼哀哉。这应该不是官司的结果，是营救的结果。换言之，他的嫡亲兄弟要的是他的钱，最后得到的是一点点；而结拜兄弟既得了他的钱，得了他的妻，也要了他的命。

西门庆所结交的"十兄弟"可谓名色斑驳，大都有些寓意，以后我们会陆续谈到。眼前这位"花子虚"，三个字代表了他的生存状态和生命指向："花"，是说他在江湖上整日鬼混，不踏实；"子虚"，有点儿像会中那个已死的卜志道，意思是很快就会死掉，化为子虚乌有。官府的锁拿和监禁没有夺去他的生命，释放回家之后，妻子和朋友的背叛却逼他走上绝路。

一部《金瓶梅》，于大叙事中夹带小叙事，借小悲剧来写大悲剧，于描绘主要人物时顺带点染过场人物，花子虚就是一个样板。花家大半的财产就这样归了西门庆，大宅子也归了他。

这是西门庆资产的一次极大扩充。孟玉楼的财产对他是一次小扩充，李瓶儿和花家的资产，对他才是一次大的扩充，也带来西门大院的事业大拓展。如果说西门庆在开始时还有些良心不安，很快也就释然坦然。

转过年来，李瓶儿以花家遗孀的身份访问西门大院，见到了她"心仪已久"的潘金莲。瓶儿来访的理由是"与金莲做生日"，当晚就住在金莲的小院，得以从墙的另一面来看这道墙。这个时候，墙上已经开了一个便门，因为昔日的花家宅子已归了西门家，此时的李瓶儿也搬到狮子街，西门庆不再需要爬墙了。

在对待花子虚上，可见出李瓶儿的心很硬，也可见出她对西门庆的痴恋，二者有没有一些联系，还真拿不准。但有一点是肯定的，此时的李瓶儿认为潘金莲是一个特别好的人，一个善良、宽厚和愿意帮忙的人，也从心底把她当作了朋友。岂知潘金莲恰恰是瓶儿的命中克星，甚至是她儿子的命中克星，这是后话。

第三节
西门庆也有了
大难处

《金瓶梅》第十五和第十六回的主要人物仍然是李瓶儿。花子虚已经去世，花家大宅子已经归了西门庆，李瓶儿已经搬到了狮子街，而她的心越发记挂着西门庆，越发渴望要嫁给他。

这是二人感情的一个新阶段，即由偷情走向婚姻的阶段，李瓶儿是真诚的、急切的，西门庆却有很多的顾虑。

故事情节为：

正月十五是李瓶儿的生日，已搬到狮子街居住的她，派人送来一明一暗两个帖儿，明里邀请吴月娘等女眷下午来看灯吃酒，暗里约西门庆夜晚相会。月娘等应邀前往，吃至晚间才回院；而西门庆与一干帮闲在李桂姐院中厮混，心中想的却是瓶儿之约，早早离席而去。然后两个人相会，李瓶儿重治酒宴，磕头流泪，恳求老西早日娶了自己。西门庆嘴上答应，心里也想办，但是顾虑很多，担心花家的人阻拦，担心他人议论，家中吴月娘、潘金莲也强烈反对，便一日日拖延下来，对瓶儿说要为她盖房子，弄好房子就娶她。

这两回的精彩之处，在于叙事时空的切换，即生活场景的转化；也在于主人公于不同环境中的不同的表现，在于各怀心事，表里不一。

下面就通过五个生动有趣的场景，来和大家一起看看这些红尘中人的表现。

第一个场景，是在狮子街李瓶儿的新房子里。狮子街是清河县城的一条繁华大街，分为东西两街，李瓶儿的新房子在西街，虽然不像过去那样的深宅大院，仍然是一套相当不错的房子，有临街的两层小楼。一年一度的灯市，就在狮子街举办，作者极善于写景写物，用一篇辞赋来渲染元宵节灯市的景象，排比各种各样的灯，写得非常生动。

元宵观灯，给平日拘束于大院中的女眷一个游玩的机会。尤其是潘金莲，嫁入西门大院后难免觉得憋闷，还不如在原来的地方可以掀起帘子看热闹、看人，也可以被人家看，而深宅大院里根本没有机会，所以这次元宵观灯，使她有了思想放飞的感觉。作者写道：

那潘金莲一径把白绫袄袖子搂着，显出他遍地金搯袖儿，露出那十指春葱来，带着六个金马镫戒指儿，探着半截身子，口中嗑瓜子儿，把嗑的瓜子皮儿都吐下来，落在人身上，和玉楼两个嬉笑不止……

在楼上观灯，何须"探着半截身子"？却也正须使劲儿向外探出。嗑瓜子何须将皮儿吐往楼下？却也正须吐落在游人身上。吴月娘等人应邀到李瓶儿的新宅做客，在临街楼上饮酒观灯，却是饮酒为辅，观灯亦为辅，什么为主呢？显摆，炫耀，张扬，嬉戏，最活跃的就是潘金莲。就这样，观灯之人成了被围观者，金莲、玉楼等成了灯节一景，很多人聚在楼下观看，指指点点。她们想要的，包括西门庆需要的，不就是这种效果吗？

第二个场景，也是在狮子街，在狮子街的另外一段，主人公是西门庆和几个帮闲。请大家注意西门庆身边跟着的这几块料，他们名义上是西门庆平等相交的结拜兄弟，实际呢，是整天黏着西门庆，巴结他，以此占些便宜，至少蹭顿饱饭的一种状况，也就是他的狗腿。

帮闲，是市井中永远存在的一类人物，是万丈红尘中的一个活跃物种。人间三百六十行，原没有"帮闲"这一行，但是只要社会上有权豪势要，便产生对帮闲的内在需求，便会刺激它的行业性增长。所以结拜十兄弟虽少了花子虚，又有什么关系，谁在此时还能记得起花子虚来？

如果说往日花子虚有钱，应伯爵等人还要多头经营，此时则专注于西门大官人一身。当天一开始，先是应伯爵和谢希大两个人陪着西门庆，后来又遇到会中的祝日念和孙寡嘴二人。这两个人是专门来找西门庆的，是受了李桂姐的嘱托，来把西门庆拉到妓院去的。

西门庆在不久前刚梳拢了李桂姐，可这个时候的心思全在李瓶儿身上。这也算是"用情专一"，在一段时间里只盯着一个目标，满心想的都是晚间与李瓶儿的约会。可人在江湖，身不由己，虽然他不想去李家妓馆，架不住几个帮闲生拉硬拽，还是去了。

第三个场景，是清河二条巷的李家妓院。就在第十一回，几个帮闲刚刚陪着西门庆在这里，为梳拢李桂姐大摆筵席，而如今已把她丢在脑后了。今天的李桂姐，是被西门庆冷落了很久的李桂姐，显得比较低调，氛围不免有些沉闷。于是众帮闲便开始凑趣补台，花样繁多，使我们对之产生更全面的认知：

其一，作为社会群体的帮闲，也是优胜劣汰，自然形成一种梯队建设，有应伯爵这样的资深前辈，也有小张闲之类的杰出后生，代不乏其人。

其二，帮闲亦有高低贵贱之分，名目亦因之不同，比如一个词叫"架儿"，如后来提到的"捣子"，皆属帮闲队伍的低级品类，形成一种市井生物链。

其三，帮闲多以一张巧嘴谋生，原不需要专业技术，可也有白回子等圆社人才，据考证是现代足球之祖，可谓之技术型帮闲。

其四，帮闲经常扮演权豪势要与秦楼楚馆的媒介，是他们之间的纽带和桥梁。所以帮闲与娼妓互相依存，又常常发生矛盾，存在利益之争。但就其实质言之，娼妓也是帮闲，其以肉体取悦权贵，获得利益；帮闲也是娼妓，是一种精神和人格上的娼妓。二者之间，仅仅是性别和方式的差别。

第四个场景，又折回狮子街的李瓶儿家。这时潘金莲和孟玉楼已经离开，西门庆悄悄地来了。至此，我们才清楚李瓶儿请客的一明一暗：明里是请吴月娘等人，而暗地里则是要请西门庆来聚会。请吴月娘等人来观灯并非幌子，也是有心结交；到了晚上请西门庆来则是重心，才是李瓶儿的真正目的。

这不是一次普通的男女私会，而是李瓶儿要对西门庆说知心话，恳求他娶了自己。西门庆有些被动，完全没有娶李瓶儿的思想准备。勾搭朋友的老婆，他是主动的和急切的；跳墙偷情，他是主动的和急切的；转移花家的资产,更是主动的和亢奋的,就连病病歪歪的吴月娘都浑身带劲。但是,真要他娶花子虚的老婆,娶结拜兄弟的遗孀,的确有一些精神负担。

面对李瓶儿的苦苦恳求,西门庆不得不答应下来,说是回家和潘金莲商量一下。李瓶儿一听觉得很好,觉得潘金莲是向着她的,说那你赶紧回去跟她商量。

第五个场景,转切到了西门大院中的潘金莲小院。这是当初西门庆跳墙与李瓶儿私会的地方,潘金莲是为他们打过掩护的人。如果说吴月娘等人到狮子街李瓶儿家做客,没有人知道这一层关系,那么事先知悉此事的潘金莲不同。她问西门庆昨天夜里去哪儿了,回答说去二条巷李家喝酒去了,潘金莲根本不信,三问两问,西门庆漏洞百出,只好从实招来。

讲完这五个场景,我想大家应该有一些印象了,其实在这两回里面,是用这几个场景来切换,而主线就是一条,即老西与李瓶儿的关系。讲到这里,也想与大家谈谈西门庆遇到的难处,眼下的西门庆有两大难处,都与李瓶儿相关。

第一个难处,是他怎么样来掩盖与李瓶儿的关系。第二个难处或者说更大的难处,是他要不要娶李瓶儿。

先说他的**第一个难处**,即怎样掩饰与李瓶儿的关系。他的处理是说假话,让小厮玳安捎信回家,说去了李家妓院喝酒,自己也是这么说,绝对不说去了李瓶儿那里。看看他的表现也很有趣,同样是喝酒泡妞,二者又有明显的差异化处置:西门庆去李家妓院,有一大帮人陪着,摇铃喝号,唯恐他人不知;而去李瓶儿那里,则要想好托词,避开众人,要悄悄前往。

这里边有一个很有意思的现象,竟然有人,竟然有这样的丈夫,对自己的妻妾说,我去嫖娼去了,生活的复杂也在这个地方。还有比嫖妓更丑陋、更让妻子愤憎的吗？还有比嫖妓更要求隐秘、更不愿让家人知晓的吗？有！

兰陵笑笑生给出了一个活生生的实例，那就是勾搭良家妇女，尤其是自家妻妾熟知的女子。两相比较，两害相权，古代的多数妻子宁愿丈夫花一点儿钱，去风流放荡一回，也不愿意他感情出轨，不愿他爱上别人。

西门庆深知这一点，才会以嫖娼为幌子，掩盖自己勾引良家女子的事实。利与害，常也是辩证的，是在比较中产生的。相比于偷情，嫖妓之害似乎轻了一些，于是嫖妓就成了西门庆偷情时的借口，久而久之，竟显得有些理直气壮了。

不论嫖妓还是偷情，酒都是不可缺少之物。《金瓶梅》里面写了大量的酒，还有学者专门写文章考证该书都写了什么样的酒，甚至以酒来考证作者是谁。

"为郎低唱斟金罍，消受春风酒色天。"兰陵笑笑生一开始就声称"专写情色"，而书中处处流露的"酒色"，则是情色故事的通俗版，是其最常态的呈现。西门庆与一众女子的荒淫勾当，大多是从饮酒始的。

《金瓶梅》常引用两句话，"风流茶说合，酒是色媒人"。既然在一起饮酒，便要说话，便要说事。多人聚饮，通常说的是笑话趣话热闹话吉利话，谈的是美事喜事风流事开心事，这是应伯爵之流最擅长的，一张嘴妙趣横生；而两人小酌，尤其是男女对酌，则要说情话真话知心话私房话。李瓶儿说的是真话，西门庆说了一些假话，骗她的话。李瓶儿并非未经过世事的小女孩，不会完全感受不到老西态度的变化，但又能怎么办呢？前夫已死，再嫁无期，心中着实焦灼，东西送过去一批又一批，西门大院是来者不拒，但要说到婚娶，便要推三搪四，所以她非常着急，说着说着就眼泪流淌。

这里就要说西门庆的**第二个难处**，他的更大的难处，就是娶不娶李瓶儿？一部《金瓶梅》写到这里，处处见西门庆纵横驰骋，官场商场、江湖市井一路通吃，此回却细写其难处，写他为娶李瓶儿的煞费苦心，写他的复杂心态。难在何处？

其一，自己本是在市井上混的人物，花子虚为会中兄弟，私下里悄悄勾搭朋友之妻是可以的，大张旗鼓地娶到家中便难免物议。

其二，花家为财产之争已打了官司，死了人，而那财产大多从墙上转移到自己家，宅院也归了西门庆，若李瓶儿嫁过来，暗事翻成明事，难免再生事端。

其三，家中大老婆吴月娘明确反对，小老婆潘金莲设置障碍，说出来的道理又让他无以反驳。

正因为写了西门庆的为难，左右为难，反而能看出这个淫棍还是有一些担当精神的。泡妞泡成了老公，是今天的一句笑谈，可是五百年前的西门庆恰恰就是这样。对于曾经勾引过的女子，他从来谈不上一往情深，但似乎是能够承担一些道义的包括生活的责任。前面的例子是潘金莲，虽说已有了孟玉楼，虽说顶着大恶名，也顶着大危险，还是把潘金莲娶到家里；接下来就是这个李瓶儿，虽然有很大难处，也没有一走了之。

很快要发生的，却是李瓶儿变了卦，另嫁他人，还在县城开了一家生药铺，与老西抢生意。

第四节

如何迈过一个凶险的大坎儿？

《金瓶梅》的第十七和第十八回写朝廷发生了一个重大政治事件，奸臣杨戬被弹劾，他的一些亲信爪牙包括老西的亲家陈洪被牵连捉拿，西门庆的名字也出现在案卷中，一时风声甚紧。但主要的还是写李瓶儿，朝政之争是作为一个背景，西门庆吃官司作为一条副线，只有李瓶儿才是这两回的叙事主体。

主要的故事情节是：

> 李瓶儿正满心欢喜筹办再嫁事宜，而西门庆突然大祸临头。女儿西门大姐和女婿陈经济仓皇赶来，原因是朝中弹劾奸臣杨戬，连带而及他的亲家陈洪，匆忙让儿子带着箱笼财宝到清河避祸。西门庆正在花家宅子的基础上修建大花园，嗅出逼近的危险气息，立刻将花园停工，派家仆来保来旺到东京打探消息，平日紧闭大门。

而李瓶儿等不到他的信息，差人去找也找不来，精神恍惚，饮食不进，卧病在床。为她看病的蒋太医乘虚而入，告知西门庆遭了官司，进而讲述西门庆的种种不端，加上处处讨好，竟然一下子俘获瓶儿之心，很快结成夫妻。而来保到了东京以后，略花小钱，便进入太师府，求得蔡京之子蔡攸书信，再求主审此案的右相李邦彦将"西门庆"三字改掉，一场大祸顿时消弭于无形。西门庆重新动工修建花园，也开始到外面走动，路遇冯妈妈，也就是李瓶儿的老仆人和养娘，才知道李瓶儿嫁了蒋竹山，还出钱给他开了一家生药铺。老西顿时恼得不行，归家心情不好，打丫头骂小厮，还将金莲踢了两脚。他让女婿陈经济在花园管工，怎知这个小女婿比丈人的色胆还要大，且做人毫无恩义，绝不是个好鸟，后面写到他与潘金莲俩人的乱伦，与春梅的淫乱，在书中分量很重。

这两回的情节，同时铺开了三条线，可分为主线、次线与伏线。

先说**次线**。在第十七回，一路春风得意的西门庆，遇上了人生的第一个大坎儿。这是个难以迈过的凶险大坎，也是一扇噩运之门。作为一个在市井上摸爬滚打出来的浮浪子弟，他硬是由败落户的儿子混成西门大官人，经过的事儿，迈过的坎儿，做下的伤天害理勾当，可以说不胜枚举。谋杀武大郎不是一道坎儿么？费几两银子也就遮盖过去；武松打上酒楼时岂不万分危急？找个替死鬼便化险为夷；东平府尹亲自发出提拿文书，找到陈亲家，转托杨提督和蔡太师，也就糊涂一判，风平浪静。年纪轻轻的西门庆，也算见过大阵仗了。

可这一次非同以往。这次是他在朝廷的保护伞出了问题，西门庆便慌了手脚。试想，在外省小县的他每每能遇难呈祥，都因朝中有人撑着；而一旦这些大佬塌台，顺着线头捋下来，西门庆之流又何以遁形？譬如今天之反腐，抓住一个大老虎，连带便拎出一连串中贪、小贪，古今一例也。

《金瓶梅》是一部世情书，明说北宋，实写大明，以宋朝的腐败沦亡，预示明朝即将到来的毁灭；以末世景物，映衬那些可悲的末世生灵，映衬他们的小欢喜小把戏，映衬他们斑驳芜杂的情感活动。虽然主要场景设在一个小县城，那些公然的毫无节制的贪欲，是暗黑时代最显著的社会特征，无不丝丝缕缕与京师和朝廷相关联。

就本回所写，证明了历史和社会是错综复杂的。从来末世多豪杰，有乱臣贼子，就会有仁人志士，就会有人奋起抗争。明朝的这个时期恰恰出现了不少可歌可泣、前仆后继的诤臣和义士，如抬着棺材上书的海瑞，如以死相搏的杨继盛和沈炼，他们的壮举震惊了朝野，也给予帝王和权臣强烈的震慑。

小说写这次弹劾带给利益集团很大打击，处于这一关系网末梢的西门庆似乎也在劫难逃。一场"瓜蔓抄"就要到来了！

什么叫"瓜蔓抄"？

其是对封建时代抄家办案的一种形象比喻，意谓辗转牵连，如瓜秧子之蔓延，如顺藤摸瓜，比所谓的株连九族还要扩大化。《明史·景清传》写景氏欲行刺明成祖朱棣，暴露后被分尸灭族，并在其家乡穷究不已，谓之"瓜蔓抄"，很多村庄因此变为废墟。这种穷追不舍，沾边就算，有人举报就抓就杀的办案方式的波及范围，已超出诛灭九族。清朝最喜欢抄家，清朝的抄家也最专业化。一般认为《红楼梦》后四十回不是曹雪芹的原作，但后四十回写"抄家"却是精彩极了，白先勇读了以后大大地夸奖，确实是。

为什么呢？起于寒苦之地的满洲统治者最喜欢抄家，特别会抄家，不管你藏到哪儿，不管你如何秘密转移，都能给你找出来。埋到地下能挖出来，转移到亲戚的亲戚家都能给你找出来，甚至别人欠你的钱都能给你追出来。

所以说西门庆陷入了巨大的恐慌中。为什么？女儿女婿是带着几车细软来的，谁说此举不会引来杀身之祸呢？当吴月娘又在为财宝进门欢喜时，西门庆已满腹忧虑。风暴将来时的西门庆选择了蛰伏，停工歇业、紧闭大门，日日蜷伏于家中。此时的他"忧上加忧，闷上添闷，如热地蚰蜒一般"，哪里还顾得上与李瓶儿的婚事？

再来谈**主线**，即由前两回延续下来的李瓶儿改嫁。她的再次嫁人，也因这次政治事件而一波三折，可以细分为三个小阶段。

第一个阶段的她，当然是想要嫁给西门庆，可是西门庆找不到了。她派养娘冯妈妈去找，这冯妈妈也是一个有本事的人，还真的就找到了玳安，然后呢，把李瓶儿的口信、做的金首饰送进西门大院，里边也收下了，但是又没了消息。

西门庆一下子如人间蒸发，失去音信，李瓶儿思念加上焦虑，病倒在床，渐渐不支了。请了个叫蒋竹山的医生来看病，从他口中得知西门庆牵扯进钦办大案，已是在劫难逃。此前一直写李瓶儿深爱西门庆，此时则应了那句老话，"夫妻本是同林鸟，大难到来各自飞"，更何况这时候他俩还不是夫妻呢。

李瓶儿吃了蒋竹山的药活转过来，似乎也明白过来了。

第二个阶段的李瓶儿，已不再想着西门庆，而是当机立断，闪嫁，以闪电般的速度嫁给了太医蒋竹山。书中写李瓶儿听了西门庆的状况后直后悔，转眼就看上了语言温和、一团谦恭的蒋竹山。此处文字很生动，给大家引一段：

> （李瓶儿）心里想："奴明日若嫁得恁样个人也罢了，不知道他有妻室没有？"因问道："既蒙先生指教，奴家感戴不浅，倘有甚相知人家亲事，举保来说，奴无有个不依之理。"竹山乘机请问："不知要何等样人家？小人打听得实，好来这里说。"妇人道："人家倒也不论乎大小，只像先生这般人物的。"这蒋竹山不听便罢，听了此言，喜欢的势不知有无，于是走下席来，双膝跪在地下……

就是这样简单，李瓶儿招赘了蒋竹山。虽说她的家产大多数都进了西门大院，可仍旧是一个富婆，拿出几百两银子为蒋竹山开了一个生药铺，不久又给他购买了交通工具——一头毛驴儿。市井上永远需要人招摇，也永远会有人招摇，现在该轮这位蒋太医了。

作者于此处用了两句诗："一井死水全无浪，也有春风摆动时。"调侃之笔，形容蒋太医骑着驴儿在街上往来摇摆，得意之余，也许心中正憧憬着将来换一匹马儿呢。李瓶儿又抱琵琶上别船，新婚之后，似乎已忘记西门庆，唯一遗憾的是"许多东西丢在他家"，但也是没有办法的事了。

在这期间，西门庆没敢出门，却也没有闲着，他迅速派出家仆来保，带着银子到东京去铲事儿。来保很干练，在朝中办事一路顺畅，所费亦不多：一两银子，见到蔡太师府中小管家高安；十两银子，见到太师长子、祥和殿学士兼礼部尚书蔡攸；五百两银子，求到蔡攸书信，蔡攸转托主管此案的右相李邦彦；再用五百两，便将案卷中名字改了，把"西门庆"改成了"贾庆",这个也很有意思,似乎与两百年后的贾府有了些联系。

不是说"侯门深似海"吗?我们在书中看到的却是另一番景象:蔡京的太师第、李邦彦的宰相府,贵宠远超过侯门,大门内外人来人往,只要有银子开道,身份低微些也没有关系。有意思的是,李邦彦这位当朝宰相,收下五百两银子,还给了五十两赏钱,等于打了一个九折,便把原件上的"西门庆"亲笔涂改了。

远在清河的西门庆却没有改名。银子到了,蔡学士的托情书信也就有了;银子到了,李右相也就轻松把名字改了。如今的西门庆,应说有的是银子。上次李瓶儿给了三千两活动经费,相信连三分之一也没花完,因为大家看,这么大的政治案件才用了一千两不到,上一次有几百两银子也就搞定了,所以这次进京公关,花的应该是花子虚家的银子。

第三个阶段,单写西门庆听说李瓶儿改嫁的反应。他在事件过去之后又出来走动,听说了李瓶儿改嫁的事极为恼怒,"这西门庆不听便罢,听了气得在马上只是跌脚",跌脚就是跺脚,在马上怎么跺脚?可西门庆懊丧至极,已忘了骑在马上。

回家后,见几个女眷在月光下跳绳,别人都躲开了,当然是装模作样地躲开了,唯有潘金莲不装。她哪里肯走呢!看到老公回来了,别人一躲,她就连忙迎上去了,打算往自己屋里领。哪知道西门庆心情糟糕透了,把她踢了几脚,连骂带踢,然后扬长而去。

这是主线,既写李瓶儿,也写西门庆,写他的心理变化和种种反常表现,实际上是在写李瓶儿在他心中的分量。

再说**伏线**。《金瓶梅》作者为大手笔,叙述从容,草蛇灰线,写弹劾案余波冲击到西门庆,也是当朝权奸以大力包庇了他。这是一次大波澜,波澜平息，一切看似又复归于旧，却为后面的故事伏下多条线索：

伏线一，往东京行贿蔡太师，达到了消灾免祸的目的，却又为日后西门庆的结交权贵、步入官场做了铺垫。

伏线二，路遇冯妈妈一节，得知传闻李瓶儿再嫁不虚，怅恨归家，是为后文中指使架儿打蒋竹山、虐骂李瓶儿铺垫。

伏线三，信任女婿陈经济，让其在内宅走动管事，与年轻小妾和婢女打成一片，是为后来潘陈乱伦、内帏淫靡铺垫。

至于后来吴月娘与陈经济闹崩、陈经济与西门大姐反目、来保恨骂西门庆，均在此一回留下伏笔，读者不可放过。

第五节
李瓶儿的绝情与痴情

《金瓶梅》的第十九和第二十回，主要人物还是李瓶儿，写李瓶儿的离婚和嫁入西门大院，浓墨濡染李瓶儿的绝情和痴情。这两回内容很丰富，也写了潘金莲与陈经济鬼混的小苗头，并写到被西门庆梳拢的李桂姐，也就是那个李家妓院的小妓女，又搭上了别人。

故事是这么写的：

西门大院的花园新修好，一众妻妾游赏嬉玩。因为里面有假山，有的爬上山，有的在树荫后面，陈经济乘机与金莲调情，金莲也立马接招。所以我们看，他这个小女婿也是一个大胆的人物，逃难刚刚到了老丈人家就这般作为。而西门庆饮酒归来，路上遇到两个市井光棍，一个叫张胜，一个叫鲁华，赏了几两碎银，让两人去找蒋竹山的麻烦。上一节说到蒋竹山趁西门庆遇到事儿，花言巧语说动李瓶儿嫁给他，还开了一个药铺，西门庆极为恼火，就让这两个人去找他麻烦。二人寻到蒋记药铺，一唱一和，硬说蒋竹山借了鲁华三十两银子，打了一顿，还拉到提刑所见官。而掌刑千户夏提刑早受了西门庆贿托，斥责他借了人家的银子不还，蒋竹山当然不承认，鲁华呈上借银子的文书，上写蒋文蕙借白银三十两，张胜作为保人。蒋太医大喊冤枉，却被揪翻在地，打了三十大板，只得承认借了。屈打成招，自古以来都有，作者提供了生动的例子。然后是蒋太医哭哭啼啼回家，恳求李瓶儿给钱还账。

李瓶儿特别生气，无奈之下付了银子，接着就把蒋太医赶出家门。她心中后悔万分，让小厮玳安带话，通过各种办法，还是表达想嫁给西门庆。老西说那就嫁过来吧，一顶轿子把李瓶儿抬到西门大院，一连三天不理睬。此时李瓶儿才想起蒋竹山的话，说西门庆就是一个打老婆的班头，上吊自杀，结果被解救下来。正在大家都劝的时候，西门庆进来了，骂骂咧咧，说你不是爱上吊吗，拿着绳子来，你再上吊给我看看。他又喝令李瓶儿脱光了跪下，打了几马鞭，可一听李瓶儿诉说，马上就原谅了她。两个人和好如初，西门庆连日在瓶儿房中歇宿，又在院子里大宴宾朋，伯爵等一伙帮闲百般趋奉。金莲大为嫉恨，常常在吴月娘处挑拨。

西门庆资产暴涨，娶了李瓶儿是一大宗，第二宗是女婿从东京逃难来，带了很多资产。他开始享受文化生活，选几个漂亮丫鬟学习乐器，开始过轻松愉悦的日子。一天夜晚，被伯爵等人劝往李家妓院，却发现自家每月二十两银子包用的桂姐，正在后院接别的嫖客。西门庆大怒，令手下打砸一通，恨恨而去。

以上就是这两回的主要内容，琐琐碎碎一大堆，没有什么重要的东西，但是作者写得很细微，写出情感与人性的复杂微妙之处，便觉得引人入胜。

《金瓶梅》的故事进展到第二十回，一路都是在写西门庆的风花雪月，写他对潘金莲、李瓶儿的追逐；写他迎娶孟玉楼、包占李桂姐等事。而这两回的妙笔，在于写他打人与打砸，较多显示西门庆性格中凶残的一面。前面我们不是没看到，如在王婆茶馆踢了武大郎一脚，但底气不足，慌慌张张，全是为了逃跑。

从这两回开始，西门庆黑社会老大的嘴脸有了集中展现。

先说**打人**。两回中写西门庆两次打人，一次比一次更生动。第一次是他让两个混混动手，打的是趁他遇到麻烦，浑水摸鱼娶了李瓶儿的太医蒋竹山。

贪腐社会的一个特征，就是名器名位之滥，是各种隆重名号的庸泛化。太医，本指朝廷所属太医院的医官，是为皇家服务的官职。宋元之后，有人用以敬称医术高明者，可到了中晚明时期，似乎到处都是太医。清河小小县城，敢称太医的就有好几人。如第十四回的胡太医，绰号"胡鬼嘴儿"，其医德医术不问可知。后面第六十一回的赵龙岗，绰号"赵捣鬼"，上来便是一套顺口溜，"我做太医姓赵……哪有真材实料"，让人哭笑不得。比较起来，倒是这位蒋太医还有点儿真本事，加上"谦恭礼体儿"，能给人留下好印象。

几回读下来，可知蒋竹山也不是什么好鸟，也是一个欠揍之辈，所以就有这一番好打。世上之坏人甚多，有该杀的人，有该打的人。见该杀之人被杀，很解恨；见该打之人挨打，很解气。

以本书论之，西门庆实为一作恶多端的该杀者，蒋竹山也属于欠揍该打之辈，而以该杀的西门庆让人痛殴该打的蒋竹山，便是一篇市井文字。热闹文字，是本回中一大看点。

文弱温润如蒋太医者，为何该打？

其一，蒋竹山本为医生，却趁病人之危，见色起意，见财动心，遂趁治病之便进行勾引，摇唇鼓舌，花言巧语，破坏他人之好事，转移李瓶儿的爱心。

其二，蒋太医身在市井，不识时务，有小算计而无大智慧，西门庆豪横霸蛮，也算是自家的老主顾，竟在其危难之时，夺其心爱的女人。

其三，被富婆招赘入室，却难尽丈夫之责，揽了瓷器活，又没有金刚钻，弄来些花里胡哨的玩意儿，糊弄见过大世面的李瓶儿。

其四，生为男儿，既无血气之勇，更无铮铮铁骨，得意时招摇过市，骑着个毛驴显摆，而遇上两个光棍，挨了几拳，马上就哭哭啼啼求情告饶。

蒋竹山的确有该打之处，此回中细写其挨打，让人看了又有些不忍心。本来无事家中坐，硬被人讹诈索债，硬被人恶语相向，硬被人老拳加身，生生被人扯去见官，不是他告官，是打人的人把他拽去告官；结果他硬是输了官司，被判还钱，还挨了三十大板。这样的事情、法律、事件、世道，也让人对明代社会有深刻的了解，哪里仅仅是司法不公，简直就成了合伙敲诈。这个蒋竹山简直比后来的小白菜还冤。打他的两个光棍难道不该打吗？徇私枉法的夏提刑难道不该打吗？包括缺少怜悯之心的李瓶儿，似乎也有该打的地方。

在蒋竹山挨打以后，李瓶儿把他扫地出门，看起来很过分，有点儿绝情，但实际上已成自然之势。首先要揣摩李瓶儿的心理：她真的爱西门庆，真的不爱蒋竹山，真的是思念成疾时受了蒋竹山的骗。这是其行为的心理基础。

当然，那时没有什么婚姻登记制度，两个人觉得可以了，就找一个媒人，或者不找媒人，就住到一起去。举办一个仪式，或者不举办仪式，都算是夫妻。不需要办什么手续，所以它也很简单。现在如果不办理婚姻登记、离婚手续是不行的。现在还有一个分割财产的问题，如果蒋竹山提出来，要求把李瓶儿的财产分他一半，还真的有些麻烦。可在当时很简单，骂一顿赶出去，蒋太医也就灰溜溜地走了。

故事进展到这里，我们见识了李瓶儿的富有——她已经把很多资产转移到西门庆那儿，仍然很富有；见识了她的多情——见了一面就爱上了西门庆，见了没几面的医生也爱上了；也见识了她无情无义的一面，不是一次两次，是品性如此——花子虚病重时的不给医治，西门庆遇事时的慌忙再嫁，蒋竹山挨打后的赶离家门。这时，李瓶儿重又开始一心一意要嫁给西门庆，至于那个新婚丈夫蒋竹山早被她丢在脑后了。

本回的**第二打**，是西门庆亲自动手打李瓶儿。兰陵笑笑生就这样一路迤逦写来，从从容容地道来。写痛打蒋竹山的时候，读者不免会产生对李瓶儿的不满：这样的女人，有点儿过了，有点儿太冷酷了；读者也会想到，李瓶儿虽如愿嫁进了西门大院，等待她的必有一番折磨，会想到西门庆必不肯善罢甘休，却也难以预测到这么个场景。

李瓶儿为什么这么想嫁给西门庆？甚至我们再往前推，潘金莲、孟玉楼，这些人为什么一见就想嫁给西门庆呢？

我的理解是这样的：西门庆是一个非常挺拔帅气的男子。有一篇小赋专门写他的相貌，把他跟谁比呢？把他跟张生比，就是崔莺莺爱上的那个张生；又把他跟潘安比，就是号称长得最美的那个晋代才子。西门庆有貌，有钱，还很会献殷勤，讨好女人。当初追求潘金莲，那一通上赶巴结，在门口踅来踅去，非常下力气，对李瓶儿也是如此。所以对于一些世俗女子来讲，这样的一个男人是有魅力的。

书中对李瓶儿挨打是这样写的：自杀被救后，李瓶儿不吃不喝，哭哭啼啼。西门庆来了，喊了一嗓子，让劝她的人通通出去，就剩下他和李瓶儿，这个时候西门庆发话了："道说你有钱，快转换汉子。"什么意思？就是说你不是兜里有点儿钱吗，你不就是换老公换得快吗？你一看我不行了就换人，还到我家干吗？这番话还有一点精辟，有一点精准，有一点一针见血。

外面的人都听到了，因为西门庆嗓门很大，潘金莲、孟玉楼甚至正妻吴月娘等人，大概都希望西门庆痛打她一顿，都在周边偷听，听到里面在喝骂，听到李瓶儿在哭泣，听见马鞭子抡得啪啪响，然后听到西门庆大喝一声"脱了衣裳跪着"，真是扣人心弦啊！令外面这些人好奇、兴奋、焦灼、刺激，或许也有那么一点点怜悯。

写挨打同时写偷听的人，是兼写之笔，兰陵笑笑生能同时写几处的人。这个时候，至少经历过的潘金莲应该明白，只要脱光了衣服，一场打骂就要结束了。果然，外面看戏的人还在焦灼等待，里边的戏已换成第二幕，已经搂在一起，要放桌儿喝酒了。亏了外面一众看热闹的人，只好失望散去。

你想想，一个大院里面，妻妾那么多，再有一个新人进来的时候，大家都感觉到威胁。李瓶儿有钱是出名的，西门庆对她的感情也是摆在明面上的，她的钱财先进来，如今人也来了。李瓶儿是西门庆唯一深爱的一个人，院中别的女子不难觉察，所以会感觉到一种威胁。那么遇到她挨打的时候，当然都想听一听到底是怎么个状况了，不光是好奇之心。

不管是《金瓶梅》所写的院斗——大院里的妻妾争斗，还是后来的宫斗戏，听墙角，打听隐私，背后嚼舌头说坏话都是主要方式，无一例外，今天也一样。可偷听也有难度，需要技术，偷听也需要良好的心理素质。像潘金莲喜欢偷听，但克制力很差，偷听到议论自己，搂不住火，气急了，当场就跑出来跟人家吵，暴露了几次，满大院都知道她喜欢偷听，都防着她。

不是说西门庆是"打老婆的班头，坑妇女的领袖"吗？写到这里，他的小妾中已有三个人被打过，拳打脚踢，抡耳光，又拿马鞭子往赤条条光身子上招呼，充满暴戾之气。而细加辨读，又发现他打骂小妾之举，常也是雷声大雨点小，形式大于内容，威吓大于动手：

先是打孙雪娥，因其违拗、多嘴和不服，"踢了几脚""打了几拳"，皆可说意在震慑，最后因金莲调拨，"三尸神暴跳，王陵气冲天"，他才"尽力拿短棍打了几下"，打了几下，但不是往死里打。

接下来打潘金莲，因其勾引童仆奸宿，这个性质就比较严重了，喝令她脱了衣裳跪着，也就是抽了一下，便丢了马鞭子，与金莲二人放桌儿吃酒，重归于好。

这次打李瓶儿，也是有必打之过——另嫁别人，嫁完了别人又后悔，又要嫁给西门庆，一番折腾后娶进门来。在西门庆看来，她犯的错比潘金莲严重得多，既败坏了他的脸面，又影响他的生意，资助蒋竹山开了同样的药铺来竞争。李瓶儿吓得战兢兢脱光跪下，而几句真心话一说，"西门庆欢喜无尽，即丢了鞭子"，把瓶儿搂在怀里。

时序仲秋，夜月朦胧，挨打的已被拥于怀中，饮酒私话，偷听者仍在霜露中痴心儿伫等……金、瓶、梅三位女子，就这样聚齐了，就在此夜此时聚齐了。

星月之下，瓶儿在屋里先是挨骂挨打，此后是卿卿我我；金莲先是在小院外偷听打探，兴奋，后来又沮丧，不停地咕咕哝哝；而春梅则里里外外忙个不住，有一种受到信任的得意，兼也传递些屋里的信息给外头焦灼的主子。

一部《金瓶梅》肉欲横溢，也重写情，没有太多笔墨细写爱情，但擅于写红尘中芸芸众生的俗世之情，擅于写风情和偷情。

本回中类此之描写很多：

次日一早，与李瓶儿一夜欢聚的西门庆，可能有些觉得没面子，出门时脚步很快，应是不愿意见到其他妻妾，偏生遇见最不愿见的潘金莲，被她叫住，被她硬拉到房中，被她从袖筒里掏出瓶儿的金丝首饰。学者扬之水写了一篇文章，专门谈这件首饰，是一件全金的首饰，来证明李瓶儿的富有和曾经的经历，就是那种跟上层的人物有衔接的经历。潘金莲趁机要了一件，不光是要了一件，还把他讽刺了几句，发散一下心中的郁闷。

在西门庆走了以后，李瓶儿盛装出来，与吴月娘等人见面。因为她嫁到西门大院以后，又是上吊，又是挨打，别人也不来看她，她也没有机会跟其他人相见。现在与西门庆重归于好，仿佛一天的乌云消散，她就出来跟其他人见面了。

妻和妾之间，不管怎样心中不满，面子上也还有一个互相尊重。格于情面，吴月娘等只能虚与应酬，上房丫头小玉和玉箫则杀出来为主子出气，两个小嘴噼里啪啦，一连串的歇后语和俗谚，说的全是前夜挨打之事，把那满心喜悦的李瓶儿讥讽得一愣一愣的。为什么要这样？证明吴月娘她们心里有气。

数日后西门大院举办成亲喜宴，标志着李瓶儿正式进入西门庆的妾班（就是小妾的排行），也标志着这位心机不深的富婆（请注意我给她的定位是"心机不深")卷进了后院之争的旋涡。这是专为李瓶儿摆的酒席，此前的孟玉楼、潘金莲嫁来时没有这个待遇。所以说她的出场，帮闲们的吹捧，场面上的喧哗哄笑，乃至演唱的曲词和曲目，都让后面偷听的妻妾觉得刺耳酸心，很不舒服。

故事进展到这里，"瓶十回"已经快要完结，也就是在这一回，揭开了院内妻妾明争暗斗大戏的帷幕，西门庆正妻吴月娘的戏份儿也开始增加。

第十九回，写张胜、鲁华二人受西门庆委托，痛打蒋竹山，也顺便写了他们对蒋记药铺的一番打砸，还引发了哄抢，但是西门庆没有参加。

到了第二十回末尾，**又写了一次打砸**，那是在李桂姐家行院，在一个雪夜，西门庆被几个帮闲拉着突然到访，李桂姐正在后院接待一个杭州客商，老鸨从容对付，推说桂姐走亲戚去了。没想到这些人盘桓不去，而西门庆还跑到后院上厕所（也保不准是有所怀疑，借故察看），听到嘻嘻笑声，过去一看，事情穿了帮，立刻恼怒发飙。

作者以两支曲儿，描绘西门庆与老鸨子的对话，堪称精彩。以西门庆来说，每月拿二十两银子包占了李桂姐，二十两银子算是蛮多的钱了。而所谓包占，就是我给了银子，你不能再接待别的嫖客。虽说他有一段时间不再关注小桂姐了，可突然发现自己拿钱包占的小妓儿，却由别人来享用，别人在那里跟李桂姐鬼混，自然很生气。

老鸨子怎么回答的呢，也是实话实说，她"不是你凭媒娶的妻"，"一家儿指望他为活计"。是啊，这个妓院的头牌就是桂姐，我们还指着她过日子呢，她又不是你明媒正娶的妻子，你怎么连这都不能理解？毫不回避，也显得有点儿理直气壮。

由此看来，什么东西都不能长期闲置，对于妓院的妓女是如此，对那些风流放荡的女子也是如此。像潘金莲，闲了几天就开始勾引家中的小厮；李瓶儿闲了两个月，就嫁了蒋太医。西门庆有好长一段时间没有到李家妓院了，李桂姐接了别的客人，也是再正常不过了。西门庆气消之后，应该也想通了这个道理。

"瓶十回"就以西门庆在李家妓院的打砸作为收束，下一个单元的重点，会转移到西门大院第一夫人吴月娘的身上。如何做西门庆这样一个人的妻子？如何驾驭像潘金莲这样的小妾？对于吴月娘来说充满难题，她拿捏得也经常不到位。但她始终有一身"正气"，我说的是"正妻之气势"，也有那么一点儿行事正大的意思。在本书中，吴月娘也是一个写得非常饱满的角色，不可放过。

第三单元

西门大院的
第一夫人

进入《金瓶梅》的第三个单元，也就是第三个十回，已经不太容易将之定义为"某十回"，请诸位关注三个人物形象：两个旧人，即久已出场的吴月娘和孟玉楼；一个新人，就是新来的女仆宋惠莲。至于大家已经熟悉的潘金莲、刚进入西门大院的李瓶儿，仍沿着个人的生命轨迹向前滑动，想要忽视也难。《金瓶梅》一书，写潘金莲易，写吴月娘难，而作者从潘对吴的挑战入笔，到对吴不敢冒犯，再到被吴逐出家门，描绘出了一个个性鲜明的主家娘子。

第一节

"正室范儿"是如何炼成的？

前边的第十八回，由于潘金莲枕边挑拨，西门庆与正妻吴月娘发生了矛盾，没有吵嚷，两个人就互相不说话了，似乎要酝酿一场大冲突。而第二十一回开始，写的却是二人和好。《金瓶梅》的写作真令读者应接不暇，很难预先猜测，因为世象万千，世事纷纭，生活是无限丰富的，你以为沿着这个轨迹会怎么样，但却可以是另外的样子。

故事梗概为：

> 西门庆在李家妓院惹了一肚子怒气，雪夜归家，进院门之后，正巧遇上吴月娘焚香祷告，祈求上苍赐予丈夫平安和早得儿子。西门庆非常感动，向前抱住，两人和好如初。金莲得知后，背后与玉楼好一通议论，表面上又约李瓶儿等凑钱办酒，表达祝贺。次日是孟玉楼生日，伯爵等受李家妓院之托表示赔情，月娘阻拦

不成，西门庆又到妓院与桂姐相会，但总算晚上赶回来，一家子为玉楼祝寿。西门庆又看上家仆来旺之妻宋惠莲，让丫鬟玉箫传信儿，将惠莲约在藏春坞，哪知潘金莲冷眼瞧出端倪，赶来窃听，发现二人的奸情。李娇儿的侄子李铭被请来教习家乐，借酒捻了捻春梅的手，被春梅大声嚷骂，将他赶离家门。

在第二十一回，作者终于把笔触转到西门庆正妻吴月娘身上，用笔不多，但墨色很浓很亮。

吴月娘是《水浒传》里没有出现的人物。施耐庵笔下的西门庆，虽也有几房小妾，然明说发妻已死，未曾续弦。如果说李瓶儿在《水浒传》中还有一些影子——含含糊糊说到大名府梁中书的小妾，月娘则是兰陵笑笑生的纯新创造，是一个新的重要形象。

西门庆既然由前书的过场人物变为主人公，如何为他配置一个正头娘子，应该是《金瓶梅》作者的一个重要任务、一大增量，是由"水浒故事"再创作的大难题，也是从江湖转向市井、从绿林回归家庭的书写标志。这也正是兰陵笑笑生之擅笔。

于是，"吴月娘"从容登场了，一亮相即见出饱满个性。不管是潘金莲、孟玉楼还是李瓶儿，包括那个平日不言不语的李娇儿，都是各有千秋的厉害角色，却也无一人能盖过或遮蔽她这个第一夫人。

吴月娘是一个复杂形象：出身千户之家，哥哥也是千户，对市井破落户西门庆似乎有那么一点儿心理优势；而娘家显然较穷，两个哥哥吴大舅、吴二舅都很穷，求恳依赖西门庆之处多多，又让她有些气短和无奈。这是一个生性倔强和硬气的女人，是一个眼睛里揉不得沙子的女人，又是一个话语不多而出口如出刀、心机不深而敢用霹雳手段的主家婆，虽然没有稠密的心眼儿和算计，但就是敢玩硬的和狠的。后来潘金莲闹出丑闻，吴月娘毫不客气立刻把她卖掉。

吴月娘看起来吃斋念佛、持重寡言，实际上颇有心计，也始终掌管着西门大院的家政。在阅读这部书的时候，大家先要有一个对吴月娘的基本认知。

有了这样的正房妻子，西门庆才算有了一个完整的家，这部家庭伦理小说才有了一个完整的主场，《金瓶梅》的故事才由《水浒传》进入一个新层面。吴月娘虽然不是"金、瓶、梅"，可她是西门大院的真正主角。

家中有一个如此折腾的家主西门庆，有这样的五位小妾，还有春梅、宋惠莲，以及后来陆续登场的如意儿、贲四家的这样一批丫头仆妇，吴月娘的戏注定是难唱的。我们看西门庆每日价寻花问柳，看他不断地纳妾和偷情，看他调戏朋友之妻、奸淫仆妇婢女，真为月娘担心；而读至潘金莲暗地里挑拨，读至吴月娘与西门庆冷战，读至玉楼的殷殷劝告和月娘一番发狠的话，这种担心更为强烈。毕竟这是一个庞杂大家庭的正妻，所以让人担心，是不是又一个家庭悲剧要发生了？

未承想到了此回，一切又峰回路转。

此一回开篇，选择了一个寻常的夜晚、一个下雪的夜晚，西门庆负气而归，与在院中焚香拜斗、祝赞三光的月娘不期而遇，听到了她的真切告白后大为感动，二人重归于好。

若论起人物形象的塑造，应说是写潘金莲易，写吴月娘和孟玉楼难。

易在哪里？难在哪里？首先，潘金莲是一个典型的坏女人、恶毒妇，在《水浒传》已有基础上怎样加料都可以；而吴月娘、孟玉楼则是生活中常态之人、常见之人，不可稍失生活之本真。

其次，写金莲多写其害人害己的鬼蜮伎俩，写月娘、玉楼则要见其七情六欲和日常百状。略如画坛所谓"画鬼易，画人难"，塑造潘金莲形象多少有点儿像"画鬼"，可以把大量的恶毒性格特征都集中在她身上，而塑造吴月娘形象则是写平常的人，日常生活中常见之人。

值得大家关注的第二个人，是孟玉楼，已经登场很久的孟玉楼。不是早就说孟玉楼是一个乖人吗？这一回才细写她是怎样的"乖"法。那是在西门庆和吴月娘和好的次日一大早，孟玉楼就到了潘金莲那儿，两个人一起议论昨晚之事。潘金莲还懵懂不知，而孟玉楼已然是了如指掌。她俩讨论得很热烈，似乎都坚信这不是一次巧遇，而是一个精心的设计，是一场演出秀。尤其潘金莲，她说既然是夜里面许愿，那你在心里默默地祷告就是了，哪有大声地喊出来，故意让人听到之理，显然是在做局。让潘金莲这么一说，孟玉楼表示还真有这么点儿意思。

就这样，背后嚼了一阵儿舌头，俩人合伙搞了一场小批判，批判的锋芒直指吴月娘。然后，孟玉楼才说出前来的本意。是什么呢？即提议大家凑点儿银子，五个小妾合凑几两银子，给西门庆和吴月娘摆一桌酒，庆祝二人的和好。

诸位注意，前面的议论只是引子，请一次客才是她来的本意。潘金莲当然心里别扭，表面上也要跟着凑趣。俩人很快达成一致，五个小妾，让李瓶儿出一两，其他四人每人五钱，凑三两银子，办一桌酒席。

这里要说一下，她们两个在一起，从来就是拿李瓶儿做冤大头，你不是钱多吗，什么事都让你出得多。李瓶儿也不在乎，或者说乐意被宰，很爽快地从箱子里拿出一块银子，说给你们吧。一过秤是一两二钱五，富婆出手就是不一样。

　　李娇儿和孙雪娥就麻烦了，吭吭叽叽，就是不想出钱。而玉楼不急不躁，耐心等待，但不能不给，逼着也拿了一些。于是，一妻五妾围绕在西门庆身旁，其乐也陶陶，一派祥和。月娘心情很好，从太湖石上扫下新雪，煮开后烹茶与众人吃——小日子过得有点儿情调了。

　　在阅读这本书时，我能感觉到作者对吴月娘有一份尊重，他笔下的西门庆对吴月娘也有一份尊重。这位女主人当然谈不到高大上，但是真实，身上也有几分正气，直露而不霸蛮，爱财而不贪酷，生活在西门庆身边，基本上见不到她助纣为虐、火上浇油、推波助澜之举，反而是不失同情心，经常做一些规劝，实实不易。

　　本回中也写了吴月娘与西门庆上床过夜，却不涉淫邪，不加渲染，点到为止。请注意作者的写作风格，看似汪洋恣肆，实则凛然有一种法度，对月娘的尊重，还有隐约可见的对孟玉楼的尊重，来自作者对生活本身的理解和尊重。至于对潘金莲，对"替花勾使"的应花子，对转瞬忘恩的李桂姐，兰陵笑笑生便没了这些个客气。

　　不妨再回到本回开头，再读一遍吴月娘的月下祝词，她所担忧焦虑的是"夫主中年无子"，所祈愿者是"早见嗣息，以为终身之计"。其所忧心者也是丈夫的忧心，所祈愿者也是丈夫的祈愿，夫妻同心，一下子就打动了西门庆。

　　古往今来，世上许多人都很容易被感动，却很难被改变。西门庆更是如此。听见吴月娘一片真情告白，内心深深感动，然感而不化，月娘苦口婆心的规劝，仍抵挡不住应花子三言两语之诱惑，阻挡不了他往李桂姐那里走。

若说这两回的重头戏,既不在吴月娘、孟玉楼,也不在李桂姐,而在西门庆新的猎艳之旅,在于女仆宋惠莲,所以要重点说说这位新人。

先要将她与潘金莲做一点比较。

新来乍到的宋惠莲,原来的名字也叫金莲,其与潘金莲的经历和习性好有一比:金莲二十六岁,惠莲二十四岁,小两岁;二人都生得颇有些姿色,"身子儿不肥不瘦,模样儿不短不长",没有姿色在西门庆这里是待不住的;她们的家境均属贫寒,金莲出身于南门外潘裁缝家,惠莲生在卖棺材宋仁家(大家注意这里人名的趣味性,买棺材的叫宋仁,谐音"送人");金莲先卖在王招宣府,再卖到张大户家,而惠莲则卖在蔡通判家;两人都因"坏了事出来",金莲是与家主张大户私通,惠莲则与主家娘子打伙儿养汉;金莲嫁与卖炊饼的武大,惠莲则嫁给厨役蒋聪(谐音"姜葱"),又都死了丈夫;金莲以一双小脚为骄傲,而惠莲的脚"还小些儿"……至于所写宋惠莲"性明敏,善机变,会装饰,龙江虎浪,就是嘲汉子的班头,坏家风的领袖",也就是风流成性,以及随后小诗"斜倚门儿立,人来倒目随"云云,都有潘金莲的影子。

二人实在是太像了,兰陵笑笑生常在这种状况下施逞才情:先说相似,再说不似,于似与不似之间塑造个性化形象;先写相合,再写相弃,借和合离弃摹写情性作为。一切莫不自然流显,一切莫不委曲详尽,皆在后文中。

市井生活真是丰富多彩的,充满着变数。西门大院刚刚安定了一些,西门庆和主家娘子刚刚和好,李瓶儿那一番折腾刚刚过去,宋惠莲就出现了。她一下子就吸引了主子西门庆的眼球,不几天便勾搭成奸,打得火热。这当然不是什么恋情,也不需要什么"挨光",黑影子搂上就亲了个嘴,又叫丫鬟玉箫传话,送了"一匹蓝缎子",事情就成了。

若说西门庆勾引潘金莲和李瓶儿都还颇费心思，颇有周折，都是踅了又踅，才最终得手，其与宋惠莲之类女仆则极为轻率简易。有一句俗谚，道是"兔子不吃窝边草"，不知出处在哪里，实在有几分可疑，世上哪有不吃窝边草的兔子呢？

但是勾引女仆容易，想找个幽会的地方却有些难。她们虽常在身边晃动，可前后左右的眼目也多。西门庆在花园内假山下修了一个洞子，俗称雪洞儿，雅名叫作"藏春坞"，大约早有用意，这一次派上了用场。惠莲悄悄跑到雪洞子里与家主私会，即便如此，也难逃丫鬟们雪亮的眼睛，更难逃脱潘金莲的追踪。

这是《金瓶梅》的一大特点，写出了偷奸与捉奸角色转换，擅于偷奸者大多也是捉奸高手。金莲在山子洞里将二人拿个正着，这下轮上她审问"偷了几遭"了，西门庆嬉皮笑脸地告饶，金莲没有声张，又一次充当了奸情的同盟者，也在心底埋藏下新的妒恨。

请注意这位宋惠莲。在《金瓶梅》中，在"金、瓶、梅"之外，她也是一个重要女性，几乎成为西门庆的"第七个老婆"。潘金莲第一个发现二人的奸情，也是潘金莲敏锐察知宋惠莲的小目标，发狠说我要是让你成了院子里的第七个老婆，就誓不为人。

在后面五个整回的篇幅里，惠莲常常成为叙事的核心，整个儿西门大院常见其活跃的身影，常听到她放肆的笑声，最后则是其痛彻肺腑的嘶喊号哭。

附带还要说到一个女子，就是春梅，这个潘金莲房里的小丫鬟也出现蛮久了，早显现出她的不同凡响。在第二十二回末尾，担任音乐指导的李铭趁机捻捻她的手，无非是见色起意，试试水深水浅，没想到春梅立刻翻脸斥骂。这样做，不是要证明自己的冰清玉洁，而在显示心高气傲。

春梅的刚烈和明快，骄横与强梁，她的得理不让人，在大院中都很少有。一般说来，器乐教师与学生不是常会发生点儿故事么？手把手传艺之际，不也正可传情么？认真学习的学生不是更容易与老师擦出情感火花么？只可惜李铭老师找错了路头，这个只会低眉顺眼、低声下气的小优儿，哪里懂得《金瓶梅》的"梅"呢？

如果将春梅与孙雪娥的交锋忽略不计（实际上她一直埋在心底），这应该是她的第一场秀。此处一段描写，也见证了"挨光计"的局限，说明那往玉臂上的一捻一捏，完全可能有不同的结果，关键在于是谁去捻和捏了。

第二节

潘金莲的另一个模版：宋惠莲

若说《金瓶梅》第二十三和第二十四回的关键人物，应都是宋惠莲。她是西门大院的家奴来旺新娶的媳妇，也是西门庆的奴婢，是很快就引起他注意并挂刺上的女人。

故事梗概为：

过年期间，西门庆和吴月娘有些外出应酬，孟玉楼、潘金莲在瓶儿房中下棋，赢了她五钱银子，让惠莲烧了猪头来饮酒，蕙莲也露了一手厨艺。到了初十那天，众女眷都到李瓶儿房里吃酒听曲，宋惠莲借机与西门庆在上房厮混一阵子，不能尽兴，竟提出夜里在金莲那里欢会，未获得同意，只好又与西门庆到山子洞内，其冷难耐。与主子胡搞之同时，惠莲嘴里胡扯闲篇儿，对潘金莲多有不满和议论，未想到此人正在窗外窃听，恼恨至极，只是未敢当场骂出来。正月十六日，西门庆合家欢乐饮酒，潘金莲借机与女婿陈经济掐掐捏捏，却又被窗外的宋惠莲"瞧了个不亦乐乎"。当晚女眷们带上丫鬟小厮出门观灯，惠莲也不知哪根筋有病，专一与陈经济调情，打牙犯嘴，引得众人侧目，当然最恼火的还是潘金莲。

通过这两回的故事，可看出宋惠莲很有个性，豁得出去，胆子很大，嘴巴也锋利，但在本质上是一个浅薄、淫荡女子。她的生命过程非常短促，在不久后就自缢身亡，所以又是个可怜之人。

这两回的宋惠莲有几个特征，一个是**急**，就是急于找一个与主子幽会的地方。

在并不遥远的过去，恋爱中人或偷情之人的一大心愿，便是能找到一个隐秘去处，一个能尽情尽兴的两人世界——不必宽敞，不必豪华，只是一个小小的秘密地方。而这又常常是一个天大的难题。于是田间地头、小树林、麦秸垛、公园里的躺椅……都成了无奈时的选择，紧张和匆忙冲淡了应有的甜蜜。知道什么叫"情急"吗？找不到地方最是情急。情急之下，不择地而勉强施为，又往往会招致许多麻烦，甚至带来悲剧。

古人也是如此。反映到中国的文学作品中，便有了佛殿、旅邸、后花园，等等。有些国外教授研究中国文学，说中国的青年男女有一种"后花园"情结，似是而非，拥有后花园的家庭毕竟太少了！

西门庆家就有，占有了花子虚家宅子后，他兴建了一处花园，那园子里面有假山，山下还专门修了一个山洞，叫"藏春坞"。正月初十，合家女眷在后院饮酒,西门庆回来了,与宋惠莲约定在藏春坞私会。但是在决定这个之前,他实际上是想在潘金莲屋里私会。谁提出来的呢?宋惠莲。宋惠莲为什么提出在潘金莲的屋里呢?她情急之下昏了头,搞不清楚谁最恨她,居然把潘金莲当作自己的保护伞了。

宋惠莲的第二个感受是冷,那种严重影响到做爱的冷。

虽然西门庆拥有一座大的花园,虽然他在花园中特地整了个私会的地方,但仍然有许多不便,此处写的就是这种不便,精彩处也在这里。宋惠莲与西门庆幽会的假山洞,尽管点了一盆火,但还是太冷了。宋惠莲进去时,西门庆已经在了,书里写说"但觉冷气侵人,尘嚣满榻",首先是冷,加上有很多灰尘。西门庆拜托潘金莲派丫鬟去点一盆火,打扫一下卫生,抱个被子过去,但明显就是应付一下,被子也拿去了,火也拿去了,既不暖和,也没有收拾干净。所以自古偷情也是一个苦事儿,西门庆为了偷情还是真能吃一点儿苦的。

可宋惠莲心里面很不忿,尤其对潘金莲的拒绝不忿,做爱的兴致大减,嘴里剥剥剌剌念叨个不停。她先是喊冷,把山子洞形容为"寒冰地狱",说嘴里衔根绳子,冻死了好拉出去;又说自己的脚小,穿的鞋都能套着金莲的鞋儿穿,让在外面偷听的潘金莲耿耿于怀;还说潘金莲也是个回头人儿、露水夫妻……她哪里知道潘金莲在外偷听。

《金瓶梅》中写了潘金莲一次又一次的偷听,这一次仍然是在窗子外边偷听,藏春坞也有个小窗子,她就站在外面偷听。可是偷听也是一件辛苦、憋闷、折磨人的事,尤其是听到里边在说自己的坏话,那些让她忍无可忍的话,气得她的胳膊发软,但她也不敢闯进去斥骂,当然是害怕西门庆翻脸动手。在这么个冰窟里,被那惠莲埋怨,老西也是一肚子的扫兴。

至于正在喝酒的吴月娘等人,完全没有发现眼皮子底下的秘密,没有想到冬天的山子洞还会发生这样的事,她们只管品尝享用美酒和小曲儿,只管享用惠莲的独门绝技"扒猪头"。宋惠莲也是个有本事的女子,能用一根劈柴把猪头煮得稀烂。前些年有的地方研发"金瓶梅菜系",其中一品就是宋氏"一根柴火儿"烧的猪头,宋惠莲理应拥有知识产权,搁在今日,至少应是个"非遗"代表传承人吧。

说完宋惠莲的着急与害冷,也有必要说一下她的张狂与潘金莲的郁闷。那是在第二十四回,元宵节的第二天,正月十六,潘金莲、孟玉楼和李瓶儿等人离开大院,到狮子街上去走百媚儿,最活跃的就属宋惠莲。元宵的精华,常不在十五,而在十六,所谓"十五的月亮十六圆"是也。此一回正写在这样一个月圆之夜,西门大院——不是全部人,吴月娘、李娇儿未去,孙雪娥是没有资格参加,所以就是这三个人——金莲、玉楼、瓶儿,领着宋惠莲和陈经济这些人,来了一次月夜的盛装出游。

作为世情书的《金瓶梅》,自然离不了风土人情,离不了世俗百态,离不了节令景物。故该书特重对节日的描写,善于以四季节候带写出人物和故事,而着墨最重的就是元宵节。去年元宵节,西门家一众妻妾往狮子街李瓶儿楼上观灯,非常招摇,成为小县城灯市之一景;今年元宵节,瓶儿已嫁入西门大院,狮子街小楼也已成为西门庆的资产,如何不再到那里观灯?

作者偏生略而不提,不做这种重复,偏要从正月十六写起:写西门庆在家中挂灯宴饮,然后又被应伯爵叫走;写潘金莲与小女婿陈经济背着人捏手踩脚,却让惠莲在窗外看见;再写大夜里一队妖娆出离家门,装束得"恍若仙娥",月色下"走百媚儿"。

这里要解释一下,本来是正月十六"走百病儿",旧时妇女在元宵节期间避灾求福的一种习俗,也就是说这么一走,百病皆除。书中写成了"走百媚儿",即"回眸一笑百媚生"的"媚",很形象,也很准确,是说一帮年轻女子、大户女眷在月光下妖妖娆娆走过来,盛装出游,千娇百媚,成为街上的一景。

本以为作者会让她们回避狮子街小楼,没想到还是去了那里:李瓶儿的养娘冯妈妈成了当家人,又招来了两个小女孩,开办了一个"家政服务公司";而楼上临街的窗,今年换成了宋惠莲、春梅等人招摇,也要推开窗子张看,也要嘻嘻哈哈做出许多张致。

滚滚红尘,年复一年,任何时代的生活都是丰饶的,看似重复,实则新鲜,人和事也都千差万别,是那种自然细微的差别。如实染写人生,哪怕就写一个人每天吃早点,也不会重复赘累。

潘金莲是这次"月光之旅"的发起人。她与陈经济眉来眼去已经有一段时间了,席间偷偷捏手踩脚后更觉饥渴,心里必然想借机整一点儿故事。未想到宋惠莲抢着出风头,一会儿要陈经济等她梳妆换衣服,一会儿喊陈经济放桶子花,一会儿喊他放元宵炮仗,一会儿说自己掉了头上花翠,一会儿又说掉了鞋,只管黏着那陈经济。

这就是宋惠莲,所有这些都是一种遮掩,遮掩她勾引陈经济的本质。但是所有这些遮掩又都是欲盖弥彰,完全遮掩不住。西门大院中的女性,谁看不懂此类公开公然的调情呢?所以这一支出游队伍的大多数人,大约在开始时都有一点儿兴奋,随着惠莲和经济越来越过分的起腻,慢慢的就冷下来了,大多数人都沉默了,都在冷眼旁观了。

不管是一部小说，还是从生活中的现实存在来讲，再亮的月光也是朦胧的。朦胧月色营造了调情的氛围，常也使调情者误以为是在黑暗中，从而低估他人的观察力，也低估了调情的危险。殊不知愈朦胧则愈清晰、愈危险。调情者的一切举动都在他人眼中，包括那藏于内心的龌龊念头，在别人看来都是理路清晰的。

往日最活跃的潘金莲，竟全然被惠莲盖住了风头，甚至消解了兴致。我们听不见潘金莲放荡的笑声，听不到她一句接一句的妙语趣话。她很喜欢讲一些风趣的话，这次竟然听不到了。她一向以一双小脚为傲，也被众人艳羡，玉箫却指出惠莲正套着她的鞋儿穿，使她深受打击。孟玉楼忙问怎么回事？潘金莲提不起精神，甚至连恼火都恼不起来，只是嘟囔了一句，说昨天惠莲向她要了一双鞋，哪知道她是想着今天在走百媚儿的时候套着穿。

为什么要这样做？为什么明明看见了金莲与陈经济有私，偏偏要当众与他打情骂俏？宋惠莲显然是在向潘金莲宣战，报复她的不提供场地，公开羞辱她。这是一个令潘金莲非常憋闷的夜晚。宋惠莲成了这场服装美人秀的真正主演，而且轻而易举就与陈经济有了默契。我们知道原来陈经济跟潘金莲已经有了一些勾搭，惠莲轻易就夺了风头。作者没有太多去描写潘金莲，但写了宋惠莲的亢奋疯癫，也就写出潘金莲的沉闷和憋气堵心。此时，大院之中能给潘金莲添堵的人已然不多了，惠莲竟跳将出来，藏春坞背后诬蔑的账还没有结算，今夜的她更有些上头上脸了。

宋惠莲天生是一个轻浮浅直之人。在主子那里受宠，偷着乐就算了，可她实在压抑不住内心的幸福感，兜里有了几个小钱，就开始买胭脂买粉、买梅花菊花、买鬓花大翠、买销金汗巾儿，"越发在人前花哨起来"。这个夜晚，宋惠莲像是打了鸡血、服用了兴奋剂，当众，当着潘金莲与西门大姐，肆无忌惮地与经济吊膀子。这是对金莲的公开挑战，更可以说是一种蔑视。睚眦必报的潘金莲心中已经深深埋下仇恨。

第三节

惠莲之死

《金瓶梅》第二十五和第二十六回的主人公还是宋惠莲,是她短促人生的最后一段旅程,是一个悲惨绝望的告别。

故事梗概为:

春风吹进了西门大院,一干女眷不免春心荡漾,月娘与众人在花园中荡秋千,潘金莲兴致勃勃,却再次被宋惠莲夺去了风头,"也不用人推送,那秋千飞起在半天云里,然后抱地飞将下来,端的却是飞仙一般"。而她的丈夫来旺与孙雪娥本有私情,从杭州置办"蔡太师寿礼"回来,也给雪娥带了一份礼物,悄悄送来,孙雪娥将惠莲之事全盘告知。来旺对西门庆痛恨不已,酒后说了几句狠话,被另一个男仆来兴告诉金莲和玉楼。西门庆得知,又了解到来旺与雪娥关系不正常,痛打孙雪娥一顿,声称还要收拾来旺。惠莲为保护来旺,想方设法解劝,西门庆答应不再追究,还要派来旺往东京送礼。潘金莲听说后横加阻拦,一番话使西门庆改变了主意,决心要除掉这个潜在的威胁。西门庆不再派来旺去东京,假称让他开店,给了六包共三百两银子(只有一包是真的),又设下陷阱,夜间呼喊有贼,将持刀赶来捉贼的来旺抓住,送到提刑所拷打。惠莲极力相救,连哭带闹,几乎说动西门庆放了来旺,又是金莲阻拦,将之发配徐州去也。惠莲得知后上吊寻死,被救回后又与雪娥厮打,终于自尽身亡。

读到这里,觉得应该为此书编制一个年表,略去闲言淡语、日常琐碎,专记书中人物生死起灭之大端。使得从今而后读此书者,先有年表一册在握,文中出现一人,便于表上查知他的命数,将其青春年华与迟暮岁月相叠映、放浪形骸与恹恹病终相比较、害人手段与遭人坑陷相对读,或能有一番更深的人生和人性感悟。

数年前曾读过一篇颇有意思的文章,题名《蜉蝣的一日快活》,是说朝生暮死、只能活几个小时的飞虫,也有它的幸福生活;也说尽管蜉蝣餐风饮露,沐浴着阳光自由飞舞,仍然只拥有极为促短的生命。

人非蠓虫,然则生命过程的短暂和生存状态的麻木,有时竟又与蜉蝣无异。我们看一众女子在西门大院花园荡秋千,春风和煦,笑语喧哗,"红粉面对红粉面,玉酥肩并玉酥肩;两双玉腕挽复挽,四只金莲颠倒颠",是怎样的开心时刻!又是怎样的与蜉蝣相近似!

如果把宋惠莲的死比作一出多幕剧,打秋千是**第一幕**。

现场的每个人都显得很开心。月娘不光亲自上阵,还讲了个与秋千有关的故事；金莲先和玉楼配对，再与瓶儿配对，显见争强好胜之心；西门大姐同丫鬟们也纷纷上场，露两手的同时也露两腿。专一在女人堆里掺和的女婿陈经济，借着推送之机占便宜，嘴上喊累，心中应该是美得不行。

最出彩儿的还是宋惠莲，把秋千荡到半空中，"被一阵风过来，把他裙子刮起，里边露见大红潞绸裤儿，扎着脏头纱绿裤腿儿，好五色纳纱护膝，银红线带儿"，真是精致爱美，真能显摆哦。

飞在半空中的惠莲看见了什么？一味臭美和卖弄的她，陶然于春阳之下，根本看不见死神正扑闪着黑翅膀，狞笑着向她悄然逼近。

宋惠莲也不会看见正院发生的**另一幕**，她的丈夫来旺从杭州办货归来，正在与孙雪娥悄悄会面，这是一种私底下的相会，带给她一些南方买的礼物。孙雪娥则抓紧向他讲宋惠莲与主子的事，来旺顿时恼得不行。大家自可以想象，孙雪娥与来旺也有一番私情，也发生过一些苟且之事。又一场风波就要起来了！

真不知道西门大院内有多少秘密？不知道这里还会发生多少孽缘？西门庆随性收用有姿色的丫鬟，潘金莲勾搭眉清目秀的童仆，而童仆和丫鬟之间也有自己的私会；家主搞了伙计的老婆，伙计来旺也偷了西门庆的小妾，也是各有各的快乐。

谁能想到愚笨的孙雪娥也会红杏出墙？此回虽未展开，却也用简单几笔，勾画了她与来旺的故事：外出采买归来，大院中有那么多眼目看着，可来旺还是与她在房中幽会。孙雪娥也是有几分姿色的，捎带脚回赠一个秘密，即惠莲与西门庆奸情的全记录。天晓得她是如何得知的？这又是一个秘密。

仔细阅读，又觉得西门大院中几乎毫无秘密可言。西门庆悄悄送了惠莲一匹蓝缎子，丫鬟几乎人人皆知；两人在山子洞鬼混，原以为只有金莲知悉，没想到后厨的雪娥也门儿清；金莲与小女婿偷偷调情，背后搞点儿小动作，早被惠莲在窗外看了个不亦乐乎。这回写雪姑娘与来旺的鬼祟行径，也让小玉瞧个正着，传播得满世界得知，包括宋惠莲。所有的秘密都曾是秘密，只不过解密太快，于是便成了把柄，酿成仇恨。

第三幕是来旺醉骂西门庆一节，骂得酣畅淋漓，骂得气势磅礴，什么"白刀子""红刀子"云云，也都是心中的所思所想。然而请注意：他是醉后才骂，是西门庆不在时才骂，是以为家主不知道才骂的；当着主人的面时，来旺从来都是一副忠仆的乖顺模样儿。

西门庆又怎么会不知道呢？

他很快便得知来旺的咒骂，同时也得知了这小子与自己小妾的奸情，就此也拉开**第四幕**，情节开始变得反反复复。按照通常的做法，他首先打了孙雪娥一顿，打过也就算了。对于胆敢搞自个儿小老婆的来旺，似乎觉得算是扯平了，又经惠莲一番糊弄，决定把他派出去做生意，并且先让他去一趟东京。这是一件美差，更是一种信任，是一个不再追究的信号。

正处于惶恐不安中的来旺，好不开心。请注意，此时的宋惠莲显示了对丈夫的关爱和怜惜，真心为他说话，为他辩解，也显示了自己的个性，敢闹敢骂，不是一个无情的人，也不是一个懦弱女子。

怎样处置来旺，西门庆很犹豫，在金莲与惠莲之间摇摆，变来变去，两次想饶了他，甚至还想重用他。吴月娘也有放过来旺之意，但早已恨得咬牙切齿的潘金莲，岂肯罢休！几次反复之后，西门庆终于意识到这件事的严重危害，既影响自己作为家主的威望，又存在一种生命的威胁，终于下定决心，要处置来旺，以免后患。

第五幕便是这场风波的第一个高潮。西门庆开始设计陷害来旺,先给了他六封银子,每封五十两,总共是三百两,说是让他主管一个生意,夫妻俩很高兴。当天夜里,睡梦中听见人喊有贼,来旺起身就往外冲。

请留意,这一对夫妻都有点儿二,但惠莲心眼儿还是比丈夫多,劝他留心一点,而来旺觉得家主对自己这么宽厚和信任,正是报效之时,拿着一把刀就冲出去了。哪知道被人打翻捆住,说他就是行窃的贼,送到了提刑所。这个提刑所可不是今天的派出所,是一个掌管一方司法、有判决权的衙门,而西门庆早就使人拿着银子买通了夏提刑。来旺还要说出事情的真相,也就是西门庆怎么样霸占他的妻子,哪里还有机会,大棒伺候,于是屈打成招。

叙事中间,还穿插着写宋惠莲的表现,她的反应强烈,她跟西门庆哭闹,她关心丈夫在监牢里的生活,每天给他准备好吃好喝,让人去送饭。哪知道所有的人都在瞒着她,那些精心准备的东西也被人吃掉了,而来旺在狱中吃尽苦头。西门庆还在骗她,要她放宽心,说只是把来旺送到监狱里吓唬吓唬,过几天就把他放出来了。

这里要说一下,在这场风波中,或者说这个案件中,一直存在着潘金莲和宋惠莲的角力。西门庆几乎被宋惠莲说动,想把来旺饶过,但是被潘金莲阻挡了。

第六幕是来旺被递解回原籍。因为路上没有盘缠,他求了押解军牢,来到西门大院门口,想找宋惠莲要点儿衣物和几两银子,路上花费,西门庆让人拿棍棒打走,严令不许透露口风给惠莲。来旺去找惠莲的父亲、卖棺材的宋仁,老丈人给了他一两银子,就这样哭哭啼啼地上路了。

最后一幕,写宋惠莲的死,也写得曲曲折折。宋惠莲听说来旺被押解回原籍之后，就在自己的屋里上吊自缢，又被救转回来，西门庆也来解劝，说了很多宽慰的话，也有许愿，所以惠莲又不想死了。

但是有人想叫她死。是谁？自然是潘金莲。金莲挑唆孙雪娥与宋惠莲吵骂，两个人打了起来，宋惠莲再次上吊自尽，这次是真的死了。对于她的死，西门庆看上去很绝情，但内心里颇有一些惋惜，还留下她的一双红绣鞋作为念想，后来也巧，偏偏被潘金莲看到了。

这是西门大院内的第一场大风波。

我国的文化传统很讲究家风，这次内部风波反证了家风之重要。有了西门庆这样的家主，有他那一次接着一次的寻花问柳，有那一个接着一个小妾的进门，西门大院便不可能是平静的。但要说到大的风波，本回的情节才算是第一次：第一次在家中设下陷阱，第一次将仆人伙计下狱拷打，第一次当众呵斥表达不同意见的吴月娘，第一次出现女仆自缢。自此而往，院内那一层表面的温情与和谐大多已不复存在了。

《金瓶梅》所描写的末世景象基本上漆黑一团，到处都是一些黑暗中的动物：西门庆害人，合伙捉拿来旺的家人小厮也害人；潘金莲害人，孟玉楼、孙雪娥乃至丫鬟玉箫等也害人；夏提刑害人，那些收了财物的观察、缉捕、排军、牢头也害人。

来旺事件有一个自然形成的过程，又是一个彻头彻尾的冤狱。制造这一冤狱的主导者是西门庆，主谋和督办者为潘金莲，而其他人则以不尽相同的心态和姿态参与其中。我们看不到什么正义形象，看不到应有的悲悯与同情，质言之，这是一个社会性冤案，是一个时代的悲剧。

来旺和惠莲的形象塑造，都是非常成功的，各有着鲜明的个性，都用不同方式发出了自己的声音。一些批评家将来旺与惠莲当作叛逆和反抗的典型，有些像，如来旺所说"破着一身剐，便把皇帝打"，惠莲当面骂西门庆"你原来就是个弄人的刽子手，把人活埋惯了，害死人还看出殡的"，真有那么一股子血性。在西门大院中，也算是飒然有声了。而从细节和真相出发，从摹写世情来评说，来旺并不是叛逆，仍是西门庆家一个忠实家奴，只不过因家主耍了他的老婆，而他的无耻程度还不够，醉酒后说了几句解解气；宋惠莲也未曾反抗，她只是西门庆的一个情妇，一个巴望着成为他第七个小妾的情妇，只不过因家主欺骗了她、整治了她的丈夫，而她又不像金莲和瓶儿那样绝情，便口出怨怼之语。

另一个女仆惠祥幸灾乐祸，说宋惠莲是"从公公身上拉下来的媳妇儿"，很形象。把她拉下来的是潘金莲，而在金莲身后，当还有孟玉楼、孙雪娥，有来兴与一连串的奴仆。她们不光从老西身上拉下宋惠莲，而且愉悦地看着她走向绝路。宋惠莲死了，两次寻死，一次比一次决绝。来旺的入狱和流放，是她自尽的原因，更主要的原因，当是对西门庆深深的失望。

对于宋惠莲的死，最高兴的还是潘金莲。这是她的一次完胜，也是她驾驭丈夫的一个成功。下节将进入《金瓶梅》最著名的章节"醉闹葡萄架"，写潘金莲的得意至极的情态，似乎也算是她的人生巅峰。

第四节

妒与毒，从瑞香花到红绣鞋

到《金瓶梅》的第二十七和第二十八回时，宋惠莲已经死去，潘金莲重新回到故事的中心，进入她的巅峰状态，但各种事情仍然离不开宋惠莲的影子。

这也是本书的精妙之处，它写一个人死了，就像一块石头投到池塘里，那个涟漪还是在，慢慢地扩展，慢慢地消散。生活中不也常是这样的吗？

这两回的故事是这样写的：

> 宋惠莲自缢而死，其父宋仁在火化场（书中作"化人场"）不许焚化，口出怨言，西门庆闻知后恶人先告状，李知县以"诈财"罪名将宋仁一通拷打，不久便死去。此等人命大事，就像没有发生，西门庆在家中轻松消夏。他先是与李瓶儿在翡翠轩春风一度，接下来与潘金莲在葡萄架下淫纵，中间还穿插与春梅的一番鬼混……

由于过度淫乱,潘金莲在葡萄架下竟然昏死过去,醒后颇有些后怕,而当夜回到房间,仍是淫乐无度。次日上午睡起甚晚,金莲才发现丢了一只红绣鞋,让秋菊赶紧去找,一开始找不到,后来从山子洞(即藏春坞)里找出了宋惠莲的绣鞋,遭到痛骂。岂知金莲的鞋被一丈青的儿子小铁棍捡去,拿着向陈经济换东西,小女婿持之到金莲房里,借机调情。潘金莲把鞋的事情告诉了西门庆,以为小铁棍偷看了他们在葡萄架下的淫纵,特别生气,就把小铁棍抓来打了个半死。这小子是一丈青与来昭的儿子,也引发了两口子对潘金莲和陈经济的切齿痛恨。

"醉闹葡萄架",大约是《金瓶梅》中最有名的章节。指责《金瓶梅》为"淫书"者总要说到这里,一些在该书中找乐子、好奇心重的人常也要先翻看这里,正应了张竹坡那句"淫者见之谓之淫"。

批评家看到这些文字也不免有些尴尬,就像张竹坡对《金瓶梅》有很高的评价,但到了"葡萄架"一节,就说:"葡萄架则极尽妖淫污辱之态甚矣,潘金莲之见恶于作者也。"意思是《金瓶梅》写葡萄架下这样的淫乱场景,是因为作者深深厌憎潘金莲。

而晚清有一位叫文龙的知县,也做过对《金瓶梅》的点评,也说"看完此本而不生气者,非夫也"。就是说看完"醉闹葡萄架"而不气愤的人,就不像个大丈夫了。文龙接着又说:"亦不过言其淫,充其量而实写出耳。"指称世上传言有些过分,"葡萄架"一节不过是如实描写罢了。他的话前后不太一致,显示出在评阅过程中的认识变化。

西门大院的葡萄架为什么如此惊世骇俗?只因这里发生了一个性放纵

的故事，一次白昼宣淫，呈现了一个大白天在户外的性事场景，描摹了当事人的复杂心态，写变态、施虐和受虐，也写出过度淫纵的危险，以及参与者的内心恐惧。丫鬟春梅是葡萄架淫事的见证者，也是参与者，而后来她就是死于类似事件的。所以不妨说，西门大院的"醉闹葡萄架"，如同几年后春梅在帅府死于交媾的一场预演，昭示着过分的淫纵，会令参与者当场呜呼哀哉。

葡萄架的故事，发生在《金瓶梅》的第二十七回。此时来旺递解而去，惠莲上吊自尽，一场风波、一件冤案、两条人命（算上宋仁的死）已然无影无踪。红尘中的人忘事极快，就像今天网上爆出大事件，一时舆论滔天，可也就那么几天、十几天，大家也就忘得差不多了。潘金莲从憋闷走向畅快，去除了一个强有力的竞争对手，又找到了拿捏丈夫的窍门，满心轻松愉悦，也该出点儿么蛾子了。

作者精擅文章之道，欲写葡萄架，先说翡翠轩；欲写西门庆与潘金莲在葡萄架下淫纵，先写其与李瓶儿在翡翠轩的缠绵。就是在翡翠轩，李瓶儿告知西门庆自己已怀有身孕，老西大喜，两个人情话绵绵。所以同样是性爱的场景，色泽韵致迥异，大手笔会做出完全不同的设置。在翡翠轩，西门庆和李瓶儿话语温馨，说了很多，很像相爱中的人；而在葡萄架，就是另外一种景象。

在这两回，可留意作者是怎么样以物写人的？第二十七回写花儿，第二十八回写鞋，都是为了塑造人物，塑造潘金莲这样一个淫荡秽恶的女人。

此处提到的花有两种，一种是瑞香花，一种是石榴花。我们主要谈谈这个**瑞香花**。瑞香又叫"睡香"，属于传统名花，苏东坡曾有诗题赞。书中写夏日天热，西门庆在花园中翡翠轩下散发而坐，看着小童浇花，潘金莲和李瓶儿拉着手走进来。注意，这时潘金莲已有了害李瓶儿之心，但是表面上两人还挺腻乎，挺友好。

一看轩中瑞香花开得正好，潘金莲就要掐一朵戴。岂知西门庆早已摘了几枝浸在瓶子里，每人给了一枝，又拿出三枝，让春梅去送给吴月娘、孟玉楼、李娇儿，顺便叫玉楼带月琴来弹。潘金莲便说孟玉楼的花由她去送，又要求再给她一枝。兰陵笑笑生就是在这等细微处摹写一个人的个性，这个潘金莲，连花都要比别人多得一枝。

关于瑞香花，因为有了新阅读和新认知，必须再补充几句。这得之于扬之水的著作《物色：金瓶梅读"物"记》，其中提到瑞香花，说是在明清两代的文献记载里，比如明代的《群芳谱·花谱》里曾写到，瑞香花"能损花，宜另植"，也就是说这种花的香气中有毒，能熏死别的品种的花，只适合单独栽种。李渔的《闲情偶寄》卷五《种植部》，也称"瑞香乃花之小人"。作者对细微之物常寄寓深意，用潘金莲特别喜欢瑞香花，要了一枝又加上一枝，来说明她的贪婪逞强，更暗示其性格中的阴损害人。

潘金莲和丫鬟拿着花儿走后，西门庆与李瓶儿一边做爱一边聊天。哪知道潘金莲说走并不走，把孟玉楼的花交给了春梅，自己留下来躲在墙外偷听。李瓶儿怀孕的话全被她听去，妒意大发，激起了新的斗志。她已经打败了一个宋惠莲，害死了惠莲，现在轮到李瓶儿了。读这一回要体会作者的弦外之音，不要光盯着葡萄架，还要看翡翠轩，看瑞香花；不要光是看那些淫乱场面，还要观察潘金莲所深藏的祸心，也就是害人之心。

《金瓶梅》中的确有一些过于直露的性描写，而以此一节为全书之最。文龙批评曰："'醉闹葡萄架'一回，久已脍炙人口，谓此书为淫书者以此，谓此书不宜看者亦因此。"所谓"不宜看"，在于这些场面的惊世骇俗，亦在叙事笔墨的自然写实。作者之叙事笔墨，又见浓淡、深浅、显晦，又见挟带映照，忙而不乱。

兰陵笑笑生写了不少淫纵场面，却从未曾单独抒写性事，场景描写总是与人物形象的刻画纠结在一起。譬如此回，"葡萄架"是用大块泼墨也，但其核心的地方却在"翡翠轩"，在李瓶儿之暗结珠胎。无此缘由，便无金莲话里话外之醋意，也无潘金莲在葡萄架下之疯狂。她的心理是扭曲的，受到了严重刺激，这是我的理解。

第二十八回的关键词是鞋——**红绣睡鞋**，潘金莲心爱的睡鞋，实乃此女吸引男子的法宝利器之一，精心制作多日，刚在葡萄架下发挥了一次作用，却在第二天发现丢了一只。这是葡萄架下癫狂过后的余绪，即丢鞋和找鞋，也写得风生水起。由潘氏小院找到葡萄架，再由葡萄架找到藏春坞，由金莲的红绣鞋引出惠莲的红绣鞋，由小铁棍手上到陈经济袖中，虽属于风波过后的涟漪，却也是层层叠叠，颇有可读之处。

什么是睡鞋？顾名思义，女子睡觉时所穿之鞋也。睡觉也要穿鞋么？前人许多次写到，女子睡觉时要换上专门的鞋子——睡鞋。《白雪遗音》（一个很著名的曲集）就有："换上了，底儿上，绣花红缎香睡鞋。"一个时代有一个时代的时尚，也有大家公认的精致生活。那个时候，缠起小脚，穿上软底软帮的红色绣花鞋就是时尚。这些日常杂碎是《金瓶梅》一部百回小说墨痕甚重的地方，"琐碎之中有无限烟波"，就在这里。

《金瓶梅》中也不可避免地写到各类物件，写到行贿与收礼、馈赠与周济、应酬与接待，也写到丢东西和因此引发的大小事件。孟玉楼丢过头上玉簪，演成一场复杂案件，在后文中大有可观，几乎毁了她新组建的家庭；吴月娘丢过元宝，亦西门庆死亡场面插叙的精彩一笔；至于设宴丢了酒壶、铺子里丢了假当物，各有一段内中缘由。可我们何时见潘金莲丢过东西？在西门大院里，小脚是潘金莲的骄傲和品牌，红绣鞋则是这一品牌的形象大使，"曲似天边新月，红如退瓣莲花"，可如今竟然丢了一只。

人们皆见潘金莲之淫，皆见潘金莲之妒与狠，或未注意到潘金莲之贪婪小气，这也是其重要的性格特征。第八回写她蒸一笼包子要数两遍，被武大郎的女儿迎儿偷吃一个都能发现，都要追查和惩罚。而此处写她竟然丢了脚上穿的鞋，迟至第二天才发现。为何如此？实在是因葡萄架下淫纵太过，以至于头目森森，神思昏昏，当时浑然不觉，次日毫无记忆。作者摹绘之细，常在这些地方显现。

接下来自然是找鞋，毕竟是在自己家的花园里，人来往不多，找起来应该没有什么困难，可是偏偏就找不到了。潘金莲的刻薄性格又是一次大暴露，事态的进展也出乎意料：明明是自己丢了，却把责任一股脑儿推到丫鬟秋菊身上，打骂着命她一次次去找；本来是在葡萄架下折腾，竟然在藏春坞内翻出一只红绣鞋，秋菊以为有功，却被扇耳光，原来那是宋惠莲的鞋；接着写陈经济袖中藏鞋来到，始知被家生子小铁棍捡去，经济拿来做一番挑逗；红绣鞋终于回归，但被小孩子的手弄得油渍麻花，不能再穿了……

宋惠莲已成往事矣。市井的特征之一就是遗忘迅速，曾几何时，西门大院已很少有人再提起宋惠莲了。但西门庆还记得她。书中写惠莲生前当面冲撞甚至咒骂过西门庆，也写了其死后西门庆对她父亲的残暴无情，可在这里则补记一笔，写西门庆在雪洞床头盛拜帖的匣子里，密藏了一只惠莲的红绣鞋。

潘金莲当然不会忘记宋惠莲，她会记得那个曾屡次夺走自己风头的惠莲、那个脚比自己还小的惠莲、那个也有红绣睡鞋的惠莲。对一个已死之人，她仍然抑制不住醋意大发，对陈经济翻出正月十六走百媚儿的旧账，对西门庆翻出山子洞的旧账。她一边说一边诅咒，拿着惠莲那只鞋儿好一阵撒气，脚踩刀剁，犹恨意未解。丢了一只红绣鞋找回来两只，今日之事牵扯到历历往事，害人者仇恨被害者，活着的人咒骂死去的人，又谁能料想得到？谁能描写得出？

　　《金瓶梅》常以数语写一人，略加勾勒点染，便觉形象鲜活。而对潘金莲，则色上着色，层层皴染。"葡萄架"一节见其淫滥，亦见其以淫争宠及固宠之手段。而此一回以丢了绣鞋入笔，自然宛曲，突出她的狠与妒。打秋菊即属无理，挑唆西门庆打小铁棍更属撒气，皆出于其生性之狠戾；而在西门庆跟前毁骂宋惠莲，大喝死人的陈醋，写其妒，更写其失去理性的恶。而著此一段，又在于为后文做铺垫。

　　这里也有一两句很有意思的闲笔，都知道潘金莲喜欢偷听，却也写当二人在葡萄架下恣纵之时，李瓶儿进了花园一趟，不知何故。作者以若无意之笔，特地点出李瓶儿悄无声息的来而复去，到底是想做什么？看见与听见了什么？偏又不写。

第五节
西门大院的
双喜临门

　　《金瓶梅》的第二十九和第三十回是第三个单元的最后两回。前一回以潘金莲丢鞋和找鞋结束，这两回又以做鞋开始，但很快过渡到吴神仙来西门大院相面，过渡到李瓶儿生儿子和西门庆当官，是一篇热闹文字，是西门庆双喜临门、格外忙碌也格外兴奋的两回。

　　一下子来了两大喜讯，不啻在平静的池塘中投下两块巨石，可它的故事却是缓缓展开的，略为：

　　　　潘金莲与李瓶儿到孟玉楼房里，三人聚在一起做鞋，又是孟玉楼，讲到因小铁棍挨打，一丈青骂街与月娘的话。金莲记恨在心，第二天就将这些告诉西门庆，把来昭一家三口赶往狮子街看门。一日，周守备荐来一位相面先生吴神仙，为家中人看相，说西门庆很快就会得子和得官，又对妻妾六人、西门大姐和春梅各有几句评语。再说来保和吴典恩往东京蔡太师府上送生辰担，蔡京大喜，当场将皇上所赐"空名告身札付"赏给西门庆一张，任命他为山东提刑所副千户。吴典恩鬼机灵，竟因为与吴月娘同姓，冒充西门庆的小舅子，也讨了一个驿丞的小官。话分两头，这边写西门庆在家饮酒解暑，李瓶儿忽然肚子疼，请来产婆，顺利生下一个男孩。一天后来保二人回还，又传来得官之讯。西门大院喜上加喜，西门庆为儿子起名，就叫官哥儿。

一部小说的情节，是由重大事件和细微生动的描写编织而成的。无大事则流于琐屑，不细微则显得空虚。这两回既有重大事件（所谓重大常常是相对的，这里指对于西门庆来说的大事），又有精微描摹。发生的大事是西门庆得子和封官，细微场景则是做鞋和看相，即吴神仙为西门庆和家眷看相算命。现在不分大小，按顺序一一讲来。

先说**三妾做鞋**。潘金莲在葡萄架下丢了鞋，找到后又嫌被小铁棍弄脏，接下来自然要做鞋。我们知道，性是潘金莲生活的主要内容，是其幸福和受宠的重要指标，那么绣花红睡鞋则是金莲吸引异性的一件法宝，岂可一日无之！

小说开始时就写到潘金莲擅长针织女红，此处则加以实写：我们看金莲精心选料，刻意设计图案；看她先请了瓶儿来描画鞋扇（即鞋样子），又亲自去约了玉楼来。于是在这样一个夏日，三位年轻女子喝着茶儿，做着鞋儿，聊着天儿，"拿起鞋扇，你瞧我的，我瞧你的"，望去煞是情景和美。金莲要做鞋，瓶儿和玉楼也要做鞋，但二人都要做高底鞋，对金莲设计的平底很不理解，便引出金莲一段得意道白：

不是穿的鞋，是睡鞋。

睡鞋不是穿的鞋么？却也的确不是日常穿的鞋，而是睡觉时所穿。《金瓶梅》叙述和遣词之妙，每在这种地方曲折呈现。

正是因金莲说到睡鞋，玉楼从从容容学说了一丈青骂街的话，并对其中的"淫妇、王八羔子"做出精确解析——"淫妇"指潘金莲，"王八羔子"即陈经济。顺便也完整转述月娘的"九条尾狐狸精出世"之说，然后又劝金莲不要放在心上。这就是号称乖人的玉楼，这就是孟玉楼的"乖"，她占了不少乖的便宜，但也吃过大亏，后面会慢慢写到。

接下来是**吴神仙看相**。有意思的是，孟玉楼是所有妻妾中命相最好的人，看来天上星宿也喜欢乖的。

说起这位吴神仙，也有点儿开《红楼梦》一僧一道之先河，形象飘逸，来去无凭，既以看相揭示书中主要人物命运，也扮演着串联故事的角色。这是他的第一次出场，演说西门大院一干人等的未来，后来竟一一验证：第六十一回瓶儿病重时去找他不在，而第七十九回西门庆病危时却来了，来了也不给治病，吟了几首诗，算是对看相所言的印证。

我国的古典小说，常要加写一些有关书中人物前世今生的神话，或对人物命运的预言，如《三国演义》第一百三回"五丈原诸葛禳星"，如《水浒传》第七十一回"忠义堂石碣受天文"，如《红楼梦》第五回"警幻仙曲演红楼梦"，表现手法虽有差异，路数则大抵类似。《金瓶梅》的这一回亦然。

总的来说，吴神仙为这个大家庭带来了欢乐。他相西门庆，称其很快就有"平地登云之喜，添官进禄之荣"，又说他很快就会得儿子，整得西门庆欣喜之下，自家都有点儿不太敢相信；相吴月娘，是"家道兴隆""衣食丰足""贵而生子"；相孟玉楼，是"衣禄无亏，六府丰隆""荣华定取"；相李瓶儿，是"必产贵儿""频遇喜祥""福星明润"；就连相春梅，也是"必得贵夫而生子""必戴珠冠""三九定然封赠"……常人一生渴求追慕的富贵荣华、子孙兴旺全在其中，能不举家欢喜？

神仙是用不着拍人间流行的马屁的。既然号称神仙，这位吴老道在看相时对每人都是有褒有贬，有扬有抑。他预言西门庆"不出六六之年，主有呕血流脓之灾，骨瘦形衰之病"；指出吴月娘、孟玉楼、潘金莲命中"必主刑夫"，而西门大姐则是"破祖刑家"；至于李瓶儿，更是"三九前后定见哭声""鸡犬之年焉可过"等等话语。但是我们也可以想象，他在说好事的时候大概声音清朗，很洪亮；说这些个不好的时候，就会声音低沉，吐字含混，让人听得不很清楚，否则就很麻烦。

吴神仙相面的判词中，也多有明白直露之处，如称李娇儿"不贱则孤"，讥潘金莲"斜视以多淫"，说孙雪娥"一生冷笑无情"，指西门大姐"不遭恶死也艰辛"……这些话，我想应当是写与读者看的，而非当场吟出。设若真是这么讲，别人难说如何，潘金莲早就骂起来了。

吴神仙在西门大院中引起的反响是巨大的：月娘等人议论纷纷，春梅大受鼓舞，而潘金莲似乎受到较大的心理伤害，以至于以后再也不参与算命了。

再说**西门庆当官和生子**。这是两件事，但叙述得很交错：本来是得到官职在前，生儿子在后；因为距离的关系，得到官职是在东京，生儿子是在他家里面，而且他就在家，所以到了他这里，从西门庆的角度，就变成了得子在前，得官在后，第三十回的标目就是"来保儿押送生辰担　西门庆

111

生子喜加官"。就是因为他送了这个生辰担给蔡太师，蔡太师一高兴，就赏了他一个官。在明代的时候，得一官职已经极难，纵然你是两榜进士，也可能要等待空缺，而作者偏偏写西门庆得官极易，自己想都没有想，一个副千户的实缺就来了。

不是说"福无双至，祸不单行"吗？此回则写两件大喜事一并降临西门大院。吴神仙真乃神通广大之辈，话音刚落，李瓶儿生了儿子，西门庆得了官职。且一入官场就是金吾卫副千户，官居五品，协管一省刑狱，相当于省高级法院的副院长。记得清代著名戏剧家孔尚任（《桃花扇》的作者，孔门之后）在孔府讲经时被康熙皇帝看上，授了个九品小官，他还写了篇文章叫《出山异数记》，记录他的感激与亢奋。

西门庆当然也是极为兴奋，但他不是一个文人，也写不出文章来记录激动的心情，便为初生儿子起了个乳名"官哥儿"，又是"官"，又是"哥儿"，多么精妙有趣的组合，传递出那种心情的愉悦。老西家一段"烈火烹油，繁花着锦"的日子，就这样开始了。

亚圣孟子说过："不孝有三，无后为大。"可证子嗣问题，一直是国人心目中的头等大事。我在写《明世宗传》的时候，曾经发狠心一卷卷阅读《明世宗实录》，是一个很大的篇幅，但收获也多。一个极为深刻的印象，就是贵为天子的嘉靖皇帝朱厚熜那种普通人的心态：盼子的殷切焦灼，得子的欣悦狂喜，育子的万般珍重，失子的锥心之痛。朱厚熜应该就是《金瓶梅》产生时代的皇帝，乃父兴献王只有他一个儿子活下来，而在他继承皇位之后，曾长期没有儿子，每生一个，过不了多久就死了。所以他就相信了道家的话——"二龙不相见"，坚定地不见他儿子的面，弄得他儿子没着没落的，但是这里边有他作为慈父的很深的爱心。

《金瓶梅》中的西门庆亦如此。他一直渴求有个儿子，而今儿子呱呱落地，从未想过的官职也如影相随，此刻的心情简直是太好了。

　　明代实行严格的科举制度，同时也有着严格的官员考察监督机制，虽然有恩荫、举荐等作为官僚队伍的补充，可也与西门庆挨不上边儿。一个市井混混能摇摆入官府么？一个多起命案在身的人能执掌司法么？就连老西自个儿也不敢相信，可事情就这样发生了。元杂剧《荐福碑》里面有这样几句曲文，"越痴呆越有痴呆福，越糊涂越有糊涂富，越聪明越被聪明误"，这是文人的千古叹息，可眼下这位西门庆，既不痴呆，也不糊涂，竟然也平地一声雷，做官了！

　　得子难，做官更难。史书和文学作品中写了无数皓首穷经的读书人，"十年寒窗"，几乎是每个文人必然经历的生命过程，而"一举成名"，只属于个别的幸运者。你要想走通科举之路，大家看：府试、乡试、会试、廷试，秀才、举人、进士，三年一届，取中者（在明代）不过三百人左右。做官之难，由此可见。如今每到高考季节，报刊就会大肆渲染高考状元，还要分文科状元、理科状元、某省某市状元，还要统计北大清华等名校各收了多少名状元，可笑之极，虚妄之极！我之前曾写过一篇讽刺杂文，但是一点儿作用都没有。真正的状元，全国三年才一个，难之又难。现在这是些什么状元呢？录取后不过是读大学，读一年级，就连旧时的举人也不如。而以前的状元是进入翰林院做修撰的，跟他们的差距就更大了。

　　正因为做官甚难，此一回偏写做官之易：不仅是西门庆得了"山东提刑所理刑副千户"的官，连带那冒名西门庆舅子的吴典恩也沾光被赏了个驿丞、来保得了个挂名的王府校尉。作者也不忘加写一笔，让我们知道这些个"空名告身札付"是朝廷钦赐予蔡京的。什么叫"空名告身札付"，也就是空白任命书，随你高兴，填上个名字和职务即可。

西门庆生子加官，自己喜出望外，贺喜的人踏破门，西门大院到处喜气洋洋。可也分明有另一种声音，那是潘金莲对于李瓶儿生子合法性的强烈质疑。她对孟玉楼说：

> 我和你恁算：他从去年八月来，又不是黄花女儿……一个后婚老婆，汉子不知见过了多少，也一两个月才生胎，就认作咱家孩子？我说：差了！若是八月里孩儿，还有咱家些影儿。若是六月的，踩小板凳儿糊险道神，还差一帽头子哩！

潘金莲堪称一个民间俗谚的大师，不知都是在哪儿搜罗来的，一经使用，皆觉生动鲜活。险道神的特点是个头极高，意思就是你踩上小板凳还够不着，还差一帽头子呢！这番话充满恶意和嫉恨，却也提出了一个核心话题，即官哥儿是谁的种子？"十月怀胎，一朝分娩"是一个常识。瓶儿嫁入西门大院已满十二个月，官哥儿才出生，能有问题吗？可金莲有自己推算的方式，所以她咬牙认定，那不是西门庆的骨血。

第四单元

中晚明社会的"赢者通吃"

《金瓶梅》的第四个十回描写的是西门庆的人生得意时光。我们可以看到，当地的官员争相拜访结交，比如清河的知县、县丞等一干人，不久前西门庆还要向他们行贿送银子，现在听说这哥们儿当了提刑所副千户，巴巴地跑到西门大院来了；远近富户和那些搞投资跑项目的人（那时已非常活跃了），争相来攀附巴结；当地的妓女，排着队来拍马、认干爹（世上一件很暧昧的事就是女孩子认干爹，至今仍在频频上演）；当地的帮闲和混混，那些大大小小的市井流氓，争着凑过来跑腿效力。从东京也来了两位新科进士，到他家里做客，好吃好喝好招待，临走西门庆还要送钱。请注意，这也是西门庆的生意经和官场秘诀，看着是花费不少，实则既有面子又有里子，这两位以后可都帮了他不少忙。

第一节
西门庆初入官场的
高光时刻

在上一个单元的最后一回，除了忽然得了个官，西门庆的得意还在于生了一个儿子——官哥儿。而从第三十一和第三十二回开始，仍有不少地方写到官哥儿，写他与生俱来的富足和受宠，也描绘出一道巨大的阴影，让读者意识到：这个西门大院的继承人，这个刚出生的可爱男孩，时刻生活在危险之中。

第三十一和第三十二回，只有小波澜，没有大事件，写西门大院总是在摆酒设宴，一场接着一场。如果说发生了点儿什么，那就是在请客过程中丢了一把酒壶。主要故事情节为：

> 西门庆的伙计吴典恩在蔡太师面前冒充西门庆的小舅子，骗了个驿丞，而当官也是需要一大笔花费的，需要置办冠衣靴帽等等物件，需要请客和打点。本回一开始，就写吴典恩因没钱置办

一应物件，央求应伯爵陪着来向西门庆借银子。此时的西门庆是真不差钱，在家中兴兴头头准备上任的事，并收了两个小厮做书童、琴童，听了他的话很慷慨，一下子就借给白银一百两。官哥儿满月，西门庆在家中大摆宴席，琴童趁乱藏起来一把银壶，拿到李瓶儿房内交给迎春。这件事被潘金莲听见，她嚷嚷个不休，话里话外暗示偷盗和李瓶儿有关，被西门庆斥骂一通。喝完官哥儿满月酒，西门大院仍是连连设宴。在宴席中，李桂姐认吴月娘做干妈，顺理成章地成为西门庆的干女儿。而潘金莲借口引逗，把官哥儿举得高高的，使他受到初次惊吓。

一部《金瓶梅》，张竹坡以"冷、热"二字总括。读这两回，也请诸位在"冷、热"上着眼。热的是李瓶儿，冷的是潘金莲；热是叙事的主色调，冷是辅色；热，多是来往应酬等表面文章，冷，则是一种塞满内心的恨意。

先说"**热**"。

自第三十回"生子喜加官"始，西门大院便是一团喜气、一派闹热，贺客接着贺客，宴会连着宴会，烈火烹油，尽写一个"热"字。可是在一片热浪中，又将各色人等写得一丝不乱。西门大院双喜临门，接下来送礼和庆贺的人踏破门槛，是喜气匆匆的忙乱。第一波的忙乱是祝贺西门庆生了一个儿子，接下来，做官的文书一到，提刑所马上派来了十二名排军伺候，知县及四衙同僚送来礼物。这个"热"，就是做官的"热"。所以书中在这里用了一首诗，道是：

白马血缨彩色新，不是亲者强来亲。

时来顽铁皆光彩，运去良金不发明。

　　这样的诗并非作者亲撰，而是从前人那里随手拿来的，前两句出自元人王恽。元杂剧中已开始袭用，《杀狗记》第二出就有："白马黄金五色新，不应亲者强来亲。一朝马死黄金尽，亲者如同陌路人。"与本书文字不同，说的却是一个意思。所以我们看，西门庆一旦得官，各色人等，不管是不是沾亲带故，都来套近乎了。这是怎样势利的社会！

　　在这个贺喜的热潮中，最显眼的是当地的官员。小小的清河县，作者不仅写了知县等人，还有其他的一些衙门，大概是按照一个州或者府来写的，官署有提刑所、兵备府，还有由太监管理的皇庄、皇场，所以你会发现宴席上有两个太监，自觉身份与他人不同，显得牛哄哄的。请这些人是西门大院此时的重头戏，也是西门庆当官后必做的功课。同样，参加西门庆家的宴席，来做拜访，也是这些人必尽的礼数。

　　有句俗语叫"花花轿子人抬人"，古往今来，都是官场的一个秘诀。作者写了几句俗谚，比如说："时来谁不来，时不来谁来？"所谓的时来运转就是，一旦到了这个时候，那该来的都来了；如果没到这个时候，那谁谁都不会来。大家在生活中都很烦这些势利眼，自己反思一下，完全不这样做的人极少。如果你自我检查一下，在生活中应也难免势利之处。

　　在这两回，**写官员的精彩之笔**有两处：

　　一是刻画两个太监，他们自称内官，书中人敬称内相。《金瓶梅》写清河有两位管事的太监，一个是管砖厂，负责烧制皇宫所用砖瓦的刘太监，一个是管皇庄（属于皇室的庄田）的薛太监。明朝中晚期，朝政的一大弊病就是派了很多太监到各地去任职。关键的岗位，像军队、矿山、织造、海关等都有太监在管理，权力很大，在地方上耀武耀威。作者在书里边非常自然地、非常形象地把这样一个时代病写出来了。刘、薛二太监被推尊到上座，点戏的时候也请他们首先来点。可是二人又没有看过多少戏，因为在官里的时候，大多做一些杂役，看戏的事一般轮不到他们，所以不懂戏曲，点得有些不着调。明明是个喜庆的日子，点的却是些悲伤的曲子。

二是穿插了一个与西门庆同时任职的驿丞——吴典恩。

大家注意，这个名字是谐音的，即没有一点儿知恩图报的心。我们说中晚明是一个势利和贪腐的社会，是说世人难免趋炎附势，但书中真正能称得上势利小人的也不多，吴典恩算是一个典型。官府中如李知县、夏提刑岂不势利？市井帮闲应伯爵、谢希大之流岂不势利？但都不如吴典恩具有示范性。第三十一回开篇，还远没有到他变脸的时候，作者先写他的贫寒穷酸，从吴典恩借钱入笔，借其穷窘，画出当官亦难，光是那一套做官行头和上任程序，就非一般人置办得起。

势利小人，又多是临事机变的聪明人。在蔡太师面前，他竟然灵光一闪，想起冒充西门庆的小舅子；而向主人借钱，先要找到说得上话的应伯爵，先要许下十两银子谢礼，则见其精明算计。明明是西门庆家中伙计，怎么会想出要冒称小舅子呢？大约因为西门家大娘子姓吴，这狗头也姓吴。来保便没有这份胆量，其实蔡太师哪里知道西门庆正妻姓甚名谁！于是吴典恩得了一个驿丞，他则只获赏了个挂名校尉。来保到底是老资格伙计，老江湖了，既没有当场揭发，也没有事后举报，卖了个大大的人情。

吴典恩与应伯爵相随来到西门大院，一番景象也就自然展现在读者面前，这是借钱人和保人眼中的景象，是西门大院的一派喜气洋洋。西门庆置身其中，看着匠人裁衣，看着家人收礼，看着女婿写拜会各官的手本揭帖跑进跑出。至此方知，原来写吴典恩又在于写西门庆，摹画吴典恩之穷与谄，正在于染写西门庆的富且骄。

接下来，是**市井之人**——帮闲与妓女。

西门庆初入官场之际，应酬时会觉得拘谨，有点儿拿劲，有点儿累，总是不够畅快和放松。是以写到官场应酬多用省笔，一带而过；而写他与市井中人打混时则用浓墨，细细描摹各色人等。我们读本回中文字，看他"**冠冕着递酒**"，在亲眷街坊前显摆，在会中兄弟前夸耀；看他指令一众妓女献唱，隆重推出摇身变为干女儿的桂姐；看他一口一个"狗才"地骂应伯爵，骂这个与自己最亲近、贴心的会友，甚至还装作离席去打……打情骂俏、乱七八糟、起哄架秧子，才是西门庆的幸福时光。借用眼下的一个新词，此时他的"幸福指数"最高。

吴月娘也顺理成章成了一个幸福的人。她本来就是官宦人家的女儿，对官职当有着天生的重视，丈夫平白得了个官，真是大喜过望。正热闹着，又有李桂姐要拜为干女儿，那等花枝招展、甜言蜜语，也让她觉得有面子。月娘是一个心直口快、疾恶如仇的人，也是个几句好话就能哄转的人。此时的她，只顾得虚荣，不去计较桂姐曾被丈夫梳拢过的往事。

不管是官场应酬还是好友聚饮，场面上大都离不了妓女。打扮得花枝招展的妓女很热闹，也很光鲜，但作者也若不经意，写出了妓女之苦。第三十二回，李桂姐与她刚拜的干娘吴月娘有一段对话，话题是那两个来做客的太监：

> 李桂姐道："刘公公还好，那薛公公快顽，把人掐拧的魂也没了。"月娘道："左右是个内官家，又没什么，随他摆弄一回

子就是了。"桂姐道:"娘且是说得好,乞他奈何的人慌。"

什么意思呢?就是在席间,当李桂姐等人上去倒酒、照应、唱曲的时候,薛太监就拿手掐拧她们,透露出阉人的心理变态。但桂姐也只能忍着,事后才对月娘说,而月娘并不太当回事,说一个太监,随他拧两下也就算了。

妓女与帮闲是市井中最活跃的品类,也是最懂得"冷热"的族群。他们有着对权势、财富的高度敏感,有着对忠诚、责任和情感的清醒认知,有着明确的角色意识和必要的牺牲精神,比如说被太监"掐拧的魂都没了",也只好忍着。她们也力争以优良的服务换取回报,如李桂姐曾与西门庆翻过脸,但在他做官时便摇身一变,又贴了过来,成了吴月娘的干女儿。

再说"冷"。

这两回在众声喧哗的大热之中,也不乏冷色,主要由两件事情反映出来:一件是发生了一次偷窃;另一件则是官哥儿受惊,看着并不严重,实际上埋下他这个西门庆长子夭亡的长线。

银执壶事件

在西门大院请客的时候,上房的丫鬟玉箫由于看上了新来的书童,拿了一银执壶酒和水果到书房。书童正好不在,于是她便放到那里,赶紧忙活别的事去了。这件事恰恰被琴童瞧见,他偷偷把酒壶拎到李瓶儿房中,交给迎春。请看二人一番对话:

> 迎春道:"此是上边筛酒的执壶,你平白拿来做甚么?"琴

童道:"姐,你休管他。此是上房里玉箫和书童儿小厮七个八个,偷了这壶酒和些柑子、梨,送到书房与他吃。我赶眼不见,戏了他的来。……我且拾了白财儿着!"

后来在收拾家伙器皿的时候,便发现少了一把银壶,到处找不到,追查得紧了,李瓶儿屋里的迎春才说在她们那里,琴童被骂了几句。潘金莲就开始起劲嚷嚷,言外之意是李瓶儿让丫鬟偷东西,西门庆怎么会信,可金莲还是咬着不放,差点儿没挨拳头。通过偷壶事件,既可以看出潘金莲心态的巨大不平衡,也可以看到西门大院这些花季年龄的少男少女那种精神上的扭曲。

心理最扭曲的当然是潘金莲。丢了一把壶,她就借机往李瓶儿身上泼脏水。她是一个很执着的人,惯于见缝插针,惯于推波助澜。问题在于,此时的她,哪里还有本钱与李瓶儿相提并论,哪里挑拨得了此时的西门庆呢?

即使要调拨,金莲也选错了突破口。一把银执壶,在琴童眼里,在自幼生活不富裕的潘金莲眼里,算是个宝物了,而在李瓶儿看来,又是个啥呢?她把那样多的元宝珍玩都一股脑儿带了来,你还指望西门庆相信是她要偷壶么?有个词叫利令智昏,其实恨,也会令智昏,金莲有点儿小儿科了。

官哥儿受惊

要说最冷之色,还是潘金莲失意时的脸色,更是她那心底翻涌的阴毒。第三十二回末尾处,潘金莲打扮了一阵子出门,原本是想勾引西门庆到自己屋里。但一出门，她就听到官哥儿的哭声，进了李瓶儿的房门，发现瓶儿不在。她就去抱官哥儿，奶妈如意儿不愿意让她抱，推说不要尿在五妈妈身上。金莲哪里能挡得住，说是不怕的，我用尿布托着他。我们看她是怎么托的，把两手举得高高的，晃着晃着就出去了。吴月娘一看，怕吓着孩子，赶紧叫李瓶儿。瓶儿从里边出来，慌忙从潘金莲手里把儿子接过来。就这样官哥儿还是着了惊吓，书中写道：

> 谁知睡下不多时，那孩子就有些睡梦中惊哭，半夜里发寒潮热起来。奶子喂他奶也不吃，只是哭。李瓶儿慌了。

这是官哥儿的第一次得病，也是一个伏笔——潘金莲谋害官哥儿的系统工程，已然在路上。

第二节

书中能找到
丧尽天良之人吗？

前两回结尾的地方，写潘金莲特意去吓唬官哥儿，从第三十三、第三十四回一开始，还是潘金莲在折腾，重心又放在与陈经济调情上，而主要的故事则发生在牛皮小巷。

故事梗概为：

西门庆做官之后，不忘商人本业，又在狮子街新开一个绒线铺，让来保和新雇的伙计韩道国负责经营。韩伙计家住牛皮小巷，最爱臭显摆、说大话，绰号韩捣鬼，有一个弟弟叫二捣鬼，私下里与嫂子王六儿有染。这天韩捣鬼正在街上逮着两个人胡吹海侃，他老婆与二捣鬼却在家中被几个小混混捉了奸，闹嚷嚷用绳子拴缚一起，引得众人围观。韩捣鬼慌了，连忙去求应伯爵，一起来寻西门庆说情。西门庆即令将王六儿二人放了，反把捉奸的四个小混混锁拿审问，打得皮开肉绽。四人的家长无奈，拿着银子来托应伯爵，伯爵找到西门庆的男宠书童（书童来了不久就成为主子的男宠），书童又转求李瓶儿说情。小厮平安看着眼气，将此事告知潘金莲。

在《金瓶梅》开篇第一回，作者就声明要大写风情，而与风情故事相关联并存的，必然有一些恣纵淫秽的场景，有一些丑陋恶心的故事。这两回写二捣鬼与亲嫂子的通奸，就是市井上一个俗套的丑事，但作者笔下很生动，用两回的篇幅来写一次捉奸，通过一捉一放、一抓一打来展开故事，煞是好看。

先说**捉奸**。

捉的是叔嫂之奸，地点在牛皮小巷。古典小说戏曲中不独人名多有寓意，地名亦如之，譬如《红楼梦》的大荒山、无稽崖、胡州。为何叫作牛皮小巷？当然出于此巷中住着一些喜欢吹牛之人，而他们的杰出代表就是韩道国。他能够边走边吹，逢人即吹，持续长吹，牛皮闪闪，大话炎炎，不分对象和场合。偏是韩捣鬼正吹在兴头上，老婆和兄弟被人捉了奸，于是赶紧偃旗息鼓，自己也成了笑料。市井永远是欢乐欢快的，正在于永远有这种喜剧发生。

捉奸经常是公开的，会唱扬得满世界知道。《金瓶梅》写了大大小小许多奸情，与此相伴随的就是捉奸。前面有武大郎与郓哥的捉奸，潘金莲在山子洞的捉奸，都几乎捉个正着，又都没有得手。捉奸也需要聪明才智，要有一个隐秘过程，有一个精心谋划，牛皮小巷的捉奸正是如此，故大获成功。

这场闹剧的女主角是一个俗妇——王六儿，也算有几分风骚，但性子又臭又硬，动不动就骂人，惹恼街坊一帮后生。他们察知韩家叔嫂的奸情，一直悄悄盯着，终于在一个大白天把两人捉住，精赤条条捆在一起，带到街上，引起了巨大轰动。不要小瞧韩道国与王六儿，这是他们的初次出场，狼狈到家了，竟也能因祸得福：王六儿由于此事让西门庆得知艳名，很快成为老西的外宠，后面便发生了一连串的故事。

兰陵笑笑生擅写人物，更擅于以日常故事描摹人物；擅写故事，更擅于写市井中的故事；擅写市井，更擅于写整个社会背景下的市井。牛皮小巷捉奸一节，尤其是韩道国与路上两人吹牛的场景，酷似现在的相声，也连带写出了商业的发达和西门家的经商布局：他已在县门前开着大生药铺，又在家门首开典当铺，现在又新开了一家绒线铺。西门庆从来不乏精明，不乏经商之才。他决策果断，行事大方，擅于利用官场人脉，敢于冒险投资；他一般不吃独食，不下绝户手，让合作者有钱可赚；更重要的是，他对待自己的雇员不薄。像这一次果断为韩捣鬼出头，便是一例。

首先要做的是释放犯事的王六儿。这时王六儿和二捣鬼都被送到了街铺（类似今天的治安岗亭）关着，很多人都去看热闹。谁下令放的？提刑所副千户西门庆。

西门庆任职提刑所后，一直恪守副职之道，处处谨慎，衙门中赔着小心和尊重。如是施为，由盛夏到仲秋，大约三个月就这样过去了。在这段时间里，西门庆在观察、学习、历练和揣摩，观察正千户老夏的行为做派，学习问事理刑的程序科范，历练缉捕和刑讯逼供的本事，揣摩官场的规则与潜规则……

西门庆是个聪明人，他很快就发现：大多数时间，官府如江湖，亦如市井；而有些时候，官府还不如江湖，不如市井。若说江湖与市井都还要讲一些公平信义，讲一些交情和恩怨，则官府倚仗着权力，常常连这些也忽略不计。三个月时间足够了，西门庆已然觉得自己熟悉"业务"，要出手了。

要说西门庆的伙计韩道国也是一个人物，至少"有胸怀"，老婆与弟弟通奸的事情暴露之后，他不光不生气，还到处求人来进行挽救。应伯爵给他支了一个大招，让他写一个状子，说是由于他的老婆长得漂亮，街上小流氓整天来闹腾调戏，他的弟弟看不下去，与这些人争执，结果被打伙痛打了一顿，剥去衣服，反而污蔑叔嫂两个有奸情。西门庆对这种事非常有经验，一听就明白了，把诉状里王六儿的名字去掉，只写二捣鬼，然后就派人到看押的地方把王六儿放回家。

接下来写**打人**。

西门庆下令抓人和打人，抓捕和拷打那几个捉奸的年轻人。

这是西门庆在提刑所的第一刀，砍向市井，砍向牛皮巷的几个小混混。他们太年轻了，只顾得快活捉奸，却不承想那犯奸之妇的丈夫是西门大官人的伙计，也没想到现任提刑副千户的西门庆会出头干预。于是，刚刚还是闹哄哄的喜乐场面，转眼便演变成四个新生代小混混的鬼哭狼嚎。大家看看哥几个的名字：车淡、管事宽、游守、郝贤，显然也不是什么好鸟。轮到他们的家长四处求告了，托情送礼，先找的是夏提刑。这也符合贿赂司法的常规，要找就找一把手。

就这样，故事越发好看了，出现了官场规则与市井规则的小碰撞：按官场而言，若是案情中牵涉到自己的伙计，问理者应该回避，至少要做做公正的样子；而在市井，家仆之妻受到他人欺侮，主子便要为其撑腰出气。

西门庆毫不犹豫地将市井规则引入官场，不该放的放了、不该抓的抓了、不该打的打了，下手迅猛狠辣，毫无忌惮。有一段文字专写提刑所的审案过程，一开始西门庆没有说话，夏提刑主持审问，局面开始对二捣鬼不利。就在这个时候，西门庆抓住机会说话了：

> 因叫那为首的车淡上去，问道："你在哪里捉住那韩二来？"众人道："昨日在他屋里捉来。"又问韩二："王氏是你什么人？"保甲道："是他嫂子。"又问保甲："这伙人打哪里进他屋里？"保甲道："越墙进去。"西门庆大怒，骂道："我把你这起光棍！他既是小叔，王氏也是有服之亲，莫不许上门行走？像你这起光棍，你是他什么人，如何敢越墙进去……"喝令左右拿夹棍来，每人一夹，二十大棍，打得皮开肉绽，鲜血逆流。况四五个都是少年子弟，出娘胞胎从未经刑杖，一个个打得号哭动天，呻吟满地。这西门庆也不等夏提刑开口，吩咐："韩二出去听候，把四个都与我收监，不日取供送问。"

大家注意，这个夹棍，是古代一种刑具，将三根三尺长的硬木棍，用铁条串联起来，把犯人放翻在地趴着，然后把他的两条小腿，就是脚踝骨最细的地方放到木棍之间，然后两边用绳子拉。若使劲大的话，两根腿骨都会被夹碎。所以说是一种酷刑。

平日里，西门庆对夏提刑很尊重，但到了这种时候，到了涉及自家人自家事的时候，就看出他的敢作敢为，完全不把夏提刑放在眼里。四个后生的家长找到了夏提刑，送钱送物，夏提刑照单全收，却说了一些话，表明自己也是无奈，如"扭着要送问"，"同僚上不好处得"等等。这是老夏的难处，但他真正的难处在于收了对方的钱，却没有办成事。西门庆没有收钱，也很瞧不上老夏的贪婪，本回中他与应伯爵私下里的一番谈话，就流露出对夏提刑之贪的轻蔑。

有两点提请各位思考：

其一是**贪污和廉洁**。

通常以为，贪和廉之间应是有一条明确界限的，可《金瓶梅》却以活生生的例子证明：平日贪婪或也会有一时之廉，多年廉洁也会有一时之贪，市井之贪也会有官场之廉，所以将贪污和廉明分清亦难。《金瓶梅》卷首有《四贪词》，所谓酒、色、财、气也，西门庆当是"四贪"的化身，可此一回却写其廉，写其不贪，至少是比上司夏提刑要好一些，至少这一次没有贪。所以说，对很多事情都不要绝对地去看待它。

其二是**好人与坏人**。

鲁迅先生论《红楼梦》，激赏之余，谓自该书一出，将中国古典小说那种写好人全是好人、写坏人全是坏人的写作模式全然打破了。确实如此。然则一部小说史，其发展流变绝非线性的：曹雪芹逝后二百余年的今天，坊间仍随处可见那种"全好""全坏"的作品；而出于明嘉万间的《金瓶梅词话》，以其鲜活的、杂色的人物形象，早已将类型化的创作手法冲决打破。

即以此一回论之，四个小混混弄出一场风波，西门庆导演一桩公案，各有其中情由。读后沉吟，又能判解出谁是好人、谁是坏人呢？所有这些人很难说哪一个是好人，可若说他们都是坏人，整个世界也就都成了漆黑一团，也不准确。

《金瓶梅》写了许多的恶人及恶行，然丧尽天良之人，书中似乎未写。比如这一回，韩道国之妻与小叔子通奸，路人皆知，又被抓了个现行，可老韩还是积极奔走营救，无怨无悔；应伯爵得了两尾鲥鱼，先想到分一段给嫁出去的女儿，然后才是自个儿享用；潘金莲蛇蝎心肠，时常也会回家看望母亲，或将其接来；而西门庆自从有了儿子，舐犊情深，连裁个衣服都跟着看上半天……

《金瓶梅》写恶人，更写常人，写常人的恶人行径，写恶人的常人情怀，而黏合这一切的，则是那弥漫全书的市井生活气息。下面即将登场的是两位新科进士，并非市井中人，应算是有出息的读书人了，他们又怎样与西门庆相处呢？

第三节

太师府翟管家的
来信

在《金瓶梅》的第三十五和第三十六回，西门大院来了两个与当地官员不太相同的人，两个新科进士。

故事梗概为：

西门庆放了四个小混混，应伯爵送银子答谢书童，又被平安瞧见，学给了潘金莲，而学舌的结果是挨了一顿胖揍。家中女眷去吴大舅家吃酒，韩捣鬼送了酒食来谢，西门庆在院内请伯爵等人共饮，书童儿装扮旦角，在宴席上献唱。蔡太师府上大管家翟谦派人送书信，一是追问嘱办小妾之事，二是告知新科状元、蔡京的干儿子蔡蕴要路过，嘱他接待一下，帮衬一些银两。接到信以后，西门庆着了急，连吴月娘都跟着着急，急托各路媒婆给翟管家物色小妾。没过几天，蔡京的儿子蔡蕴和同榜进士安忱来到，西门庆尽心接待，厚赠银两和礼物，二人满意而去。

这两回的内容很不平衡，在篇幅上，第三十五回比第三十六回多了一倍还不止。所以看上去又觉得像是两回，略如庚辰本《红楼梦》连体的第十七、第十八回。而无论是算作一回还是两回，以俗眼看来，第三十五回有些乏味——既没有杀人越货之类的关目，又没有满纸狎亵的性场面，也不见朝中大吏、封疆重臣出场，只这西门一家子在院中窝里斗，只是写西门大院两个小厮的争风吃醋……

一般说来，一部小说是由事件和人物组成的，而事件和人物要刻画和反映的是人性。既然这两回没有什么大的事件出现，那我们就通过这些细小之事，来谈一谈人性。

由平安挨打，谈谈争风吃醋

通常认为"争风吃醋"是专属于女人的，是属于成年人的。我们见惯了西门庆妻妾之间的争风吃醋，而最善于争风吃醋的，就是潘金莲。其实别的人也不弱，例如李瓶儿，以不争争之，因为她想安心把自己的儿子养大——养大了儿子，官哥儿成了大院的继承人，自然能立于不败之地。

争风吃醋是人类的一种共性、一种通病。官场中人岂不存在争风吃醋？历朝历代都不缺少内阁倾轧、官场阴谋；读书人岂不爱争风吃醋？一般所说的"文人相轻"，差不多就是这个意思；商场、市井、武林中人，尤其是妓院和帮闲之人，无不会争风吃醋。而这两回则以小厮做了主角（小厮一般十四五岁，类似童工）——小小年纪，已懂得窥视和告密，懂得拉拢和排挤，也懂得寻找时机和靠山，所有这些都与争风吃醋相表里。

张竹坡曰："《金瓶梅》是一部《史记》。然而《史记》有独传，有合传，却是分开做的。《金瓶梅》却是一百回共成一传，却又断断续续各人自有一传。"细细品味这两回文字，最能证明其见解之精彩。小厮，奴才中等而下者也，然亦不乏才俊。如玳安，机敏干练，处事圆融，还能见出几分霸气，日后竟成了西门大院的继承人。如书童，虽然与家主西门庆有一段孽缘，却是处处谨慎，不事张扬，对所有的女主人都逢迎巴结，对最受宠的李瓶儿格外上心。关乎他们的文字虽然不多，而各人的性情经历，已足以"自有一传"了。

这回中挨打的，是看门小厮平安。西门庆历来很注意形象和排场，看大门的小厮，一定不会长得太差，平时迎来送往，也还要有点儿机灵劲儿。上回和本回中都占了些笔墨的平安，与潘金莲院中的秋菊有几分相像——长得都不差（买秋菊时用的银子比春梅还多一两），但做事不明白，偏偏又喜欢争，什么都争，于是便要挨打，挨了打常还不知原因所在。譬如这次挨打，别人早就看明白了，平安却想不出自己是为什么挨打。他嘴里一直在骂，骂了很多脏话。骂谁呢？骂那来蹭饭吃的白来创，也就是西门庆的一个会中兄弟。吃饭的时候，白来创和常时节到了，平安不想叫这俩人进来，但他们非要进来，无法阻挡。西门庆事后就拿这个话头打他，但实际上，我们知道原因不在这里，而在于他到潘金莲那里学舌。

书童原先在知县身边历练过，对于收礼，显然颇为内行。牛皮小巷一案中，伯爵是吃了原告吃被告，书童则是收了小钱收大钱。韩捣鬼携了酒食来致谢，宴席上的中心居然是书童，他又是唱南曲，又是装旦，一曲接着一曲，非常受欢迎。所以我们看"平安挨打"，也是背景复杂，也有很精彩的文字。这样一个市井中的小可怜一旦被写出来，又蠢又坏，眉眼鲜活。他的脑子不灵光，想不明白，又什么都争，所以后来还要挨打，被打得更惨，也是性格使然，命运使然。同样的，秋菊也挨了很多打。

由二进士来访，谈谈老西的豪爽和大方

《金瓶梅》立足于市井，重在摹写市井风物，又对社会进行了全景式的描绘。此回开篇，就写东京蔡太师府捎来一封书信，随后赶到的则是两个新科进士，西门庆认真地做了接待，他们也得到了极大的满足。

这是一次花费不多，宾主都很愉悦的接待。

这也是一场令客人印象深刻，日后念念不忘回馈主人的慷慨款待。

今天的许多人，不管是官场还是商场，甚至包括大学，都深知接待的重要。通过接待可以出业绩，可以联络感情、建立关系、整合资源，可以升迁、晋级或发财。而接待这档子事儿，当然不能算是今人的创新，老祖宗早就对迎来送往熟谙于心。这不，西门庆一接到翟管家的来函，心中便有了数。

这里也涉及明代的科举制度。那时乡试会试的科举体制已臻成熟，成了做官的主要途径。尽管也有恩荫、举荐等作为补充，但一方面做不了大官，另一方面数量也很少。真正可以在官场上混得开，还要靠进士出身，即所谓的正途出身。尽管三年才有一科，每科仅三百人左右，但因为那时的官员少，职位少，安排工作已有了压力。于是就想出一些变通的办法，比如"观政"（即见习、实习）之说，再比如给假省亲的安排。这两位进士就是回家探亲的，虽说已有了职务，但省亲需要路费，如果回老家娶亲则更需要钱，大多数新科进士又没有钱，只能各显神通。像这两位，就是求了翟管家的信，路经山东时到西门庆家做客。

翟管家拜托接待的只是一位蔡状元,即蔡太师的干儿子。与他一起还来了另一位,名叫安忱,两人结伴回乡。翟管家信中一字没提,说明安忱与蔡太师并无瓜葛,西门庆仍尽心招待,除却礼金不一样,看不出有什么差别。这就是西门庆,这才叫会接待。日后蔡、安二人各领要职,始终把西门庆当作朋友,帮助之处很多。

由这位太师府的翟管家,谈几句为人处世之道

有道是"朝中有人好做官",西门庆在朝中的大靠山是蔡太师,小靠山则是管家翟谦。接待这两位新科进士,有翟管家一封信就足够了。翟谦信中还提到自己讨小老婆的事,催问西门庆办得怎么样了。另外他也传递了一个信息,又故意不说透,在信的抬头处模糊为"即擢大锦堂"五字。翻译过来,也就是即将升任锦衣卫堂官。这当然有点夸张,因为对于西门庆来讲,只是个副千户,如果要升官,按照正常的一个阶梯,应当升为正千户。但是官场的话喜欢夸张,翟管家明确地暗示西门庆,他要升官了。

官场的语言,有时越是模糊,就越见重要,也就越发清晰。见此来函,不独西门庆且喜且愧,连带着吴月娘都跟着紧忙活,恨不得托付县城中所有的媒婆儿,恨不得立马找到一妙龄女子送往东京。

第四节

潘金莲因何"雪夜弄琵琶"?

在《金瓶梅》的第三十七和第三十八回里,西门庆仍然意气风发地走在猎艳的路上,但进入了一个与前面不太相同的新阶段。

故事梗概为:

> 西门庆忙于给东京蔡太师府的翟管家寻找小妾,冯妈妈(李瓶儿的养娘)提出了韩捣鬼的女儿爱姐,老西为了慎重起见,亲自到他家中验看,很满意,同时对王六儿也产生了兴趣。他为爱姐置办嫁妆,令韩捣鬼送往东京,自家则托老冯通口信,勾搭上王六儿,时常来牛皮小巷幽会。一次在他将要赶到的时候,恰遇二捣鬼被王六儿逐出,嘴里还骂骂咧咧的。次日,西门庆派人将之拿到提刑所拷打,从此二捣鬼再也不敢上门。韩道国从东京回来,得知老婆与主子的勾当,却是不怒反喜。一段时间以来,潘金莲

备觉寂寞凄凉，雪夜中抱着琵琶唱曲儿，而西门庆归来，直接到瓶儿房里看他儿子。这个时期，西门庆不管回来多晚，回到家以后都会去看官哥儿，听到潘金莲在唱小曲，一腔哀怨，就把她拉来喝酒。

故事进展到此处，西门庆竟成了牛皮小巷的常客，他的猎艳生涯也自然发展到"王六儿阶段"。这是一种与以前不太相同的选择，也是整个"情色故事"的拐点。在此之前的西门庆，看上一个女人，多少还会有一些真情、要求一些美色、演绎一点儿爱恋，如对潘金莲、孟玉楼、李瓶儿，莫不如此。即便对死去的宋惠莲，他也是贪恋其年轻美貌，也有几分认真，曾许下要娶她做小。而自王六儿之后，西门庆似乎更倾心于床笫之欢，更沉溺于无度的性事，更喜欢做些个变态的举动……

西门庆与王六儿的淫纵，是专心专注的纯粹之淫，是纯粹的淫欲，即所谓的"皮肉之滥淫"。

王六儿是个什么样的女人？被人捉奸的第三十三回，形容她"生的长条身材，瓜子面皮，紫膛色，约二十八九年纪"，"打扮乔模乔样，常在门口站立睃人；人略斗他斗儿，又臭又硬，就张致骂人"。这样一个粗俗不堪的放荡女人，没有姿色、没有才情、没有教养、没有德行，当然更没有显赫的家世和丰饶的家产，到底是哪里吸引了阅人无数的西门庆？连王六儿自己也觉得不敢相信，当冯妈妈传来口信的时候，她也说："他肯要俺这丑货儿？"连那巧舌如簧的媒婆子，也只能以一句"情人眼里出西施"解嘲。而就是这个王六儿，实实在在迷住了西门庆，成了他最喜欢也最长久的外宠，一直到撒手西去。

不能不想起《红楼梦》中的贾琏，拥有娇妻美妾的贾二爷，竟然趁着凤姐过生日之机，与仆妇鲍二家的搞在一起。用贾母的话说，"脏的臭的都拉了你屋里去"，也让王熙凤大感委屈和不解。西门庆与贾琏不是一路人，但在这些方面，却有着差不多的喜好。

现实生活从来是斑驳的，情色亦如之。比起潘金莲动不动就抱着琵琶唱哀怨小曲儿，比起孟玉楼的假模假式，比起李瓶儿的哭天抹泪，比起宋惠莲的处处争竞，这个王六儿简单多了、简便多了、干脆利索多了，说不了三句话便直趋床上，直奔主题，又有那么多怪僻和花样，让西门庆意外和欣喜——鲍二家的之于贾琏当亦如此。相得益彰的还有王六儿之夫，也是西门家伙计的韩道国，从东京归来后闻知此事，与妻子讨论商量，主题是怎样让主子更开心、更方便，乐呵呵地引以为荣，全无来旺那种急眼玩命之相。于是西门庆心下踏实，乐此不疲。

《金瓶梅》中所写女人很多，有为爱情者，更多的则是爱钱财、爱权势者。本回中王六儿当然属于爱钱财权势的俗妇，但她也爱性事，否则也不会与一身痞气的二捣鬼搞在一起。此一番遇着恩主西门庆，全挂子的武艺，怎不倾情奉献？

冯妈妈牵线

就在这里，冯妈妈也露了一小脸儿。自瓶儿嫁入西门大院后，她的这位养娘就兼职做起了媒婆和牵头的生意。就是她举荐爱姐为翟管家小妾，不独保举成功，得了赏钱和夸奖，且意外地为西门庆和王六儿牵了线，跟着沾了不少光。一项生意引来了大订单，一锤子买卖变为长期客户，冯妈妈好不得意，以致连亲主子李瓶儿都丢在脑后了。

二捣鬼挨打

二捣鬼者，诚茫茫人海中一微芥也，经作者附笔带写，亦自成一传，全须全尾，形象颇见灵动圆整。他与嫂子的一段孽缘是复杂的，七分八分为放荡鬼混，就中或也有三两分真情。虽说是拿了一根小肠儿就想来寻欢，但以其财力与能为，也算倾其所有了。没想到"友谊的小船说翻就翻"，老情人翻脸无情，竟将他推了出来；更没想到自个儿嚷骂了几句，惹恼了西门庆，于是一顿痛揍，给他上了一堂感受极深的"法律课"。

"人是贱虫，不打不招"，是戏曲小说中官员审案时常说的一句话。通常说来，此话是对那些有点儿社会地位的人而言，比如那些个刚刚被拿下的官员，余威仍在，角色还未来得及转换，不把审案官放在眼里，于是便要经一番锻炼，要打几下杀威棒。"饶你人情似铁，怎奈官法如炉"，炼狱之说当出于此。而眼下这位二捣鬼，本来就是贱虫，连牛皮巷的小混混都敢收拾他，至于说他"不打不招"，你让他招什么呢？打他的目的不是叫他招供，要是真的招出了与亲嫂子的奸情，又怎么惩处？

西门庆原本就是爱打人的，打武大郎、打孙雪娥、打潘金莲、打蒋竹山、打李瓶儿、打来旺、打小铁棍，多数是自己动手，个别的花钱请人或雇人动手。自从做了提刑所副千户，再要打人，便觉得气势不同，有了一派衙门作风：打牛皮小巷四个小混混，是"喝令左右拿夹棍来"；打陈氏母女，是"每人一拶，二十敲"；打自家那戳舌生事的小厮平安，赏与一拶、五十敲、二十棍……做了这提刑官，打人便是工作，是职责所在。

顺便解释一下这个"敲",就是用小木棍把人的五个手指夹起来,然后再用小榔头一个个地敲。大家想想,把手指夹到棍里边,拉紧了之后再敲,就把手指之间的皮肉都蹭下来了,鲜血淋漓。不管对于男犯女犯来讲,都是一种酷刑。

挨打之事,受刑之事,没有切肤之痛是难以想象的,也是不会接受教训的。不久前二捣鬼被拿到了提刑所,但由于有西门庆罩着,挨打的是车淡、管事宽之流,二捣鬼则跪在一边看得开心,偷着乐。此一番轮到了自己,"不由分说,一夹二十棍,打的顺腿流血,睡了一个月"。二捣鬼似乎没有家室,没有妻子,躺在病床上怎么度日?都想了些什么?作者一笔带过,总之是没有死掉,在故事的最后一回,二捣鬼竟然与王六儿打伙儿过日子了。

西门庆的马

韩捣鬼往东京送女儿,翟管家一看爱姐长得非常漂亮,还有那么多嫁妆,非常满意,便向西门庆赠送了一匹"高头点子青马"。西门庆很得意,骑着青马去衙门上班。

夏提刑见西门庆骑着一匹高头大马,问道:"长官那匹白马怎的不骑,又换了这匹马?倒好一匹马,不知口里如何?"西门庆道:"那马在家歇他两日儿,这马是昨日东京翟云峰亲家送来的,是西夏刘参将送他的。口里才四个牙,脚程紧慢多有他的,只是有些毛病儿,快护槽踢蹬……"夏提刑道:"这马甚是会行……不可走远了他,论起在咱这里,也值七八十两银子。我学生骑的那匹马,昨日又瘸了。今早来衙门里来,旋拿帖儿问舍亲借了这匹马骑来了,甚是不方便。"西门庆道:"不打紧。长官没马,我家还有一匹黄马，送与长官吧。"夏提刑举手道："长官下顾，学生奉价过来。"西门庆道："不须计较，学生到家就差人送来。"

一番对话，可以看出这匹来自东京的马带来的官场效应。大家想想，了解到副手有这背景，夏提刑作为正职，还要跟他争什么呢？看人家的钱，看人家的仗势，看人家朝里的人……真的不宜跟他争了！而且西门庆行事非常大方，顺便就将原来的马送给老夏，这个时期真的是老西的得意时期。

潘金莲"雪夜弄琵琶"

这个时期，却是潘金莲的不得意时期，所以就有了她的"雪夜弄琵琶"。西门庆基本上不到她屋里来了，在外边看上了王六儿，有机会就去鬼混；在家里面因为有了儿子，回来就走到李瓶儿屋里去逗官哥儿。潘金莲深深陷入孤单、冷清、哀怨，怎么办呢？有了以前的教训，她也不敢再去勾引那些小厮，最近与小女婿有一点点苗头，但是到处都是眼睛，也得不了手，感觉到极为孤单。

在这样一个下雪的夜晚，潘金莲开始唱曲，唱的是《二犯江儿水》，作者有意全文引出来，如泣如诉，声情交融。正是借着这一套曲子，她又成功地把西门庆拉到了自己身边，恩爱的话说了不知道多少，希望能够把老公的心收回。可这能做到吗？

第五节

妒恨土壤中的
一株弱苗

《金瓶梅》的第三十九和第四十回，用大量篇幅写了道教和佛教，而核心，则在于子嗣，在于西门大院的独苗官哥儿，但又不光是官哥儿。此处的故事情节为：

随着交往的深入，西门庆慷慨解囊，在狮子街为王六儿和韩道国买了房子，常来行走。年节要到了，玉皇庙吴道官派徒弟来送礼，吴月娘提起官哥儿出生时许的愿——到吴道官的庙里做一场法事。西门庆便定下正月初九给儿子行寄名之礼，即寄名到道观，求道家保佑，场面繁复隆重。那天也正好是潘金莲生日，苦等西门庆不回，只好与一众女眷听王姑子说佛教的因果。这之后，王姑子向月娘兜售符药，说是壬子日服下便能生儿子，月娘当即给了银子。西门庆来家后十分疲倦，躺在书房里就睡着了，潘金莲与李瓶儿抱着身穿道士装的官哥儿逗他，醒后甚喜。而晚间，他又被装扮成丫鬟的金莲所吸引，到了她屋里。

结合这两回的内容，我想再谈一谈《金瓶梅》的成书年代，也就是说这部书是什么朝代写成的。

最早谈到《金瓶梅》作者和成书时代的文献，今知约七八条，几乎一无例外地指向明代嘉靖年间。记下这些的多是隆庆万历年间著名文人，虽说语气不是太肯定，然反复研读，能感受到指的应是那个时代。

最重要的证据还是在作品本身，书里面所写的内容，也可以作为一条可靠线索。一部《金瓶梅》，随处都可见嘉靖帝朱厚熜统治下的社会特色，能够感受到扑面而来的嘉靖风尚和时代气息，尤以第三十九回为明显。下面我从六个方面来谈一下。

其一，那是一个道教和法术盛行、道士们极度风光的时代

此节以大量篇幅描写西门庆为儿子在玉皇庙做法事，形象地记录了这一民间宗教活动的全过程。我们看到，佛道两教的竞争虽说无处不在，但道教显然成为社会信仰的主流。于是，道教在庙观堂而皇之地启动乐器、设坛打醮、大做法事，场面宏大庄严，仪节繁复恭谨；而佛教只见两个尼姑走门串户，在内宅给一帮女眷讲唱佛曲。这种情形又不光此处，通观全书都是这样。与道家做这种大型的、挣钱多的法事相比，佛门中人多是走门串户、唱点儿小曲、卖点儿药等等，似乎已不是一个量级。

以外藩入继大统的朱厚熜，乾纲独断，恩威无定，龙驭天下四十五年。

其中最显著的特色，便是崇信道教。他自号"紫极仙翁"，所制印章仍在（明朝亡国以后，这枚印章就落到了清人手里，目前还在故宫存着）。他册封了一个个真人高士，并由此扩展到崇信各类方士术士。书中的六黄太尉又称黄真人，便是这样一个缩影。置身于这样一个时代，为了博取圣意垂眷，内阁大学士无不把大量精力用以写作青词（一种非常华丽但虚无缥缈的斋祀文字，写在特制的青藤纸上，要读给上天听）。而流风所及，整个王朝从庙堂到市井，处处活跃着道士与术士的身影。

本回给出了一个清河风格的民间法事，也给出了几个鲜活的道教人物形象。如身材高大、举止飘逸、言辞温润的吴道官，注意他的名字吴嘉，三个吉利的"吉"堆叠。明明是道士，却叫道官，似乎有一个掌教的官阶。他擅于结交官府与豪富，亦时常接济帮闲和游棍，广结人缘。他的大徒弟是年前送天地疏、新春符及节礼的徒弟应春，衣着整洁，动不动便要"跨马磕头"；如宣念斋意的绛衣表白，一层层揭开文书符命，流畅唱报各路神灵之名，如数家珍……前面写西门庆为王六儿买了一个小丫鬟，才用四两银子，而此一番法事就用了十六两，无怪一个小县会有如此大道观，无怪道士们既通玄醮，又懂得营销。

其二，佛教在政治打压下艰难生存

到了明代，佛教的产生地早已是印度教的天下，而中华大地的佛门中人早已习惯了被崇奉，也习惯了当局变脸后的钳制甚至迫害。那些忠实于信仰的高僧，那些游走于大户人家的尼姑，在低潮时仍然坚持，深入内宅做女眷的思想工作。她们处处放低身段，注意故事的蛊惑性，从解决信众的实际困难入手，如兜售生育秘方、推广房中术和春药，虽不像道教的法事那样喧嚣铺张，却也大有实效，各有各的生存方式。

王姑子向吴月娘推销的生子药，实际上是薛姑子的，为后来二人的争利伏下一个线头。而所谓生男孩子的秘方，应该与佛教也没有什么关系，大约不是玄奘等哲僧从西天取来的，倒有几分道家炼丹的色彩。不管怎么说，吴月娘已经怦然心动，向王姑子讲了自己八月间的那次流产，还特别点明"倒是个小厮儿"。这是她深藏心底的痛。这些话她没向西门庆讲过，若是说了，真不知那厮会怎样地跳着脚惋惜。

其三，子嗣之重

生子承嗣，是宗法社会的永恒主题，是明朝嘉靖皇帝的心结与痛点，也是《金瓶梅》中一条重要的情节主线。

纵观整个大明王朝，除却开国皇帝朱元璋之外，继登大统者的子嗣多不太兴旺，至中后期尤为严重。其中原因很多：明宪宗宠爱的万贵妃生性奇妒，由于自己的儿子早夭，便处心积虑弄死其他皇子；明孝宗与皇后特别恩爱，不沾染其他嫔妃，三十六岁驾崩时仅留有一子朱厚照，传说还不是孝宗的血胤；而明武宗又是一个有名的荒唐皇帝，驾崩时刚满三十岁，身后连一个儿子都没有。

朱厚熜是以外藩身份，从湖北的钟祥进京入继大统的，对他来说子嗣仍是一个难题。《明世宗实录》多处记载了他对子嗣的渴望与焦灼，记载了其得子后的欣喜与大行赏赐，也记载了其失子之痛，真可与西门庆在对待子嗣上的表现相对读。而对道教的崇信和对儿子的渴盼，也使明世宗在宫中御花园建祈嗣坛。

阅读明代和清代的历史，总能感觉到一个王朝的兴衰，也能通过子嗣反映出来：朱元璋出身贫寒，先岁颠沛流离，后来南北转战，席不暇暖，却生有二十六个儿子，有文有武，几乎个个都是人物；清太祖努尔哈赤也有十六个儿子，执掌八旗，大多数是统兵将帅、国家栋梁。

太平继位的皇帝不再需要整天打仗，生活很安逸，身边的女子要多少有多少，却生不出太多儿子来了，越往后越是如此。有的还有一个两个，有的压根儿绝收。前面说过后宫人情险恶，成活太难，是一个原因，但不是主要原因。主因是什么？在于人君不知涵养，昼夜辛苦，放纵太过。朱厚熜的堂兄正德皇帝朱厚照就是一例，内有宫中嫔妃，外有豹房佳丽，包括西域和外国美人，巡游中还划拉了刘娘娘之类，就是整不出一个儿子来。若说西门庆，在子嗣这一点上，与嘉靖皇帝也有些相像。

其四，官哥儿的胆小

叙写至此，西门庆已经有了儿子，自是无比珍爱。却不知妻妾众多的大家庭中，子嗣很难成活。我们看着官哥儿一天天长大，看似人人喜欢，众星捧月一般，设心要害他的不乏其人，希望他出事的人不少，而真正关爱他的人不多。李瓶儿几乎变成了一个抱窝的母鸡，一天天揪着心，赔着笑，敬让别人，打点着精神，思量怎样才能保全弱小的儿子。李瓶儿不是看不出潘金莲一心要害她的儿子，只能百般讨好，当潘金莲的母亲到西门大院来的时候，李瓶儿给潘姥姥很多东西，想的是化解，岂知更激起潘金莲的仇恨。

中国有句老话，叫作"有其父必有其子"，而到了西门庆这里，却是有其父没有其子，父子两个的性格完全相反，一个胆大妄为的西门庆，得了一个胆小如鼠的儿子。作者此时已开始铺垫，说他见了猫啊狗啊，都怕得要命；说他在穿庙里送的小道士的衣服的时候，吓得眼睛都不敢睁，气都不敢喘。这些是暗示，也是伏线，潜台词是道教的这套把戏保不住官哥儿的命。

其五，吴月娘求子

作为正妻，吴月娘也想求子。她无意中听到过孟玉楼和潘金莲的一段对话，说什么呢？说那儿子（官哥儿）又不是她的，你看她那副上赶的模样！这对吴月娘刺激很大，决心要自己生一个儿子。

第四十回一开篇，就写吴月娘许下愿心，想生一个自己的儿子，私下里托王姑子去薛姑子那里求生男孩的药。后面会写到，吴月娘吃了薛姑子的药有了身孕，果然生了个儿子。连那素不信佛的潘金莲花了几个小钱，竟然也怀上一个儿子。当然那是后话，潘金莲怀的儿子，并不是西门庆的骨血。

其六，潘金莲的花样百出

潘金莲是一个无神论者，也是一个丝毫不知感恩、不知敬畏的人。李瓶儿处处忍让，一次次让给她亲近西门庆的机会，可她对瓶儿母子仍是恨意不解，只要一有机会就加以诋毁。

不管潘金莲心中有多少恨意在翻腾，也不管官哥儿多么生性胆怯，眼下的他是大院的中心，包括西门庆，也包括吴月娘，多数人都在围着官哥儿转悠。"抱孩儿金莲希宠"，回目中突出的便是一个"抱"字，颇觉择字之精彩——只有抱着这个孩子，潘金莲才能争宠。所以潘金莲才抢着要抱，甚至从李瓶儿的手中夺过去自己抱。

李瓶儿的懦弱也由此可知，连自己的孩子都护不住，甚至还要吴月娘说才能抱回来。官哥儿一被潘金莲抱过去，她心就悬在半空，争不回来，又不好意思拉下脸来，她本来就不是潘金莲的对手，生下孩子后，竟像是更弱了。

"示爱"一节，又见出潘金莲的别出心裁。先是装扮成丫鬟，大家嬉闹了一阵子，恰遇老西回院，被人拉到西门庆的跟前，跟他说这是他刚让人买来的丫鬟。西门庆有些发蒙，说什么时候让人买丫鬟了？然后觉得丫鬟颇为风骚，再仔细一看竟然是潘金莲，于是哈哈大笑，"笑得眼没缝儿"，全场都很开心。这是潘金莲一次充满创意的才艺展演，给大家带来了欢乐，也给自己带来了一夜欢会，外加一套罗缎衣裳。大家注意，潘金莲在和西门庆在一起的时候，几乎没有一次不要东西，这是她的行为模式，也是二人交媾的必然环节。

就这样，潘金莲扳回一局。这一单元，也就以她的再得宠爱作为了结。

第五单元

一夜风流,
三万盐引

在前一个十回，我们谈了西门庆得子、做官的幸福时光，那是他的一段得意日子。这个十回的西门庆似乎更为得意，可开始出现了大大小小的风波：先是大院里丢了一个金镯子，引发了一场小风波；接下来因为审理一桩凶杀案，发生了集体贪赃枉法，引来一场政坛大风波。这场风波几乎可以把西门庆淹死，但靠着蔡太师的关系，靠着送钱送物，竟然得以平安度过，与东京大靠山的关系也显得更铁了。

大难不倒，西门庆的朋友圈也越来越大，越来越有用。

第一节

妾的儿子
妻做主

《金瓶梅》的第四十一和第四十二回与前面的故事相衔接，写作的重点仍在官哥儿。小小年纪的他，居然要定亲了。故事梗概为：

> 吴月娘等人应邀到乔大户家做客。乔家也新得了一个小女儿长姐，大人们说话，官哥儿与长姐躺在炕上戏耍，你打我一下，我拉你一把，咯咯笑着，两家女眷就此议起亲来。月娘回来后告知西门庆，老西觉得不太般配，但月娘在席上已说定，也只好权且认了。此为西门大院又一桩喜事，而潘金莲出言不逊，再次被西门庆斥骂。她心中妒恨，打丫头，指桑骂槐，瓶儿母子深受滋扰，却是敢怒不敢言。又到一年的元宵时分，吴月娘在家中设宴演戏，招待各路女眷。西门庆则跑到狮子街，假作与伯爵等人喝酒观灯，实则约了王六儿来私会。

第四十一回的回目是"西门庆与乔大户结亲　潘金莲共李瓶儿斗气"，不准确，实际上是一帮女眷在席上喝得开心，即兴为官哥儿与长姐结了娃娃亲，西门庆根本不在现场；而潘金莲因为两家结亲、因瓶儿的儿子结亲生气和撒气，李瓶儿压根儿不敢接招，所以也谈不上斗气，而是一个人撒气。这一切都与官哥儿无关，一个不满周岁的孩童能知道什么？但是这一切又都与官哥儿相关，都是由于他的出世才出现，由于他的存在和未来的继承人地位而产生的。

结亲

提出结亲倡议的是吴大妗子（月娘的嫂子），跟着起哄架秧子的是一干女眷，而主成此事的则是吴月娘。我们也能看出，当时的李瓶儿并不太情愿——

> 玉楼推着李瓶儿说道："李大姐，你怎的说？"那李瓶儿只是笑。

场面很真实。现实生活中有很多类似情况，不愿意答应，又不便驳人面子，就笑笑，那种浅浅的应付的笑。可事情又容不得她推搪，拘于情面，迫于环境，瓶儿也难以不应，且人家原也不太在意她应与不应。这里便见出妻与妾的地位悬殊——妾的孩子妻做主。《红楼梦》中探春乃是赵姨娘亲生，探春却叫她姨娘，叫王夫人妈。所以一切都是吴月娘说了算，又是割襟，又是挂红，又是让家中抬来定礼，又是约乔亲家明日去大院……为什么这样急呢？月娘是怎么想的？心思大概也有些复杂。

西门庆更是不情愿，先是避而不答，再反复说到不般配，但也是拘于情面勉强应允。他的应允明显有几分敷衍，试想，若是官哥儿日后有了大前程，他的老子和娘一定会变着法儿反悔。

斗气

至于斗气，染写的是潘金莲心里的憋闷。一个掐尖要强的女人，财产不能与李瓶儿比，连生孩子也被她占了先，真的是一腔愤懑。席上定亲，本来就有些玩笑的成分，可不见最爱起哄的金莲说一句话。她不吭声，一个喜欢热闹的人，一个喜欢吵闹逗趣的人，一个最会说俏皮话的人，这个时候反而不吭声了，可见她是心理上严重不平衡，到了连表面文章都不做的程度。

可潘金莲又是一个有话憋不住的人，到了家中忍不住要说，脑子不清爽竟对西门庆说，自然因多嘴和臭嘴被骂。她更觉愤愤不平，滋事挑衅，找碴儿与李瓶儿斗气。而瓶儿处处忍让躲避，哪里有一个"共"字？李瓶儿根本不敢接招，是她自己与自己斗气。

西门庆的心思

"官哥儿结亲"一节，是一幅明朝人的日常生活画卷，也是西门大院妻妾关系、妾妾关系的生动展示。

对官哥儿，西门庆望子成龙，期望很高。他自己还在初期阶段，续弦就找了吴千户的女儿，可证其攀附之心。眼下已然做到司掌刑狱的副千户，京城又有大大的靠山，家里又有很多钱财，对宝贝儿子的婚事当然会极其慎重。可就这么几个女人，一次家宴，几句笑言，居然把儿子的婚事给订了，而且做得隆重其事，难以反悔，怎不让他心中别扭？

西门庆不愿意这门亲事的理由，主要有两点：

一是门不当户不对。他说到自家"官户"与乔家"白衣人"的差别，说到乌纱与小帽的难相处，都是心里话，是真情的自然流露。依着西门庆，或许会给儿子找一个京中高官的千金，当然这也只是猜测。

二是嫌乔大户之女出于妾室，即所谓"房里生的"。大家想，官哥儿岂不是妾生的？但西门庆不管，他视之如金宝，从来想不到这一层。不料话刚出口，就被压抑已久的潘金莲啪啪几句恶毒话直捣肺肝，说官哥儿也是房里生的，出身也不高贵。西门庆厉声呵斥："贼淫妇，还不过去！……有你什么说处！"哪里还有半点儿温情。

潘金莲是自取其辱，同时也在公开和背后不断地污辱他人。作者虽未写说这番话时李瓶儿是否在场，其实应是都在一起的，所以她既是对西门庆的公然顶撞，也是对李瓶儿的公开打压。至于背后她议论官哥儿不是西门庆的孩子，是蒋竹山的种子，这些话太恶毒，也不靠谱，就连孟玉楼也从不帮腔。可她还是一有机会就说，越说越恶毒……

所以潘金莲不是和李瓶儿斗气，而是在和内心的魔鬼斗气啊！

第四十二回写的又是元宵节。我们说《金瓶梅》是一部明代社会的风俗画卷，元宵就是一个重点。自此开始，作者以整整五回的篇幅，描写明代中国北方一个小县城的元宵节，描写西门庆这样一个清河豪门的社交与应酬、忙碌与闲适、愉悦与烦恼，描写那一场接一场的酒宴、一处又一处的欢会，描写官员之间、妻妾之间、奴婢之间、亲友之间、帮闲之间、妓女之间、小厮之间表面的热络和深藏的矛盾乃至仇恨。所以我说，节日是平庸生活中的星辰，是世态人情、社会关系乃至人品人性的集中呈现。

兰陵笑笑生截取了大明帝国的一个历史切面，以呈现那时和那里的市井百态，自然而然也写到那些节日。然书中所写的许多节日，如春节、清明、端午、中秋、重阳等，都不若元宵节之重。大家可以联想一下，他写同样的节日景象、同样的故事场景，却丝毫没有重复赘累之感。第十五回写灯市和圆社，第二十四回写走百病儿和放花炮，此回则给出一个元宵佳节的全景，如烟火、演出、占卜。在今年的元宵节，请大家特别关注几个人物。

其一是**西门庆**，在寻欢路上高歌猛进的西门庆。

本回引首词有这么两句："易老韶光休浪度，最公白发不相饶"，也就是说要珍惜光阴，说时间是最公平的，若是胡乱混日子，那么白发就在不知不觉间生出来了，你也就老了。不是有个词叫醉生梦死吗？世间多数人真的是醉生梦死，作者一边描写这种状态，一边又不忘提醒和告诫人生短暂。

西门庆是不会有这种认知的。毕竟他才刚刚三十岁，正处于人生的巅峰时期，有滚滚而来的财富，有围绕簇拥的朋友，有众星拱月般的妻妾、婢女和外宠，有实惠的官位与朝中显赫的靠山。另外一个方面，毕竟他是一个市井混混出身，没有多少文化，不喜欢读书，内心也不信奉任何宗教，怎么能体会到"人生易老"的况味呢？

"年年岁岁花相似，岁岁年年人不同。"西门庆不会有这样的感叹，对他来说，今年的狮子街仍是一个赏灯的地方，一个幽会的处所。每一年元宵，他都会有不同的女人，今年则换了新挂刺上的王六儿。

其二是渐渐浮出水面的**王六儿**。

王六儿是今年狮子街赏月的新人。请看她接到西门庆口信时的喜悦和忸怩作态,看她与丈夫商议并受到鼓励,看她精心打扮仍不过一个土妓模样,看弹唱的两个妓女对她公然嘲笑后的假作恭敬,看应伯爵等人的知趣闪避……所有这些,使王六儿成为古典文学形象中的独一份。世间潘金莲不多,王六儿也不多,但她们注定是芸芸众生中的一员,是一种曾经的和当世的存在。明代有,清代有,今天也会有。

其三是清河的世家子弟**王三官**。

狮子街观灯嬉游的人群中,有几个帮闲跟着一个年少的子弟,就是我们所说的王三官。王三官在做什么呢?在想什么呢?借钱。他不是王招宣府的唯一继承人吗?那可是清河的世家望族啊,竟然要借钱,竟然在元宵佳节借钱!所以这小子一出场就带出很大的悬念,让人狐疑,这样一个大家族的继承人和官宦子弟为什么要借钱?而且一借就是三百两?

到底是答应借了不给,还是借后不还?王三官说已找一个叫作"许不与"的借钱。这个名字也非常搞笑,"许"是答应,"不与"是不给,调侃中暗示了不靠谱。到底借着钱了没有?不知道。作者只是借着这个话头,给王三官的出场做铺垫,而这个不成器的官宦子弟,又是在为母亲的登台做引子。紧跟其后的,是他那徐娘半老的母亲林太太,是西门庆与林太太的故事。

第二节

为什么是李娇儿的丫鬟偷窃金镯子？

前两回写到潘金莲对李瓶儿的羡慕嫉妒恨，写到她的爆发、挑事与挨骂，到了《金瓶梅》的第四十三和第四十四回，则写她借着院里面丢了一个金镯子而再次挑事。潘金莲是一个执着的个性，歹毒搅拌着执着，紧咬住不放，完全不管多少次被打脸。

此处的主要情节为：

商人黄四来还利钱，拿来了四个黄澄澄的金镯子。西门庆心里高兴，随手就拿给儿子玩。不想人来人往，忙乱中丢了一个，引得在场的人赌咒发誓，人人自辩。潘金莲又趁机说嘴，暗示是李瓶儿偷走的，真是不知改悔啊，惹得西门庆恼怒，几乎又要拿耳刮子抢她。乔大户家应邀前来，还拉来皇亲乔五太太（自称"当今东宫贵妃娘娘"的姑姑）装门面。家宴结束，四个妓女要走，月娘不放，适逢西门庆回来，便让桂姐和吴银儿留下。忽听前边嚷嚷，玳安等推着李娇儿的丫鬟夏花儿来到，原来是这丫头趁乱偷了金镯子，心里害怕，躲在马棚里，少不得挨了几拶子。桂姐埋怨姑姑李娇儿不硬气，又教训挨了打的夏花儿一通，要她与主子一心，言下之意是应将镯子放主子这里吧。院内另一处，李瓶儿与吴银儿吃酒说话，诉说心中之苦。

上一回新推出一个官宦子弟王三官，大约是官N代，祖上曾做过很大的官。作者写他，主要是为了引出其母林太太。而已见王三官出场，接下来却不就写林太太，所以说作者的笔触恣肆迂曲，如果写完了儿子就写他母亲，真成家常流水账本了。

这两回的情节主线是得金、失金与找回金子。

先说得金

得金缘于西门庆的放贷。第三十八回中，应伯爵引来承办政府采购的李三和黄四，借了西门庆一千五百两银子。此时回来先归还一千两本银，外加"黄澄澄四锭金镯儿"作为借贷的利息。西门庆心中欢喜，觉得这一切都与儿子的降生有关，便用袖儿捧着，送去与官哥儿玩耍。各位请注意两点：四个金镯子只是利息，那时的拆借已是高利贷，短短两个月就要付百分之十的利息；借去的是一千五百两，还有五百两没还。后面还会接续这个线头，讲西门庆死了之后，两人立马想要赖账，又有一场市井之间的角力。

失金风波

那么小的孩子，就把沉甸甸的金镯子拿给他玩，本来西门庆就有些烧包和得意忘形，不知道该怎么爱自己的儿子才好。见多识广的李瓶儿也不在意，屋里人来人往，只那么一会儿就不见了，便出现了一场不大不小的"失金"风波。

这个风波起于失金现场，一经发现没了，"屋里就乱起来"。一个金镯子值好几十两银子，转眼不见，肯定是有人偷窃，所以一下子就乱起来。如意儿问迎春，迎春问老冯，老冯发誓赌咒……倒是资深富婆李瓶儿没太当回事，老西得知后也没太当回事，丢了几十两银子，在他们的确算不得大事。当然他不会不找，作为提刑副千户的他，似乎还真有了点儿职业才能，一下子便找准了办案方向，只说"把各房里丫头叫出来审问审问"，后来的事态发展，证明其预测十分准确。这是失金的第一波。

第二波出现在吴月娘房中。失金的消息在大院中快速传播，到了前院和潘金莲那里。潘金莲赶紧找吴月娘告状，而月娘早已从不同渠道得到了消息。潘金莲的话中充满着夸张和直接定性，她说："瓮里走了鳖，左右是他家一窝子……"西门庆来到时，潘金莲正说得兴起，跟着月娘的话头，将矛头转向西门庆，意思是他管家不严。

请大家留意，《金瓶梅》中运用了大量的俗谚，像"瓮里走了鳖"就是一个俗谚。而最会拈用这种俗谚，说得最恰当也最犀利的就是潘金莲。

大院中已是第二次发生失窃之事，潘金莲也是第二次借丢东西将矛头指向瓶儿，打算把偷金子的罪名栽在瓶儿身上。这实在是个极不明智的举动，莫说西门庆不信，月娘等人也不会相信。急了眼的西门庆向前将她一把揪翻，潘金莲其实心里害怕，但嘴上还硬，却是话里已带了告饶口气。老西的拳头已经举起，但总算没有打下去。月娘见状笑着调解，说了一句"恶人自有恶人磨，见了恶人没奈何"，很精辟地给二人下了评语。从这句话中可以听出，对潘金莲没有挨揍，吴月娘多少感到遗憾。

这又是一个让潘金莲沮丧的日子。西门庆的叱骂推搡，吴月娘的数落责备，都让她心中郁结，但也只能是自己化解了。

乔五太太

第四十三回还写了一个乔五太太，乃乔大户的婶娘，号称是"当今东宫贵妃娘娘"的姑姑。两家结亲，西门庆颇有门不当户不对之感，乔大户也有这种敏感，所以他推出这位"皇亲"乔五太太，用意不言自明。这位乔五太太一番登场、一个亮相，都拿捏得分寸恰好。唯有开篇处记其礼物是"一坛南酒，四样肴品"，透露出这个孤寡老太婆生活之穷窘，西门庆与妓女吃个夜宵都会比这份礼单丰盛。小小的清河县似乎有好几家"皇亲"，作者写了这么一家，其他的都可以推想。

吴银儿，又一个干女儿

在《金瓶梅》所描写的市井俗众中，娼妓无疑是一类活跃的角色。清河县的红灯区很显眼，妓女的集聚区在"勾栏"，因从业者众多，又分成"二条巷"和"后巷"等。紧挨着闹市区的狮子街又有"蝴蝶巷，里边有十数家"，这样多的莺莺燕燕，竞争是免不了的。于是她们便要在权豪势要那里做足功夫，要搞出一些吸引恩客的特色经营，重点培育新一代接班人，要与重点客户建立某种更亲密的联系。

认干女儿便是一招，但为遮人耳目和走动方便，演变成拜恩客家中女眷做干娘。第三十二回，李桂姐认作吴月娘的干女儿、第四十二回吴银儿认作李瓶儿的干女儿，走的都是这个路数。至于桂姐曾被西门庆梳拢，花子虚在世时与银儿有染，就没有人去管了。

在读硕士的时候，我曾在中戏的书库见过一本旧的平装《中国娼妓史》，卡片上写满了借阅者的名字，显现了极高的关注度。我随手翻了翻，无非是源远流长之种种，恍惚记得，就是在这部《中国娼妓史》中，提到"干女儿"一词。它说旧时妓女之混生涯，常常以认权贵为"干爹""义父"之名，先套近乎，后得实惠，边套近乎，边得实惠，而核心仍是皮肉买卖。

西门大院已有了一个亲女儿，即西门大姐，因婆家遭祸，携了个人小鬼大、一肚子花花肠子的丈夫来到娘家，即陈经济。可她的亲娘已经亡逝，只能与六位后妈相处了。西门大姐低调但说话生硬，毕竟有她爹在，吃不了什么亏。此际又来了两位干女儿，一水儿出于青楼。然二人比较，又觉吴银儿比桂姐要平正绵善许多，不像李桂姐总有那么多恶毒心肠。

认作干女儿的娼妓仍然是娼妓，在人家家中仍要陪唱陪酒，夜深时仍要抖擞精神演唱，想离开时仍会遭到女主人的责难。李桂姐是清河名妓，要找她的人不少，不可能在一个地方待得太长，接到家里面传的口信，变着法儿想回家。可月娘就是不准，就此也可以看出，桂姐与干娘也互相都没有什么感情。作为比较，李瓶儿和吴银儿就大不一样，深夜坐在一起，喝点小酒，倾诉衷肠，场面有几分温馨。其实主要是李瓶儿在说，吴银儿在听，她将难与他人言说之苦吐露给这个干女儿，总算有了一种排解之道。

西门大院中女人很多，往来女眷亦很多，但若要说找一个能吐露心曲之人，却是件难上加难的事。她们所说的便是白天的失金风波，由此再谈到煽风点火的潘金莲……

"三只手"的夏花儿

就在"失金事件"要不了了之的时候，李娇儿的小丫头夏花儿被捉住。为什么会被捉住呢？因为她紧张。西门庆说：拿我的狼筋鞭来。传说这种鞭子一甩起来，就能发现是谁偷的东西。小丫头没有经历过，很紧张。她就吓得不敢在现场，躲到马棚里，结果被别人捉住了，一搜，金子就在腰带里藏着。看似寥寥几笔，但是关联很多：既为失金一节做收束，又为后文西门庆死、李娇儿趁乱偷元宝做铺垫，同时也写出李桂姐的多是多非。所以这是小波澜暗伏着大波澜。李娇儿偷元宝，大闹后又回到妓院待嫁，是后面西门庆死时发生的一个大波澜。

第三节
世上没有无缘无故
来送礼的

《金瓶梅》的第四十五和第四十六回讲,失金风波已过去,那对送金镯子的李三、黄四仍频频来西门大院送礼,世上应该没有无缘无故来送礼的,这俩人想要干什么?

故事梗概为:

应伯爵帮李三、黄四出主意,买了酒礼,叫了吹打乐工,说是答谢,实际上为的是再次从西门庆处借钱,做官府的生意。李桂姐因院里来了客人,急着回去。吴银儿不走,在席间弹唱,受到伯爵等人夸赞,吴月娘也觉得喜欢,瓶儿更是给了她许多东西和银子。正月十六夜晚,吴月娘领着玉楼、金莲、瓶儿等人,带上歌妓吴银儿到娘家做客。西门庆则在家吃酒,令人在大门吹打和燃放烟花,引得很多人聚来观看,他还特意叫了几个排军在门口维持秩序。春梅等四个大丫鬟也被贲四娘子请去玩耍。半夜里下起雪来，月娘嘱小厮回家去取皮袄，唯独金莲没有，心中又是不快。次日中午，月娘等在门首看见一个卜卦的老婆子，与玉楼、瓶儿各卜一卦，潘金莲拒绝卜卦。

这两回的时间仍在年节之中，西门庆与家眷都忙于应酬，在应酬中享受生活，享受虚荣和繁华。而妓女、帮闲和商人多数还在工作状态中，想的是利用节日赚钱。先说说来到西门大院的两个清河名妓，李桂姐和吴银儿。

两个干女儿

两个人都是西门大院的干女儿，李桂姐是认在吴月娘名下，吴银儿选的干娘则是李瓶儿。我们知道，李桂姐与潘金莲素昔有仇，她曾经让西门庆从潘金莲的头顶上剪下一缕青丝，垫到自己的鞋子里边，每日用脚踩。这个仇可能与她的姑妈李娇儿有一些关系，但是她本身个性也比较刻毒。来西门大院住了两日，李桂姐便闹出一圈的是是非非，设若被西门庆娶到家中，还不知会怎样的作为？

世上一物降一物。说来也怪，瓶儿从来没有伤害过潘金莲，但是金莲处处和她过不去；桂姐是真的害过她，她却从来不去寻那小妓女的碴儿。

就做人行事而言，李桂姐和潘金莲也有一比，她行为鬼祟，嚷着要走，但真的让她走，却又不走了。她先是与保儿走到门外咕叽半天，又弯到后边找老西为夏花儿说情。到底还是嫩啊，什么都要那么显眼，在人家家中叽叽咕咕，早恼翻了刚拜的干娘吴月娘，连带玳安臭骂了一顿，所以桂姐这个干女儿算是白认了。

看得出吴月娘是真心要挽留李桂姐的，为何？仍在于一点虚荣和时尚。虚荣，是她晚间要回娘家，带几个当地名妓去，唱几支曲儿，觉得面子上更好看些；时尚，则是因为正月十六走亲戚，本身也兼着走百媚儿，如果队伍里多几个花枝招展的名妓，自然也可以吸引更多艳羡的目光。

明朝的这个时期真的是淫靡堕落，不独男子可以公开狎妓，连大家女眷也公然与妓女打成一片，且引以为骄矜。

两个干女儿也是两种风格，一个急急离去，一个是家里来人接也不走。只此一桩儿，便见出做人的差别。李桂姐处处掐尖，心高气傲，拜干娘也要拜在上房，但又惹得干娘恼怒异常，真是精明到了犯傻的程度；而吴银儿姿态放得很低，非常随和，处处以笑脸儿示人，又善解人意，是真聪明、真会做人，也真得到了不少实惠，后面关于二人的故事还很多。

西门庆的增资扩股

从《金瓶梅》的开始读到现在，你会有一个很深的印象，西门庆是一个喜欢送礼的人，是一个舍得花大钱送礼的人，也是一个很会选择礼品的人。这也是古今经商者的必备素质。而几乎所有的送礼者，又都喜欢收礼。黄四、李三的礼物，前面那四个金镯子，以及后来送的礼物，例如酒菜、锣鼓班子等等，都让西门庆觉得很有面子，所以二人也是会送礼。世界上应没有无缘无故的送礼行为，几乎所有送礼的都有他的目的。黄四等人的小九九，就是向西门庆再借钱，当然也要借他的势。

阅读此处，不可忽略西门大院的放贷之举。商业，从来都是西门大院的发展主题。在应伯爵的谋划之下,李三、黄四又向西门庆借了五百两银子,颇类今天之"增资扩股"和"债转股",也就是由借钱变成了合伙做生意。以之与前数回有关文字相接续,一个成功的政府项目运作流程便呈现在读者面前:通过走门子、拉关系,拿到"政府采购"的批文;在民间筹集启动资金,积极拉当地有权势的官员入资;通过分红将官员套住,使生意越做越大……西门庆显然被套牢了。作为一个精明的商人,西门庆当然会对这两人有所保留,有所警惕,会想到李黄二人有赖账的可能。而身任提刑所副千户,他对此又没有一丝丝担心。是啊,谁敢赖西门庆的账呢?

但是,只有一条,西门庆没有想到,借钱的黄四等人也没有想到,那就是西门庆的暴卒,这也是一条伏线。

月夜的三处场景

在这一年的正月十六之夜,大家要留意三个场景:

其一,吴月娘与潘金莲、李瓶儿、孟玉楼等人的一处。她们花枝招展地离开西门大院,到吴大妗子家做客,由吴家女眷陪着饮酒作乐。去时是六顶轿子、四个排军和家中小厮跟随。回来因为要走路,便不用轿子,又是排军护送,小厮跟从,一路燃放花炮,走回家来。

其二,西门庆留在家中,先与李三、黄四及应伯爵等人在一起喝酒,谈定一桩生意,再邀集自家各商铺主管来饮酒,对着大门口摆开酒宴。为什么在这里呢?因为他买了很多花炮来放,黄四他们叫来的吹打的乐工也在那里表演,所以西门庆在里边饮酒。

其三,春梅、迎春等四个大丫头也"打扮得齐齐整整",被贲四娘子请到了自己家，设下小宴，殷勤劝酒。这位娘子也不容小觑，不久后跟西门庆也有一腿，而且老少兼收，主仆咸宜，既得了实惠，又未曾走漏风声，强过那宋惠莲多矣。

皮袄与披袄

三处场景，由玳安和琴童的接送和取皮袄串联到一起：因接众女眷回家，他们到了吴月娘娘家；因为突然下雪了，要为诸妻妾取皮袄，又返回自家；因为没有上房衣柜的钥匙，再到贲四家找月娘的丫鬟小玉；取出皮袄后，还要送到吴家。

年节间小厮往往辛苦倍逾常日，以玳安为例，一个晚上竟去了吴家三趟，跑腿不说，外带月娘一顿厉言责骂。玳安后来改名叫西门安，在西门孝哥度入佛门后，吴月娘便把他收为家族的继承人。这小子此时已显出神通，他与琴童、书童等不一样，尽管那么忙乱，依旧借机与小玉一阵缠绵，"搂着咂舌亲嘴"，还有腊鹅烧酒侍候。由是，又多出一处良宵美景也。

三处或者说四处场景，当以吴月娘这里为主场，见乐境而不见乐情。此夜的月娘心情颇有几分烦躁：第一，认了个虚情假意的干女儿，本想带到娘家风光风光，可怎么留都留不住；第二，李桂姐公然掺和家中事务，不让卖掉偷东西的夏花儿，偏又得到西门庆允准；第三，她们本来是盛装出行，打算回来的路上走百媚儿的，结果下雪了，走不成了；第四，训斥玳安几句，这小子竟然不停地诡辩；第五，她要小厮回家取皮袄，竟然半晌不回……

比起吴月娘更显得没情没绪的，是潘金莲。自"失金""结亲"两次被西门庆叱骂推搡后，她的情绪便一直低落，找不到兴奋点。相随到了吴家，也不见了往常那个活跃的、快言快语的潘金莲。到了取皮袄之时，只有她没有皮袄，感到更为沮丧。而吴月娘正是要在娘家人跟前摆一次阔，所以才叫取皮袄来。潘金莲不是没有皮袄吗？月娘知道当铺中有抵当的皮袄，便令取来给潘金莲穿，在她仍是显摆，又哪里管潘金莲是何感受呢！

所以在穿皮袄之前，先要写取皮袄，全用细笔，尤其取那件抵当的皮袄，更是大费周折。为什么呢？因为大过节的，当铺里已经没有人了，钥匙也找不到在哪里了，好一通折腾，借以蹂躏潘金莲那颗受伤的心。这里写吴月娘、孟玉楼、李瓶儿三人只一句"俱是貂鼠皮袄"带过，重点写给潘金莲的那一件：

吴大妗子灯下观看，说道："也好一件皮袄！五娘，你怎的说他不好，说是黄狗皮？那里有恁黄狗皮，与我一件穿也罢了。"月娘道："新新的皮袄儿，只是面前歇胸旧了些儿。到明日从新换两个遍地金歇胸，穿着就好了。"

真是越描越黑，越细写越觉得这个皮袄质地粗陋，无法跟其他人的皮袄相比。但又能怎么办呢？不管怎么说，都是因为自家贫困，买不起。潘金莲只是小声咕哝了几句，也就这样了。

大家注意，由于这一件皮袄是当铺里的皮袄，所以它就很自然地引出来是谁当了这件皮袄。当铺里有两件皮袄，一件出于李三，另一件出于王招宣府。李三此时正在西门大院与西门庆喝酒，连自家皮袄都抵押在当铺里，还要做大生意，显然是个空手套白狼的主儿。而招宣府的少主人王三官已在灯市露过一小脸儿，满街找人借钱，这件皮袄不一定就是他家的，但可肯定他当的那件是从家里偷出来的。

潘金莲拒绝卜卦

回末卜卦一段，再为西门大院众娘子补写运数。吴月娘等人兴致很高，嘻嘻哈哈去算卦。通过卦辞，补写了西门妻妾的命运，可与前面"吴神仙看相"那一段接起来读。但是这里的卦辞更加平民化，也更精彩。卜卦的核心是子嗣，却处处说到性情，由性格再说到命运。

最有意思的是，只有月娘、玉楼、瓶儿三人打卦，潘金莲则坚决不参加。不光不参加，她还说了一句很决绝的话："明日街死街埋，路死路埋，倒在洋沟里就是棺材。"真是妙极了，一语成谶，潘金莲不需那卜卦的刘婆儿，用自己的话已经准确地为自己预言了未来。

灰色，当是潘金莲心情的主色调。这些话看似豁达，看似潇洒，实则有一种深深的不自信。她的尖酸歹毒，或也可在这里找到原因。

第四节

贪赃者遇上了
官场危机

与前面的节日间来往应酬不同，《金瓶梅》第四十七和第四十八回出现了一个凶杀案件。就是这个案件，给提刑所的两位长官带来了大把银两，也带来一场危机。

故事梗概为：

扬州巨富苗员外应表兄开封黄通判之邀赴东京，没想到上了一只贼船，两个艄公都是杀人越货之辈。早已对他衔恨的仆人苗青，与两个艄公勾结，害死员外，分赃后逃离。苗青辗转到清河开店，发卖随船携带的货物，没想到随行的安童落水不死，告官后捉了艄公，扯出苗青。苗青转求王六儿，找到西门庆，将一千两银子和很多东西送到他家。西门庆与夏提刑均分了银两，放过苗青。黄通判得知，令人和安童一起往山东巡按御史曾孝序处报案，曾孝序提审艄公，问出实情，连夜派人往扬州抓捕苗青，一面写本参劾西门庆和夏提刑受赃枉法。两人慌了神，凑了五百两银子和礼物，急急派人往东京找关系。翟管家收了礼物，答应把此事压下，并告知曾孝序已经任满，新巡按就要上任了。

上回结尾处，潘金莲说了一句"街死街埋，路死路埋"，此处一开头就发生了一桩血淋淋的命案，一个图财害命的故事，也是一个奸仆谋害主人的故事，堪称衔接无痕。这两回有三个看点。

其一，如何将现成的故事纳入自己的写作框架

"苗青杀主"，也是一个"拿来"的故事。

我说过，兰陵笑笑生是一个"拿来主义"者，正史野史、散文诗赋、小说戏曲无不可以被他纳入自己的作品中。许多学者注意到了《金瓶梅》的这一特点，哈佛大学的韩南教授最早对此做了系统研究，指出这个故事来自《百家公案全传·港口渔翁》，并做了很有价值的比较。

对所有"拿来"的东西，笑笑生都是作为素材、原料来看待的，都要经过一番改造。这里的家仆杀主案件，先请看衔接之妙：前回末尾记吴月娘等卜卦算命，此案一开始也写算命。苗员外离开家前先请人算了一卦，告知此趟出行有血光之灾，劝他不要出去，但他非要出去。前面潘金莲刚说"倒在洋沟里就是棺材"，此案中苗天秀死于河中，被裸埋在岸边，掩埋之法相去不远。而办案审案的过程，一面是苗员外因财丧身，一面写夏提刑和西门庆仍要大肆收贿，枉法贪财，也说明人性之贪婪如洪水猛兽，

不管有多少格言、警句、《四贪词》，收效都不会太大。

作者对原案做了彻底的改造——

将原书蒋员外、董仆，改为苗员外、苗青，更与明代常见主仆关系相合。因为主人姓什么，贴身仆人一般是跟着姓，更能见出主子平日之信重。

将原书的使女春香，改为曾做过妓女、后被苗天秀三百两银子买为侧室的刁七儿，浑然便是《金瓶梅》中的人物。

将原书董仆与使女玩笑嬉戏，改为苗青与主人小妾有私情，使苗青遭打更具有合理性，也使其恨意加深。

将原书表兄邀苗员外游赏京城，改为"谋其前程"，是以苗员外才会不顾命数之言，不听妻子劝阻，执意出行。

将原来这桩公案的重要情节破案昭雪，改为贿赂和贪枉。

将原书的包青天公平断案，大快人心，改为曾孝序公平问案，上疏弹劾通同贪贿的两个提刑官，结果反而害了自己，与明代严酷的官场现实相吻合。

就这样，一个清官断案的公案故事演变成了一个不折不扣的贪腐故事。

其二，文学作品中的历史人物

《金瓶梅》中有许多历史人物的名字，宋代的有，明代的也有。一些研究者以《金瓶梅》中一些人物与历史记载不符，讥议作者，认为是兰陵笑笑生读书太少的证据。这个说法是荒唐的。

所有的历史人物一旦进入文学领域，进入文学作品，也包括进入史学著作，都必然会有所不同。能在一部文学作品中找到完全忠实于历史的例子吗？怕也很难。以北宋末年为故事背景的《金瓶梅》，叙事中出现一些宋代历史人物，应是再正常不过了。这些人物被写入正史，经过著者一番打磨和编排，与本来面目已是不同；而到了小说中，自然要经过一个文学化过程，再登场已远离真身。

比如，《琵琶记》中的蔡伯喈，就是那个被曹操赎回的蔡文姬之父，原型为东汉大文学家蔡邕，在剧中成为中状元后抛弃父母与发妻之人。故大诗人陆游发出"身后是非谁管得，满村听唱蔡中郎"之叹，正由于此。对历史人物进入文学作品后的变化不需要太去较真，也不代表着文学家创作才华的优劣。

苗青杀主案也涉及一个宋代的官场人物，即见于《宋史·忠义传》的曾孝序。第四十七回结尾，写安童在杀人现场侥幸逃脱，跑到了东京，找到了黄通判。黄通判立马写了一封信，让他送到山东巡按御史衙门。第四十八回一开始，曾孝序就出场了，"极是个清廉正气的官"，与被害人表兄黄通判为同年（指同榜考中，举人、进士皆可，但一般指同科进士）。他发牌命将苗青弑主案转到驻扎的东昌府，要提讯苗青，并写本参劾夏提刑与西门庆。

波澜已起，作者偏于忙中添一笔，说这位正直的巡按是都御史曾布之子。曾布也是宋朝的一个大人物，但经查核：两人一出于福建，一出于江西；一入《宋史·忠义传》，另一则入了《宋史·奸臣传》，哪里有什么父子关系？

作为历史人物的曾孝序，的确是一身正气，在政坛几上几下，最后死于乱兵刀下，以此人出面，揭示司法黑暗真是再恰当不过。至于曾布，乃大名鼎鼎的宋代文学家曾巩之弟，但威权声势都远远超过其兄，甚至当过宰相。作者为什么要赘此一笔？

细读小说，就会发现二人在为官经历和命运上的联系：历史上的二曾，都是权奸蔡京的对头。曾孝序多次与蔡京辩论时政，上疏论蔡京之失；曾布则与蔡京在朝廷长期争斗，曾在御前吵嚷。二人也都受到蔡京加害。

这种人物命运的近同，到了小说家笔下，便会化为立意和结构之素材。政治黑暗，官场腐败，世态凉薄，到处都是倾轧，到处都是背叛，在所有的关系中，也就只剩下父子关系还有些稳定了。以故宋代有蔡京父子，明代有严嵩父子，那也是千夫所指，为所欲为。此书又写到干儿义子，则作为血亲之补充。明代中晚期的宫廷与官场，充满着这种污浊的政治组合。联想到第三十六回，新科进士蔡蕴投在蔡京门下，做了义子。也许这就是作者将二曾扭结为父子的理由——"打虎亲兄弟，上阵父子兵"，与权相的厮拼，也须如此。

其三，什么叫"大事化小，小事化无"

事情十万火急，来保等人昼夜兼程，只六天就赶到东京，直入蔡太师的宰相府，直接向大管家禀报求援。而曾御史的参本还未出省，竟先到了夏提刑手中，等到西门庆的人办妥后，在回来的路上才看见巡按衙门的响铃驿马，还插着两根表示紧急的鸡毛。大家想想，贿赂打点的都回来了，奏事的才出发，在一个贪腐公行的时代，国家机器除了在贪腐方面是高效的，其余都是这么缓慢且虚张声势。

对老西和老夏天大的事，在太师府不过小事一桩，似乎根本没有用到蔡京出面，仅一个翟管家就摆平了此案。翟大总管也不拖延，将曾孝序的奏本批转到兵部，再令兵部把事情压下，"随他有拨天关本领，也无妨"。

四两拨千斤，翟管家也是半个政治家了。

至于蔡太师，那可是真正的大政治家，不去应对此类具体案件，而是把心思用在军国大政上。他上疏纵论"七件事"，文字间堂堂正正，各有一番道理，皆见其为君为民之真诚。这篇奏章出于奸臣蔡京之手吗？如若不信，请再读一遍本回回目："*曾御史参劾提刑官，蔡太师奏行七件事*"。你奏你的，我奏我的，看似两不牵涉，实则是隔空发力，以大破小，是政治上的覆盖和碾压。嘉靖朝的内阁首辅严嵩也是如此。当时有很多人上疏批判严嵩及其儿子的恶行，但严嵩之所以能屹立不倒，正在于他总能做出一副忠君风范，而避开这些"小事"。这就是政治的太极境界。而两相比较，曾御史虽然有直臣血性，论起心机手腕，比当朝太师可是差远了！

第五节

一巡调离

二巡来

《金瓶梅》的第四十九和第五十回有两个看点，主角都是巡按御史：一巡，指的是弹劾西门庆等人贪赃枉法的山东巡按御史曾孝序，此一回贬官去也；二巡，指新任山东巡按宋乔年和巡盐御史蔡蕴（就是那个上年打秋风的状元），两人为同年进士，相携来西门大院做客。

故事梗概为：

曾御史贬官离去，新任宋巡按与新任巡盐御史（蔡状元）为同年进士，此次一同离京，来到东昌府，又一起到西门大院做客，西门庆赠以厚礼。宋御史离去，蔡御史留宿，美姬侍奉。不久后宋御史即下令释放苗青，彻底结案。西门庆送走蔡御史后，在郊外永福寺见一胡僧相貌古怪，闻说有滋补的药，即请他到院中，酒饭招待，胡僧以药丸和药膏相赠。而经常来西门大院讲佛法的王姑子领了薛姑子来，将生子的灵药付与吴月娘，细细叮嘱使用方法，月娘给了每人二两银子。王六儿恰是那天生日，遣人来请，西门庆乘兴前往，初试胡僧药。

前两回写西门庆因贪赃枉法遇到危机，因上面有保护伞，又一次遇难呈祥。一桩被故意漏判的凶杀案件，一次整个司法机关的集体受贿，一场由巡按御史掀起的反贪风暴，就这样瞬间化为无形。

这两回中分写西门大院的两次接待，先写接待新任山东巡按御史，这个职位级别不高，权力很大，因为他主要负责监察地方官员，有代天子巡守之责，可以将低品级的官员立即免职。西门庆就在自己的家里接待了他，建立了关系。

请注意书中在这里出现的一个词——过为。什么叫过为？就是过错、错误的行为，过分的行为。第四十九回中的一些人和事，都可以用这个词来衡量。但因为看问题的角度和标准不同，结论也不同。一个是道德的标准、法律的标准，一个是世俗的标准、官场的标准。先讲一下涉及的人和事：

首先是西门庆和夏提刑，两个主持审案判案的官员，在苗青弑主案中公然贪赃枉法，大收贿赂，放走出卖主子的要犯，这还不算过为吗？可西门庆却说自己没有过为。

这个词出于两个提刑官的对话。夏提刑感谢西门庆的运作有"这等大力量"，而西门庆则一笑置之，说此乃小事一桩，我们也没有什么过为的地方。西门庆有他的逻辑：主犯已然抓到，部分资产已经追回，两个艄公也已在严刑下改口，不敢再说苗青参与，被定罪服法，还需要再做什么呢？大家看，提刑所这样一个审讯的机关，上上下下都收了赃银，谋杀主人的仆人苗青仍逍遥法外,还算"没曾过为"么?

再说巡按御史曾孝序,他弹劾二提刑、批评蔡太师,被张竹坡称为唯一的好官。正因为如此,为官清正的曾孝序被流放岭表。可作为官场中人,他是显得有些"过为"了。弹劾不成便激切上疏,居然参了当朝太师一本。在官场的许多人看来,他已然乱了心性,已属官场疯狗,活该贬窜烟瘴之地!

由此引出当朝大吏蔡太师。袒护西门庆和夏提刑,蔡太师没有出面,只是让自己的管家处理此事,或者只是翟管家利用他的权威处理了这件事。那么曾巡按直接和他对着干,蔡太师就不得不反应。大家看,老蔡正正规规走程序啊,先让吏部对这位御史进行考察,找出一堆毛病来,将之降职。降到哪儿呢?降到陕西做了一个知州。然后再让陕西的巡按御史寻一个罪名,把曾孝序革职流放。明明是处心积虑的政治报复,又处处都在讲规矩,从程序上看没有任何过为。

一天乌云消散净尽,更有面子的是,蔡蕴做了巡盐御史,不忘老西的接待馈赠之情,拉了新任山东巡按御史宋乔年一起到西门大院做客。

这里对御史一职做一点解释:明代设都察院,下有十三道御史,负责纠察百官,级别不高,职权很重。从永乐朝开始,派员赴各地巡视,负责考核吏治、审理大案,称为"巡按"。《明史·职官志二》说:"巡按则代天子巡狩,所按藩服大臣、府州县官诸考察,举劾尤专,大事奏裁,小事立断。"所以巴金先生的小说《家》中说道:"我说我要发狠读书,只要将来做了八府巡按,妈也就可以扬眉吐气了。"巡按由于有纠察百官的权威,在民间也非常受尊敬。

接任的宋御史,碰巧是蔡状元的同年。蔡蕴本人因为是蔡太师的义子,更是得了两淮巡盐御史的肥缺。我们知道清代康熙和乾隆皇帝的南巡,在很多地方都是由盐商来做贡献，由巡盐御史在其中主持，所以这是个大大的肥缺。两艘御史官船联袂而下，两人一起到西门大院赴宴。

对于到西门大院做客，宋御史是有些犹豫的——自己刚上任就到地方富豪家喝酒，怕是有些不妥，但是架不住蔡御史的劝说，也知道西门庆与翟管家的关系，还是来了。新任巡按到家中做客，这是极大的荣耀啊！所以大家看，当地的大员如周守备、荆都监等都成了守门护院之辈。他们没有权利喝酒了，只能在西门大院的门外路边做警卫，以后谁还敢惹咱西门庆呢！

此两回都写了宴席，在家里边接待宋御史，那当然是很隆重的宴席，当地重要的官员几乎都来了。而在第五十回西门庆也设了一个私人小宴。请谁呢？请他遇到的胡僧，即西方来的僧人。这里应抓住"药"这个关键词，应从吃药上着眼。鲁迅先生曾写过名篇《药、酒与魏晋文人风度》，论述吃药之风在彼时的盛行及其原因。其实在明代中叶以降，尤其是嘉万年间，由皇帝和朝中大臣开始，凡有些身份和闲钱的，几乎是人人吃药。嘉靖皇帝、万历朝良相张居正、名将戚继光之死，传说都与服用丹药相关。他们所吃的，应该都类似西门庆索要的这种"滋补药"。所谓"滋补药"，就是那个时代的伟哥，就是夺命药。我们知道晚明的光宗，只当了一个多月皇帝就因为吃药死了，叫作"红丸案"。

胡僧的药

讲一下胡僧的药，这个药给西门庆带来无数性福，也将他带入地狱。

送走了蔡御史后，西门庆就领着胡僧到了自己家。这个僧人形象怪异，举止乖张，铁拄杖，皮褡裢，葫芦里装的是西门庆想要讨的"滋补的药儿"。

西门庆对这位客人也是尽心招待，酒肉齐上，充足供应。远来的和尚不念经，却送来了西门庆最想要的东西，也送来了西门庆的一段"性福时光"。

多年前我去挪威奥斯陆大学做访问教授，该校著名汉学家艾皓德教授精研红学，其时正为研究生讲《金瓶梅》的第五十回，邀我参加讨论。几位艾门女弟子对胡僧在西门大院的那份食单颇为迷茫，怎么也弄不懂那些古怪的菜名，什么"羊角葱炒核桃肉""腰州精制的红泥头"云云，遍查词典而不得要领。我提示从男子性器官方面去考量，于是她们恍然大悟，一通百通。

胡僧的药当然是春药，是西门庆之流的灵丹妙药，自打有了此药，西门庆的性生活就更加恣纵狂放，漫无收束。我们知道，之前西门庆有一个"淫器包儿"，即一些性事辅助物，被潘金莲掌管，与胡僧的药不在一个量级。他还想要"求方儿"，对胡僧说道：

请医须请良，传药须传方。吾师不传于我方儿，倘或我久后用没了，那里寻师父去？

他计算得真是周到长远啊！书里面没有写是否给了药方，但估计是没有给他，胡僧也不一定有药方。实际上根本用不着，胡僧药吃完，西门庆也直接玩儿完了。

薛姑子的药

本回以西门庆与王六儿试用胡僧药为主，写其恣意胡为，毫不顾惜身体。

而以吴月娘得薛姑子药为辅,刻画这位正头娘子的求子心切。两件事差不多同时发生,两种药亦在同一天进入西门大院,所以是色上着色,可对比阅读,非常有趣。

带药来的都是佛门中人,前面说过嘉靖朝是一个道家得势的时代,细看本回出现的两种药,怎么看都像是道家或方士所制。比如胡僧药是"形如鸡卵,色似鹅黄。三次老君炮炼,王母亲手传方";薛姑子的生子药是"先要头胎衣胞,再是矾水打磨、鸳鸯瓦炮炼",亦通常术士造作之手段也。将嘉靖年间世上流行之事写入书中,讥刺讽喻,再将道家方士所作所为嫁接在佛家上头,特意错乱其所宗,或有作者之深意在焉。

有了药以后,找谁试药呢?

对西门庆来说,若在往日,他首选的一定是潘金莲,因为金莲在这一方面非常开放和乐意,眼下则改为王六儿。这一天恰好是王六儿生日,韩道国不知躲到哪里去了,留下老婆与主子试验药效。不是说"无知者无畏"吗?此处证明,没有良知比没有知识者更无畏,还能由无畏得到便宜,得到快乐。

《金瓶梅》写了市井上许多无耻之人,而这一对夫妻堪称"最无耻组合"。韩捣鬼把老婆留在家里,让其与西门庆试验胡僧的药,他自己则到铺子里喝杯小酒,滔滔不绝地吹牛。真有点儿替韩道国遗憾,被王六儿昵称为王八的他,毕竟不能把老婆与主子的事儿说与众人,否则,那该是多么令人震撼的谈资!

胡僧药让西门庆豪兴勃发,一试后还要再试,回家后选中的是李瓶儿。他把自己的临幸当作一种恩宠,也把胡僧药和自个儿当成一份礼物,当然要给最心爱的人,全不顾那天是李娇儿的生日,全不管那约定俗成的规则,就是要到瓶儿房里。兰兄未去写李娇儿的反应，却带了潘金莲一笔，说她"是夜暗咬银牙"。

胡僧药带给西门庆新一轮的性福生活，同时也带出一个可悲的事实：年仅三旬的他已不再"原生态"，而是要靠药来支撑维持了。

细读这两回的文字，真有映照之趣：西门庆得到灵丹，吴月娘也得了妙药；西门庆吃药，吴月娘当然也要吃药。而在以后的叙述里，写老西揣着胡僧药纵横风月场，也写薛姑子的药大有灵验。不仅吴月娘吃了这个药怀孕生子，就连潘金莲吃了药之后也怀上孕了，真真假假，虚虚实实，构成一部大书之文学世界。

第六单元

一次半公开的
蓄意谋杀

写作至此，《金瓶梅》的故事已经过去了整整一半，西门庆这样一个市井流氓，一个略有钱财的豪绅，经历了做官、得子，渐渐到了人生的巅峰。在前一个十回，正是他主导了一次集体贪赃枉法，放过一个凶杀案主谋，也几乎因此翻船。靠着蔡太师的关系，西门庆不仅闯过了一场不算小的政坛风波，结交上新的巡按御史，还意外得到了胡僧的春药。在这个十回，老西仍是官场、商场、情场处处得意，可是他唯一的儿子死了。官哥儿的死，出现在第五十九回，是本单元的情节高峰和写作重点，也是西门家族从恣纵到丧亡的第一个信号——他的家业正在蓬勃发展，而家族的继承人却猝然夭折了。

第一节

藏春坞从来
藏不住春色

《金瓶梅》的第五十一、第五十二回又有几个新人登场，内容丰富，文字量大，牵涉很多，细事多多，伏笔也多。

故事梗概为：

薛姑子来西门大院讲唱佛经，金莲在聊天时借机挑拨，对月娘讲瓶儿背后说她坏话。在场的西门大姐又把这些告知瓶儿，后者只有暗自落泪。应伯爵前来，还是要为黄四等说情借钱，并告知东京发文到清河县，要求到李家妓院拿人，会中兄弟孙寡嘴、祝日念等被抓。而桂姐随后便来躲难，央求西门庆帮她疏通关系，老西抹不开面子，只好派来保去东京运作。桂姐因此留在西门大院，席间陪唱时不断被应伯爵挖苦，宴后她与西门庆到藏春坞鬼混，再试胡僧的药。次日，众妻妾在花园游玩，潘金莲和陈经济也趁机想到藏春坞淫乱，但未能得手。

对于生活细节和伏笔，作者从容叙写，一丝不乱。如西门庆与李桂姐再试胡僧药，应伯爵与谢希大二人同享宋巡按馈送的鲜猪，小周儿为官哥儿剃头，后者竟吓得喘不过气来，吴月娘询问哪天是壬子日……

潘金莲的两头挑拨

此处最先写的是妻妾间的搬弄是非，造谣害人。两者不太一样，搬弄是非往往就是学话，把一些不该传的话拿来传播，造谣害人则全然是编造。谁编造的呢？潘金莲。由于西门庆头天晚上回来睡在李瓶儿房中，潘金莲大为嫉妒，"足恼了一夜没睡"，次日老早跑去对月娘说：

> 李瓶儿背后好不说姐姐哩！说姐姐会那等虔婆势、乔作衙，别人生日乔作家管。你汉子吃醉了进我屋里来，我又不曾在前边，平白对着人羞我，望着我丢脸儿……

虔婆，指的是贼婆娘、老鸨子。虔婆势，是说摆出一副妓院中鸨母的架势，像管理妓女一样去管理其他小妾。乔作衙，则指的是装模作样摆出个官架子。以这些话形容吴月娘，有几分近似，其实也是潘金莲一贯的看法，是她的心里话，也有一定的针对性，所以一下子就把吴月娘激怒了。但凡高明一点的挑拨，都注意击中要害，果然吴月娘听到后很生气。

从古至今，人世间的一项公害就是从不缺少的调三惑四、挑拨离间之流。

有一句俗语，叫作"谁人背后没人说，谁人背后不说人"，这是一个总结，也是一种反省，是对国民性的深刻检讨。很多人遭受是是非非之苦，很多人深知是是非非之恶，很多人痛恨是是非非之人，很多人难免是是非非之惑，很多人都做是是非非之事……吴月娘岂能不知潘金莲的品性做派？可一旦扯到自个儿头上，便不加分析地信以为真，跟着就火冒三丈。

到本回结尾处，潘金莲又对李瓶儿说吴月娘的坏话，身受其苦的李瓶儿当然不会相信，不会跟进，却也不敢反驳。用市井上的简单标准论之，背地里搬弄是非是坏，而公然欺负人和害人则是恶。潘金莲既坏且恶，李瓶儿生性软弱，又要保护自己的儿子，不光不敢揭破，不敢怼回去，还得处处去讨好她。

东京发出的拘捕令

如果说发生了一件略微重要的事情，那就是从东京发出了一份拘捕令。拘捕谁呢？主要是李桂姐，还有别的妓女，以及帮助王三官嫖娼的几个帮闲，像孙寡嘴、祝日念等人。李桂姐躲到了西门庆家。这位既有美色，又有心机，还格外爱掺和、爱争竞的清河名妓，终于折腾出一场天大的祸事，使得京城直接下批文来拿她。即便在此际，潘金莲也没敢去掺和，倒是孟玉楼当面讽刺了几句。李桂姐也是个小恶人，有句俗谚叫"恶人自有恶人磨，见了恶人没奈何"，潘金莲见了李桂姐，也是没奈何啊！

这已是东京第二次发出拘捕令，批行地方即清河县拿人。第一次批文来到，拿的是花子虚，抓捕现场西门庆也在，把他吓得够呛。这一次批示拿人，老西已是提刑所副千户，案情又与自己全无关联，所以便显得仪态从容。

他留下桂姐，即行差人去找知县说项，知县也很给面子，留出一个暂不抓人的时限，让他去东京疏通关系。

写这个案子，明写李桂姐，实写王三官。这小子每天在外面穷嫖乱赌，丢下花朵般的娘子不理不睬，李桂姐气得几次自缢不成，传到有很大权势的娘家人耳中，使动官府，便有了东京发出的缉捕令。不是抓他本人，而是要抓李桂姐和那些哄骗他的人。作者以此小案件，引出了王三官妻子家的显赫背景，引出六黄太尉这一大人物，留下一条伏线。还有另外一条暗线，暗示王三官的不务正业、胡作非为，又为其母林太太的出场做引子。

求子药与壬子日

这两回还写了吴月娘求生男孩的药，以及查询哪一天是壬子日。为何要问壬子日？皆因送药老尼说这个日子服药有利于怀孕。向她推荐生子药的，是两个尼姑——王姑子和薛姑子。西门庆一向不喜欢这些个三姑六婆，不愿意她们来家，可家中实际管事的是吴月娘，主家娘子喜欢，还是络绎不绝。所以在这两回中，薛姑子、王姑子带着两个小尼姑来到了西门大院。她们不光带来了求子的药，还演唱了一段佛曲，叫《金刚科仪》。这些尼姑走的是女眷路线，西门庆就算发现了，想撵都撵不出去。

应酬的学问

西门庆喜爱应酬，是一个特别热爱应酬也特别善于应酬的人。应酬产生感情，产生效益，也带来友谊和欢乐。他做官之后，官场上的应酬越来越多：先是夏提刑派家人来送请柬，邀西门庆来家中喝酒。大家想，以顶头上司来请下属，在官场中并不常见，看得出老夏也是个明白人；再就是两位主事来访，安忱主事送来礼单，又偕黄主事前来拜望。虽不像两位御史之威风，也是各有实权在手；有意思的是，宋巡按居然差派门子和快手来送礼，又是猪，又是酒，搞得正喝着酒的老夏好不艳羡，西门庆好不得意。宋大巡按送礼当不仅仅是还情，还留下了索取财物的伏笔，不久便会证实。可西门庆怕这个吗？有几个官场中人怕上司讨要东西呢？

  应酬是一门大学问。官场的应酬需要花钱，可应酬本身又提供了很好的赚钱的机会。西门庆经商起家，做官后经营范围大大扩展，如虎添翼。蔡御史友情批准"三万盐引"，西门庆资金不足，便拉上姻亲乔大户合伙来做；应伯爵又来说东平府的"两万香"，西门庆本不想应允，禁不住老小子死缠硬磨，也参与了一股；吴大舅也腆着个脸来借钱，虽是不好意思，到底还是开口了，怎能不给；欠了银子的徐四又想拖期，西门庆便派人去催逼……

  历来发财的机会也就是用钱的压力，各种诱惑一起涌来，连暴富的西门庆也感到银子有些吃紧了。

藏春坞的新故事

  想当初西门庆营建园林，于假山下构造一洞，雅号"藏春坞"，俗名山子洞，或者叫雪洞儿。其目的甚明，就是要整一个私密的去处。但是建成之后，又因就在自己家中，到处是大妻小妾、丫鬟小厮的目光，所以也未曾派上大用场。去年冬月他与宋惠莲在这里幽会一次，冷得要命，最后只好草草收兵。

而躲到家中的李桂姐既然来了,总要发生点儿故事,没有别的合适处所,他们两个就到了这个山子洞里去了。一个要答谢救助之恩,一个欲施逞奇药威力,尚未尽兴,哪知应伯爵寻踪赶到,浑闹了一场,也是草草收兵。

但有意思的是,就在次日,潘金莲在后花园里转悠游玩时,也借机拉着陈经济在藏春坞里私会。这是一次蓄意已久、蓄势已久的乱伦,陈经济事先已躲在里面,潘金莲趁着别人不注意,一闪身便窜进洞里去了。这个小女婿还要假说请小丈母看蘑菇,实际上两人心中情欲升腾,早如雨后的蘑菇般疯生疯长了……

有一个说法叫"不择地而生"。古往今来,爱情可以不择地而生,不管在什么地方,只要两情相悦就可以发生爱情,而淫乱也同样可以不择地而生;良辰美景会催发爱恋,飘风冻雨的时节也能;藏春坞会发生奸情与不伦,高堂广厦中也同样会发生。作者为什么还是一次又一次选择了雪洞儿?略加分析,你会发现其间有着充分的叙事依据:

其一,从设计和建造开始,藏春坞就带上了淫乱的标志或是暗示,人人心里有数,这是一个淫乱的去处。

其二,这个后花园中的幽会场所看似隐蔽、僻静,实际上越是众所周知的僻静地方,越缺少应有的私密性。

其三,西门庆和李桂姐能来,潘金莲和陈经济也能来,包括那些丫鬟童仆,没有足够的理由去禁止他人的到来。

于是藏春坞的欢会总有几分冒险、几分紧张、几分匆促、几分变数。藏春坞从来都藏不住春色,藏不住私密!或也正因为如此,其也给幽会者带来更多刺激。至于潘金莲与陈经济的故事,才刚刚开始。

第二节

补作的败笔与
妙笔

关于《金瓶梅》的第五十三、第五十四回，先要说一说它的补作问题。据当时的一位大文人沈德符记载，这两回不是兰陵笑笑生所作。不少优秀的古典小说、戏曲作品都有一个版本问题，有一个原作、续作和补作的问题，带给一些"猜谜痴"极大的发挥聪明才智的空间。后来的《红楼梦》是如此，明代的《金瓶梅》也是如此。

在《金瓶梅》刊刻的时候，也就是在万历四十五年《金瓶梅》在苏州正式刊刻发行时，有一些章节没有找到。沈德符在他的《万历野获编》中有着明确记录：自第五十三回至第五十七回是由陋儒补作的。所谓陋儒，当是指那些穷酸秀才。

这两回的故事梗概为：

> 官哥儿生来胆小多病，月娘对他照看得难免多了些。金莲便

与玉楼背后议论，讥笑她自家养不出孩子，只好去巴结别人。这些话恰恰被月娘听到，十分恼怒，又不便争吵。她想起薛姑子的生子药，就在壬子日吃了下去，与西门庆睡了一觉，后来还真的怀孕了。官哥儿突然发病，西门庆求神问卜，亲自祭拜，才得以好转。应伯爵约定在郊外请会中兄弟，西门庆不光参加，还令小厮送了些肉食，帮着张罗侍候。一帮人吃酒狎妓，正热闹着，忽见书童来报信，说李瓶儿有了急病。西门庆匆忙赶回，瓶儿正躺在床上叫疼，急请任医官来诊治，方才得以减缓。

这两回也没有什么大的事件，所写的都是琐屑家常。创作不易，补作也不易。修改添补都需要细读原书，尽量将所有线头接起来。能够把一部残缺的书补充得大致完整，方便读者，也自有价值。但毕竟名著的续补很难成功，原作光彩四射，补作常相差太远，大家应该了解这一点。

补作的薄弱

对多数人的多数时光而言，阅读是愉悦的。但这指的是阅读名著，阅读原著，并非阅读补缀之作。此两回中，我们看其情节，无论月娘的求子、瓶儿的酬愿，还是安、黄二主事的宴席，都尽量在与前后文对接。可毕竟思想境界、学识与文笔太过悬殊，补作的部分显得文思拘谨、笔力纤柔，写着写着便见出大差异：

其一，月娘作为掌家政之正头娘子，一向性格霸道，说话很不客气的，从来不假辞色，对潘金莲也是一样。而此处的月娘，先对着奶子如意儿大说了一通知心话，听见潘孟二人的背后议论，也不敢叫破，自己躺倒床上哭泣哀怨，白日昏睡。这都与其本来性格截然不同。

其二，西门庆赴刘太监庄酒宴一节，是上一回留下的线索，写来也很不像。还有一点不像的是故人安忱来访，西门庆设宴款待。老西一向深谙待客之道，是很有礼数的，这一次却大大咧咧坐在首席上，也不妥。

其三，帮闲为《金瓶梅》中一大景观，人才济济，各有神通，以应伯爵稳居首席帮闲，深得西门庆倚重。不能不说应花子颇有才情，不管是思维的敏捷缜密，还是语言的幽默明辨，都很得体，场面上尤其知道凑趣。但此处写应伯爵语言无味，既不得体，也无趣味。本来是领着人来借钱，搞得像逼债似的，以前他和西门庆从来不用这种方式。

其四，写西门庆为官哥儿酬愿祛病，人物非常驳杂，不得要领。先是施灼龟，再是刘婆子，最后是钱痰火，乱哄哄你方唱罢我登场，也是写得混乱匆忙。

潘金莲与陈经济偷情

若不存心过甚挑剔，这两回也有可观之处，也有写得不错的地方，比如潘金莲与陈经济的偷情，将那种焦灼猴急、那种不管不顾、那种欲火燃烧，都描绘得很真实。他们两个眉来眼去已很久，所以一旦有了机会，便如烈火干柴，这么着急、这么缠绵，好不容易弄到一起去后，却又被人冲散了。被冲散后，潘金莲正在床上回思这件事，西门庆恰好进来，几句对话和一番戏弄，与原作笔法浑然相接。所以我们说，补作的部分败笔不少，胜笔也并非没有。

最妙的是，潘金莲与小女婿好不容易在山子洞里搂在一起，"亲了十来个嘴"之后，潘金莲小声斥责他：

你这少死的贼短命，没些槽道的，把小丈母便揪住了亲嘴，不怕人来听见么？

这哪里是斥责，分明是一种鼓励和表彰。这段话并非兰陵笑笑生所写，却很像他的手笔。

应伯爵请客

《金瓶梅》中人名多有寓意。应伯爵者，应该白嚼，即白吃白喝又有几分理所当然的意味。第十二回写西门庆一干人在李家行院喝酒取乐，李桂姐讲了个老虎请客的故事，说了个老虎"从来不晓得请人，只会白嚼人"的笑话，矛头直指应伯爵。他哪里请过客呢？他都是白吃人家的。这个笑话深深刺痛了应伯爵和众帮闲，于是应伯爵振臂一呼，众帮闲皆应，纷纷掏出随身值钱或能换酒之物，立马就请了一客。

那是一个团体的宴请，有点儿像现在的AA制。这也是一段精彩笔墨，最妙是宴席结束，"临出门来，孙寡嘴把李家明间内供养的镀金铜佛，塞在裤腰里；应伯爵假装推逗桂姐亲嘴，把她头上的金簪子偷走了；谢希大把西门庆川扇儿藏了；祝日念走到桂卿房里照脸，溜了他一面水银镜子……"平时岂没有这些顺手牵羊的手段？只因吃了人家的，不好意思啊！这次是自己出钱了，心里亏得慌，堤内损失堤外补，所以临走前就要顺些东西。

请看，上一次的请客把每个人的表现都写得栩栩如生，这一次却写得很苍白，应伯爵在刘太监庄子里的请客颇有些无谓，不知道补作者想表现什么，写得了无兴味。

第三节

可怜又可恨的"常时借"

《金瓶梅》的第五十五、第五十六回,仍属于补作的部分。如果说前两回多在于清理线索,对接一些线头,照着葫芦画瓢,虽觉平庸,还可以凑合着读,这两回则不得不推出新的情节,便安排西门庆去了一趟东京,拜了一个义父,见了一位"故交",由是也生出许多枝节来。

补作者是这样写的:

蔡太师生辰临近,西门庆专程到东京祝寿,呈上许多礼物,经翟管家推助,认蔡太师做了干爹。恰遇故交苗员外也来上寿,两人相叙甚欢。苗员外要把自家两个歌童送给西门庆,见他已回山东,便修书一封,令这两个歌童拿着来清河,西门庆觉得很有面子,收下二人。会友常时节被催缴房租,老婆痛骂他无能,万般无奈,求了应伯爵,来找西门庆借钱,老西给了他十二两银子。

得了钱之后，常时节得意归家，拿出来向老婆炫耀，夫妇欣喜异常。这边应伯爵陪老西继续喝酒，西门庆拜托他找一个坐馆先生，以处理往来文书。应伯爵推荐了水秀才，当场念了一段水秀才所作诗文，西门庆大笑一阵，表示不妥。

出于补作者之手的这两回，情节与文字也是有好有坏、有顺与不顺。先说不太合乎情理的地方：

西门庆的东京行

作为一个偏远小县的豪绅、一个劣迹斑斑的市井流氓，西门庆能成为提刑副千户，后来还成为正千户，全在于他与东京蔡太师府上的关系。但若细究起来，书中所涉及的大大小小官员，大多数都有靠山，都有背景，都有自己的关系网。全书一百回中，清河这样一个小县，与东京之间的联系亦可谓密切：知县派武松给朱太尉送礼，夏提刑托人找林真人谋官，西门庆更是把东京当成了自己的福地，大事小事都会派人跑一趟。去的时候礼物车载马驮，归来则祸事全无，得官晋级。清河县如此，又哪一个州县不是如此？它是明朝社会的一个缩影，写一清河而天下州县尽言之。

西门庆的家仆来保，成了来往东京办事的专业户。兰陵笑笑生当然也会为西门庆设计一次东京之行，在后面的第七十回，就写他赴京朝会和参见卫主等事。这是数年一次的考察军政，全国有一定级别的官员都会去京师。作者使用两回多的篇幅，借一个靠贿赂发身的外地官员之眼，将京堂之威势、官场之腐败演绎得极为传神。由此可以猜想，《金瓶梅》的作者必是一个见过大世面、熟知朝廷和官场的人，否则还真写不出来。

此处叙说西门庆亲往东京，是给蔡太师拜寿，送生辰纲，却写得潦草轻浮：蔡太师身边"列有二三十个美女"，而西门庆张口先说送礼，还要将"二十来扛礼物"抬到太师面前，"揭了凉箱盖，呈上一个礼目"。这哪里是给一个当朝宰相送礼？还用得着这样看吗？所以说补作者是陋儒，没有见过大世面，只能依靠想象。

活见鬼的苗员外

尤其不合理的，是西门庆在东京见到了一位苗员外。在前面的第四十七回，是有过一个苗员外，写他进京的途中被他的家人苗青和艄公所害，西门庆纳贿枉法，放了苗青，由是也引起一场轩然大波，几乎丢官。而此时在东京遇到的苗员外，既不像是苗青，也不可能是苗员外起死复生，真奇哉怪也！又说他与老西故交情深，演绎了一场千里送歌童的佳话。俗话说"神龙见首不见尾"，这里实际上是"神龙见尾不见首"，很不合理。

但这两回也有写得好的地方，也有生花妙笔。

借钱的苦恼与欢乐

比如第五十六回写常时节借钱，描摹借钱的苦恼与借到钱的欢乐，很是精彩。常时节是西门庆的会中兄弟，从谐音上来说，是"常时借"。贫穷和借钱，是他的标志性和日常性行为。只要他出场，不管是参加大型活动，还是私人拜访，多与告借求助相关。如第十二回众帮闲为李桂姐一番话所激，各出碎银或值点钱的物件凑成一席，只有这位常兄"向西门庆借了一钱成色银子"，不动声色间突出了一个"借"字。所有人都拿出了一点银子合资请客，而他实在是什么也拿不出来，还是要借。

在西门庆会中兄弟里，常时节尚属人品较为绵善平正的一个，未见大恶。他与西门庆的关系虽不如应伯爵、谢希大那样密切，但也还好。帮闲中很少有富人，但如常时节之穷窘，连房子都没有一间，也算特例。此人既无资本，又无特长，没有应伯爵那些机诈奸巧和搂钱的手段，也不像孙寡嘴和祝日念那样无耻，所以只好常时借、时时借了。

古往今来，对谁来说，借钱都不会是一件容易和愉悦的事情。俗谚"上山打虎易，开口求人难"，当是无数屈辱和苦涩的浓缩。常时借，则不免常时遭受心灵折磨。此一回写他被房主日夜催促，往西门大院空跑了无数趟，写他被老婆埋怨叱责，囊中羞涩，还要买酒央求应伯爵帮忙……正是常时节的现实写照。而他突然间抓住了西门庆，突然间借到了"一包碎银"，则可称一番奇遇。对于西门庆来说，这十二两银子是他往太师府封赏下人剩下的，也算不得什么，几乎每个与他有染的妓女、外宠所得，都不在此数以下。但对于常时节，那就像是天上掉下来的大馅饼，又因为期待太久、渴求太久，他竟然觉得有点儿不太真实。

对于常时节的浑家（即妻子），此事更是来得太突然，毫无心理准备。也许是经历了太多的失望，她早已是不抱希望，贫贱夫妻百事哀啊！而作者偏写一次偶然的欢乐，写十二两银子在这个穷困家庭的降临。一句"黑眼珠儿见了白花花银子"，就将那种巨大的心理反差、那种从内心涌出的喜悦活脱画出，久违的夫妻恩爱也随之降临。我们看常时节的"孔方兄"之叹，看他与妻子的一番对话，看他拿着篮子买米买肉的欢实劲儿，先不觉哑然失笑,继而一股浓重的悲悯渐渐从心底泛起。此一节笔墨之妙,就妙在叙事写情能够直击心灵,写出俗世中那些变幻着悲欢的可怜生灵。

借,对常时节和他的浑家来说,从来都只是一个乞讨的借口,只是一次赖账的开端。一个时期以来,他们心心念念的都是借债,大约从未想到要还钱。所以书中写常时节好不容易借到了十二两银子,只一会儿工夫,就把这宗来之不易的银子花去大半,便可推知他绝没有打算再还西门庆,亦可推知他以后还要变着法儿来"借"。

哀头巾

本回末尾出现了一位水秀才,也是斯文一脉、读书人中的老混混。记述文字很短,本尊也没有登场,其作品由应伯爵口述,却也能自成一传,放在《儒林外史》中也毫不逊色。他的"一诗一文",据说出自屠隆,或为屠氏所引,属于上乘的喜剧笔墨,朗朗上口,嬉笑怒骂。鉴于篇幅所限,大家可以自己去读一读,加上应伯爵的精彩串讲与解说,更增情趣。

第四节

西门庆的
最后一个生日

《金瓶梅》第五十七、第五十八回的文字，一出于补作，一出于原作，在色泽上存在着较大差异，恰也可供阅读者比较。

故事是这样的：

永福寺长老来西门大院募捐，一席话打动了西门庆，遂慷慨解囊，一下子就捐了五百两，还承诺帮忙化缘。接着又是两个老尼来到，薛姑子说《陀罗经》中有"护诸童子经咒"，西门庆听到"易长易养，灾去福来"，一下子就来了精神，索要九两订金，一下子就给了三十两。韩道国在杭州置办缎绢到来，西门庆又让应伯爵寻找卖手，家中设宴，招待两个太监和一应客人，新聘请的坐馆先生温必古也来了。那日叫了四个歌妓，其中郑爱月儿先是要到王皇亲家，又被强拉来到此间，只管坐着出神。因昨晚西门庆在瓶儿屋里过夜，早起又为她张罗着请医生，金莲心情不好，喝得大醉，不小心踩了一脚狗屎。她一看刚穿的新鞋弄脏了，先是拿棍子打狗，接着将秋菊又打又骂，吓得官哥儿大哭不止，瓶儿叫丫鬟来劝也不听，只有暗自流泪。

补作与原作很难放在一起谈，所以我想先讲补写的第五十七回。它很注意与前面的关联，前一回的关键词是"借钱"，此处一开始就写"化缘"。西门庆虽然不算是一个抠门的人，但幼年时家道破落的刻痕极深，所以兰陵笑笑生写他在钱财上很精明。而在补作者笔下，则显得一味的大方豪爽。所以对于这个人物，补作者理解不深。本回的化缘有两处：

永福寺的道长老

《金瓶梅》中写到不少寺观，其中的永福寺特别值得留意。它是兵备周秀家的香火院（即私人出资营建的寺院），也与西门大院关系密切，《金瓶梅》中的许多情节都与此寺相关联：比如第四十九回西门庆在该寺为蔡御史饯行，遇到了那位葫芦里装满第一代"伟哥"的胡僧，也因此种下了年纪轻轻就上西天的种子；如潘金莲死后，被春梅令人收葬在该寺后院的白杨树下，吴月娘等人春游时到了这个地方，意外遇到春梅，聊天时知道潘金莲埋在此地，孟玉楼去坟头烧纸祭奠，但吴月娘坚决不去，一点儿面子也不给，也令人感慨万千。

薛姑子

第二次化缘写的是薛姑子。西门庆对此人的印象很深刻，准确说是很恶劣。薛姑子本不是出家人，只因住处靠近寺院，慢慢就与和尚勾搭上了，丈夫病死后，干脆做了尼姑，曾经因为背后鼓捣，害死一个大家闺秀，结果被人家告到了官府。告到哪了呢？就是告到了提刑所，由西门庆审理的。那时对女子施杖刑要褪下裤子打，不仅是皮肉之苦，还有很大的精神侮辱。西门庆就曾经回家讲过老薛的案子，说是将她的大白屁股打得鲜血直流。就是这样一个人来了，由于一番话搔到痒处，原本要的是九两银子，西门庆一激动就给了三十两。

这一回里面还有一段话，被很多研究者引用，是西门庆对吴月娘说的，在得意时信口胡吹："咱只消尽这家私广为善事，就使强奸了嫦娥，和奸了织女，拐了许飞琼，盗了西王母的女儿，也不减我泼天富贵。"其实这个话与西门庆的性格不符，却被很多人拿来引用，认为他是一个嚣张的流氓，这不是兰陵笑笑生笔下的西门庆。

下面再讲第五十八回。

谢天谢地，终于又回到兰陵笑笑生笔下。有时真觉得自己也像那丢斧子的人，读前面的五回，因知道那是补作，处处见出错讹，时时存在疑窦，也可能是吹求太过。而此回一开篇，读来便觉顺畅，是那种久违了的文笔，那些自然鲜活的故事场景，那一个个嘘弹如生的人物，都让人感到亲切和熟悉，也感到出乎意料与出神入化。

久违的孙雪娥

自第二十六回宋惠莲与孙雪娥吵骂撕打后自缢身亡，雪娥就很少露面了。我们只知道她因与来旺的奸情被老西打了一顿，没收了她的首饰和出门穿的绸缎衣裳，不许外出见人。而此一回，入笔即写西门庆醉后进入孙雪娥房中，简简数笔，画出婢女做夫人的冷清境况。她似乎遭遇了"断崖式降级"，重又降回婢女，在院中明显受到歧视，每日里在后厨忙碌，甚至节日也不得休息。而就在自己生日的前夜，西门庆来了，谁说他不是特意前来的呢！

作者特意点明西门庆"吃的酩酊大醉"，然凡喜爱杯中物的男士都知道，醉中之人往往有一种格外的清醒。我曾有两句发明，说酒啊，麻醉的是理性，释放的是悟性，也是这个道理。越是看似醉得一塌糊涂，心底越可能很清醒。在老西的心底，大约久存着一份对孙雪娥的歉意，所以这个晚上就来补偿来了。

不知出于一种什么考量，作者写孙雪娥、李娇儿侍夜伴宿，皆用简笔。但有了这个夜晚，孙雪娥的处分似乎被撤销，又成了"四娘"。

西门庆的最后一个生日

以给孙雪娥恢复地位，作者拉开了西门庆过生日的序幕，这也是他生命中的最后一个生日。

据南开大学朱一玄先生的《金瓶梅词话故事编年》，西门庆在本书中仅仅经历七个年头，刚刚三十三岁便遽然辞世。这是书里边唯一一个作者详加摹绘的西门庆生日。前面的第十二回也写到他过生日，但匆匆几笔带过，大约是要将精彩留待此处。

此时的西门庆诸事顺遂，全然不知这是他在人世间最后的生日，万丈红尘仍旧遮蔽着他的双眼，酒色财气仍旧浸润着他的身心。他仍是那样精力充沛，仍是那样热衷于寻花问柳，仍是那样的开心和恣纵，他的事业、无论是做官还是经商，都正在蒸蒸日上：

——有理由说西门庆较早实行了股份制经营，并建立了管理层激励机制。生日这天的第一件事，便是韩道国派胡秀来报信，置办的一万两银子缎绢由杭州运抵临清钞关，西门庆赶紧给钞关的钱主事修书送礼，一举减免了三分之二的税。

——有理由称西门庆比较尊重知识，崇尚斯文。出席其生日宴会的有两个新面孔，即倪秀才与温秀才。倪秀才是夏提刑家里的文书，温秀才便是他推荐来的。我们看西门庆对老温非常好，不仅月薪从优，还收拾好住房，连眷属的安排都为之考虑周到。

——有理由说西门庆怜香惜玉，善于发现人才。其生日家宴上来了四个歌女，尤其是那个迟到的小妓女，就是原本叫到了别的地方，最后硬是被拉来的郑爱月儿，早为西门庆所注意。这也是一个伏笔，以后他经常去郑家的妓院，发生了很多故事，与老西的暴卒也有关联。

"四娘批判会"

在第五十八回，也有一个很生动的场景，就是召开了一个小型的"四娘批判会"。"四娘"是谁？孙雪娥，在大院妻妾中排列第四位。自从因出轨挨打，雪娥好久不敢称自己是"四娘"了，但是因为西门庆头天晚上去她房里过了一夜，就有一些得意。几个来的妓女不知道该如何称呼（不知是真的还是装的），她便自称是"四娘"，引起了潘金莲和孟玉楼的好一阵议论。两人一唱一和,对雪娥不该自称"四娘"、不该呼张唤李、不该讨要丫鬟等进行了系列批判。这使我们联想到以往的大小风波,联想到潘金莲的滋事生非,几乎后面都有孟玉楼这个"乖人"的影子。

一脚狗屎

第五十八回最精彩之处,在于写潘金莲踩了一脚狗屎,其也是全书中最精彩的场景之一,堪称神来之笔。我把这一段引录如下:

> 潘金莲吃得大醉归房。因见西门庆夜间在李瓶儿房里歇了一夜,早晨请任医官又来看他,都恼在心里,知道他孩子不好。进门,不想天假其便,黑影中踩了一脚狗屎。到房中叫春梅点灯来看,大红缎子新鞋儿上,满帮子都展污了,登时柳眉剔竖,星眼圆睁,叫春梅打着灯,把角门儿关了,拿大棍把那狗没高低只顾打,打得怪叫起来……

描写得很形象,也很自然。潘金莲本来心情就不好,黑乎乎中踩了一脚狗屎,把那么珍惜的一双新鞋给弄脏了。她很以自己的小脚为自豪,用做鞋来凸显小脚,以吸引西门庆或其他男子,也是她不多的法宝之一。结果丈夫没有看见,竟沾满了臭狗屎,情何以堪!接下来就写狗叫,因为她的房子和李瓶儿的房子紧挨着,李瓶儿就叫丫鬟来说不要再打狗,都吓醒官哥儿了。

潘金莲坐那儿愣了一会儿神,越想越气,把狗放出去,又开始打秋菊,把丫鬟打得也是怪叫。她的母亲潘姥姥也过来说她，让她不要再打了，不能因为一双鞋把官哥儿吓坏了。她竟然斥骂自己的母亲，潘姥姥又开始哭。今夜的潘金莲也是醉了，由气恼到疯狂，心理轨迹历历可寻，心结也就在前一天西门庆没有到她屋里来，进了李瓶儿的房中。

此时的官哥儿正在病中，潘金莲的打狗、打秋菊带来极大惊扰，令他病情加重。

第五节

雪狮子吓死官哥儿

《金瓶梅》的第五十九和第六十回非常精彩，主要是写官哥儿的死，写一个无辜孩童被谋杀，也写潘金莲得逞后压抑不住的张狂。

故事梗概为：

西门大院的一切都在蒸蒸日上，南方贩来大宗畅销货物，门首临街扩建店铺和仓库……就在这时，西门庆唯一的儿子死了。官哥儿怎么死的呢？是潘金莲驯养的雪狮子猫吓死的。西门庆将猫摔死，却也无法挽回儿子的生命，更无法排解李瓶儿的痛殇。官哥儿死后，李瓶儿病情加重。而西门庆忙于缎铺的开张，又是备货卸货，又是大宴宾客，宴席上被一众帮闲捧着，听曲猜谜，好不开心，似乎忘了儿子的死。但他却还记得常时节之事，给他五十两银子买房和做个小生意。

西门大院的唯一继承人，没准也是清河的明日之星，老西的心肝官哥儿，就这么夭折了！这两回的写作重心很清晰，那就是——

官哥儿的死

在《金瓶梅》的一百回中，官哥儿的跨度为三十回，生存的时间仅有一年零两个月。自从出生，他就是这个家族的希望，是这个大院的重中之重，是西门庆的心肝宝贝，是李瓶儿的精神寄托，当然也是其他妻妾嫉妒的对象，尤其是潘金莲从暗中使坏到狠下杀手的锁定目标。他的小名或曰昵称是官哥儿，在庙里的寄名叫吴应元，可到死都好像还没为他选定一个名字，十足是个倒霉孩子！

卷首《金瓶梅序》中，弄珠客讲了一段至为精警的话："读《金瓶梅》而生怜悯心者，菩萨也；生畏惧心者，君子也；生欢喜心者，小人也；生效法心者，乃禽兽耳。"这段话常被引用，但也有人加以反驳。可我们读此一回中潘金莲之害人勾当，震惊之余，心中不免战栗畏惧：人心之阴毒残忍，竟至于如此乎！

在封建宗法制度下，在那种阴谋丛生、危机四伏的环境中，幼小生命的存活真可称难上加难。先秦有"赵氏孤儿"的故事，写一批仁人义士以牺牲个人生命和尊严为代价，来护佑一个遗孤。

明代弘治皇帝的经历，本身就是托孤救孤这一故事的翻版，为躲避万贵妃的毒手，他被藏匿于宫中至六岁，长大后连母亲的来历都弄不清。他为了弄清他母亲的来历而悬赏，却被一个又一个人骗，但他仍执拗地表示，再骗也要去寻找。

以外藩身份入继大统的嘉靖皇帝，也是为了子嗣大费周章，求神问卜、大兴斋祀，经常是好不容易得到一个男孩，却又稀里糊涂地失去。不知道听信了哪一个牛鼻子老道的话，朱厚熜最后抱定"二龙不相见"的奇怪信条，居然保住了儿孙。

朝廷尚且如此，多妻多妾的豪门常更甚之。若说《金瓶梅》的主题是"情色"，其副题则应当是"子嗣"；若说西门庆爱的是色欲，更爱的应是儿子。其沉迷于色欲多是受本能驱动，而喜爱、溺爱儿子却是出于至性至情，出于一种无私父爱。所以我们看西门庆到处寻花问柳、用情不专，但他对官哥儿的爱则始终深挚专注。

比他更为深挚、更为专注的是李瓶儿，自打儿子出世，她就换了一种活法，"每日价吊胆提心"。可是又能怎么样呢？官哥儿在人世的一年零两个月，她在家中求神问卜、寄名还愿、祭土地、拜城隍、舍钱印经……什么法儿都想到了，就是忽略了潘金莲驯养的雪狮子猫。

常慨叹作者笔法之灵动，描写之出神入化。以西门庆的胆大妄为，竟生了一个如此胆小怯懦的儿子。不是说"有其父必有其子"吗？西门庆如此胆大妄为，官哥儿却听到锣鼓声害怕，听到鞭炮声害怕，剃个头吓得不敢喘气，见到一只猫更是怕得要命……前面已经有征兆，写官哥儿曾被一只黑猫吓过一次，病了好几天才好，这次则是被潘金莲的白猫吓到。

不管是黑猫白猫，官哥儿都是惧怕至极，哪里有一点儿西门庆的影子？若说是蒋竹山的儿子，倒还有几分相像。潘金莲不是一直说他是蒋竹山的儿子，从性格胆气上来看，倒有点儿影影绰绰。可怜官哥儿短暂的一生，七灾八病，最后终于死了。

这是一个病弱孩童的突发性死亡，也是一次出于家庭内部的蓄意谋杀！西门庆做了那么久的提刑官，岂能一点也想不到其中的蹊跷？但他的举措也只限于摔死雪狮子猫。毕竟官哥儿也是得病已久，毕竟那只猫只是那么偶然地一扑，毕竟没有人能抓住潘金莲的把柄，毕竟潘金莲也是自己宠爱的小妾……西门庆也就不愿意再做深究了。

一个人的悲痛

官哥儿一死，书中写"合家大小放声号哭"，所有的妻妾都在哭泣，但真正悲痛的只有李瓶儿一个人，更多的是压抑住一腔欢畅的假号，是陪着装出来的哀伤，一场比拼表演才艺的悲伤秀。这中间自然少不了潘金莲，她肯定要哭给西门庆看，以显示自己的无辜，再一次发挥其演艺才华。试想，强颜作悲比通常的强颜作欢，是不是难度要更高一些？

悲声来自大家，悲痛则只能属于个人。真正悲伤的人当然有，也就是逝者亲属和极个别的好友。古今都是一样的！

潘金莲之恶

潘金莲是一个既不会怜悯，也不知畏惧的人。她只知道害人，只知道占便宜，只知道个人掐尖好强、争风吃醋。官哥儿死了，她整个人都处于亢奋之中，公开地抖擞着精神，指桑骂槐。她不仅没有一丝丝愧疚和悲悯，而且毫不掩饰地幸灾乐祸。

因为她和李瓶儿住得很近，就在自己的院子里喊叫，大声称快，所有这些都充满杀意，是在继续她蓄意的谋杀：以雪狮子猫扑杀官哥儿，再以一张利口和滚滚而出的恶言秽语杀死李瓶儿。潘金莲早已不爱西门庆了，却仍要为自己铺设一条夺回宠爱的路，要铲除路上的每一个障碍。

孙雪娥的挑拨

一家子为官哥儿发丧的时候，西门庆不让李瓶儿参加。这是能够理解的，因为怕她过于悲伤，怕她支撑不了。李瓶儿的身体本来就很弱，留下孙雪娥在家中陪她。孙雪娥借安慰之机，大肆挑拨，当然也主要是抒发她对潘金莲的痛恨。她说了很多，狠狠地诅咒潘金莲，她说：大家都知道官哥儿就是她害死的，她有意地训练这个猫。她不仅害你，还害我！天下没有不透风的墙，这些话居然也传到了潘金莲那里。

潘金莲是一个招恨的人，通过这些描写也可以看出恨她的人多了。最恨她的不是李瓶儿，应该说是孙雪娥。像李娇儿，也是恨死了潘金莲，但是她轻易不作声。

李瓶儿之不争

听了这些话，李瓶儿的回应很淡然。她说：随她去吧，我也活不了几天了，我也用不着跟她去争这个了。所以有的人说，李瓶儿真可称作懦弱，心爱的儿子给人家害死，竟然不敢公开表露自己的愤怒，仍然是忍气吞声，以泪洗面。甚至希望她去揭发和追究造恶者的罪行，而不是毫无反抗地忍受来自潘金莲新的精神蹂躏。

这是由于她软弱或单纯么？怕也不是，她应是在静静地告别人世！"哀莫大于心死"，李瓶儿死意已决，正在用那最后时光反思自己的一生，以愧悔之情来梳理那曾经的恩爱，以一死来洗涤那些个风流孽债。至于那个犹自穷追猛打、喋喋不休的潘金莲，瓶儿已经不屑于去理她了。

西门庆是健忘吗

这里还要说到西门庆。儿子夭折未久，老西又重新恢复了那种饮酒、嫖娼、作乐、鬼混的状态。那么他是健忘吗？他对于官哥儿之死没有悲痛吗？怕也不是，他是在麻醉自己，尽量去忘却失子之痛。毕竟本人还年轻，官运蒸蒸日上，财源滚滚而来，美酒、佳人、马屁精一样都不缺，都是驱逐伤痛的灵丹妙药。

第六十回有一节是行令饮酒，我们知道《红楼梦》中的酒令曾被关注和研究，《金瓶梅》其实也一样。它的酒令名目很多，令语有趣，与行令人的身份也常能结合起来。西门庆的令语是"搂抱红娘亲个嘴，抛闪莺莺独自嗟"，读后颇觉愤愤，一帮丑陋之辈的饮酒作乐，常常要提到花娇月媚的《西厢记》，把其中人物拿来说事，拿来轻亵，也是让人无可奈何。

此时，西门庆又勾上了郑爱月儿，另一个清河名妓，好像年龄比李桂姐还小，但是我们真的无法判定他心中的莺莺是谁，红娘又是哪个。

第七单元

丧仪中的
悲与淫

本节我们开谈《金瓶梅》的第七个单元。如果说上一个单元的重点是官哥儿的夭折，是潘金莲处心积虑害死了西门官哥，本单元则紧接着写李瓶儿的死，写西门庆的悲伤与祭悼，也写他在治丧期间继续胡嫖滥淫。他的悲伤是发自内心的悲伤，淫乱也是由着性子的淫乱，这就是西门庆。

第一节

李瓶儿的遗言

在第六十一和第六十二回,《金瓶梅》的"瓶"碎了一地。这是一个母亲在爱子死后因痛殇辞世,也是一个了无生趣的女子的自然死亡。李瓶儿的死,不仅成为这两回的一大事件,在全书中也极有分量。

故事情节是这样的:

官哥儿死了以后,韩捣鬼夫妇商议,请西门庆九月初六来家做客,让主子散散心。接下来自然便是韩捣鬼躲出去,西门庆和王六儿二人淫混,岂知铺子里小厮胡秀喝醉酒躺在隔壁,醒后偷偷看在眼里。初八为重阳节前夜,西门大院合家在后花园聚景堂饮酒,庆赏重阳佳节。李瓶儿病体难支,回到房中头晕跌倒,病入膏肓。西门庆还在求神问卜,而李瓶儿已知死期临近。她一一安排后事,与身边人作别,各有馈赠,对西门庆和吴月娘也各留下几句肺腑之言，然后撒手人寰。西门庆极为痛殇，极为歉疚，号啕大哭。

又是死亡，在儿子夭折以后，悲痛的母亲接着死去。一部《金瓶梅》，看似写了许多的红男绿女，但是完整读来，最后的和最强烈的感受，则是佛家所说的"色""空"。李瓶儿的死，就是对"色""空"的最新注解。

此两回情节单纯，但文字颇多，涉及人物也多——

韩捣鬼的家宴

五千年的历史，留下许多经典作品，也留下一些恶毒刻薄的词语，今天还一直在用，比如"狗男女"。韩道国与王六儿这一对夫妻，真是一对狗男女。夫妻俩夜半无眠，絮絮私语，商议请主子来家"解闷"，甚至连叫盲女来唱曲儿比较方便、丈夫何时躲出去、西门庆要干那事时怎样回避，无不议到。

明代的小说戏曲中写了很多忠仆义仆，也写了一些恶奴猾仆，却不见韩氏夫妇这样的典范。像他们这样的"献身"精神，《金瓶梅》算是提供了极为鲜活的一例。读这两回，痛笔甚多，但也不乏谑笔，如老韩夫妇对此事的精巧构思，却写到其百密一疏，忘记隔壁可能有人。

胡秀的偷窥

奸情总要泄露，不管打着怎样的名目，不管做得多么谨慎和秘密。人都躲出去了，西门庆与王六儿进入正题了，却不想让喝醉了酒的后生胡秀在隔壁过足了偷窥的瘾。请注意，偷窥在《金瓶梅》中也是一种普遍的存在，是那些丫鬟、小厮、小妾们广泛的爱好。这一次的小厮胡秀，谐音"胡嗅"，不光饱看了一回，也将二人的淫词秽语、下一步的"发展思路"都听到了。胡秀在后来还会出现，那是跟着来保和老韩在扬州做生意的时候，他又喝醉了酒，跟韩捣鬼骂架，当众揭发他们夫妻的这段丑事。所以说这次偷窥，也是一个伏笔。

李瓶儿的悲伤

这两回笔墨最浓重处，仍在于李瓶儿，在于写沉浸于悲伤中的李瓶儿。前此的各种描写，包括韩捣鬼夫妇请西门庆去解闷、胡秀的偷窥、申二姐的唱小曲等等都是为了铺垫，为了蓄势，为了写笼罩于悲情中的李瓶儿。官哥儿刚死了不到一个月，这个家里已经没有几个人能记得那个曾经的少主人了。所以我们说，红尘中人多是健忘的，市井的主旋律是喧闹和欢乐的，没有谁愿意记住那些个痛苦的事情。

以乐境写悲情，亦古人笔法之一。西门庆点名让申二姐唱了一曲，叫《四梦八空》，"恩多也是个空，情多也是个空"，"思量他也是空，埋怨他也是空"，"亏心也是空，痴心也是空"，"得便宜也是空，失便宜也是空"，句句精警。明代不知哪位人物写了这四阕小令，收入曲集《词林摘艳》《雍熙乐府》，题名《闺情》或《相思》，大为流行。此时一班女眷在花园大卷棚内饮酒赏菊，申二姐在翡翠轩为新来的吴大舅演唱此曲。

接下来，却写李瓶儿"归到房中坐净桶，下边似尿也一般只顾流将起来,登时流的眼黑了","忽然一阵眩晕的,向前一头拾倒在地"。她是从宴席上回到自己房中的,大约听不到这一组乐曲,却是句句像为她所唱,堪称李瓶儿心境之写照。

李瓶儿早已是四大皆空了。她无法拒绝重阳节的来临,无力限制他人的欢乐,甚至试图去敷衍这种场合,却在心底固守着自己的悲伤。

我有时候觉得,她也正是在生命的最后时光,享受着这份悲伤。

李瓶儿之死

评点过多部小说戏曲、时代稍晚的思想家李贽曾提出"化工说",提出要师法造化,兰陵笑笑生正是拥有一支化工之笔。他笔下多风月之事,大多则连接着死亡。死别之际的李瓶儿是格外清醒的。平日不太喜欢说话的李瓶儿,在临死之际留下了很多感人的话——

西门庆看她病重,百般医治无效,有人提出要先置办一个棺材,冲一冲。西门庆忍痛把这事告诉了她,场景极是感人:

> 李瓶儿点头儿,便道:"也罢,你休要信着人使那憨钱,将就使十来两银子,买副熟料材儿,把我埋在先头大娘坟旁,只休把我烧化了,就是夫妻之情。……你偌多人口,往后还要过日子呢。"这西门庆不听便罢,听了如刀剜肝胆、剑挫身心相似。哭道:"我的姐姐,你说的是哪里话!我西门庆就是穷死了,也不肯亏负了你!"

在这十回里边,大量的文字都是写李瓶儿的丧事。西门庆的确是尽心的,就是不想亏负了李瓶儿，甚至不惜自个儿的身体和性命。他请道士来为李瓶儿祭灯。《三国演义》里边有一段诸葛亮祭灯，见本命灯熄灭了，就知难回天意了。《金瓶梅》也是这个路数，写李瓶儿的本命灯熄灭了，做法术的道士告诫他不要再到李瓶儿房里去，怕不祥的气息扑着他。西门庆思量再三，决定还是要到屋内陪李瓶儿说话。看西门庆老不进来、看西门庆进来时神色不对，李瓶儿意识到自己将死了，对老西留下一段遗言：

趁奴不闭眼，我和你说几句话：你家大事大，孤身无靠，又没帮手，凡事斟酌，休要那一冲性儿。大娘等，你也少要亏了他的。他身上不方便，早晚替你生下个根绊儿，庶不散了你的家事。你又居着个官，今后也少要往那里去吃酒，早些儿来家，你家事要紧。比不得有奴在，还早晚劝你，奴若死了，谁肯只顾的苦口说你。

进入大院几年，不管老西如何胡作非为，并未见瓶儿劝说，此时却要留下几句规劝，句句发自肺腑。

对吴月娘，李瓶儿叮嘱她生孩子后"好生看养着"，"休要似奴心粗，吃人暗算了"。没有一个字说到潘金莲，而又句句不离金莲，点明是金莲害死了官哥儿。至于她对潘金莲、孟玉楼诸人都说了些什么，作者以"都留了几句姊妹仁义之言，不必细记"带过了。

所细记的地方，是李瓶儿对身边的老仆冯妈妈和小丫鬟的叮嘱。一个将死之人，想的却是别人的未来，每个身边人都有一份馈赠，每个人尽量做了安排，对每个人都说了一番话，引来了一阵痛哭。所以张竹坡曰："其嘱老冯一语，真九回肠，一声《何满子》也！"她对丫鬟也说了很多感人的话，叮嘱她们在她死后要处处谨慎、处处小心，其中有一句"我死了就见出样儿来了"，也是包含着无尽的悲凉！

西门庆的哭

李瓶儿闭眼之后，作者细细描写了西门庆的哭。这样一个豪横凶残之辈，居然痛哭，大哭，没完没了地哭，不管在什么场合忽然想起来就会流泪。

在此回之前，似乎未见西门庆哭过。这位市井混混出身的提刑副千户，也可称一条硬汉子了。打人、狎妓，一般情况下他不知道什么是痛苦，没有什么太多的哭的经历。武二郎要为兄报仇，他心中恐惧，但没见他哭；自己被列入朝廷要案的黑名单，吓得不敢出门，也没有哭；心爱的儿子看看要断气，他无法忍受，只是在长长叹气，没有哭。而今日为着李瓶儿，他却再也忍不住，一哭再哭，大放悲声。

在李瓶儿刚死之时，作者写：

> 西门庆听见李瓶儿死了，和吴月娘两步做一步，奔到前边……也不管什么身体下血渍，双手抱着她的香腮亲着，口口声声只叫："我的没救星的姐姐，有仁义好性儿的姐姐！你怎的闪了我去了？宁可叫我西门庆死了吧，我也不久活于世了，平白活着做什么？"在房里离地跳的有三尺高，大放声号哭。

西门庆不太会装假，也没有必要装假，这是真正的、发自肺腑的悲痛。

潘金莲挨骂

描写这种场合，当然不应漏掉家中妻妾，尤其不应漏掉潘金莲，但要写好也很难。此处有一段文字很精彩，还是写西门庆，由他引申到几位妻妾：

> 西门庆只顾哭起来，把喉音也叫哑了，问他，与茶也不吃，只顾没好气儿。月娘便道："你看怎唠叨，死也死了，你没哭的他活？哭两声，丢开手罢了，只顾扯长绊儿哭起来了。三两夜没睡，头也没梳，脸也还没洗，乱了怎五更，黄汤辣水儿还没尝着，就是个铁人也禁不得……"
>
> 玉楼道："他原来还没梳头洗脸呢？"月娘道："洗了脸倒好，我头里使小厮请他后边洗脸，他把小厮踢进来，谁再问他哩。"金莲接过来道："你还没见，头里进他屋里寻衣裳，叫我是不是，倒好意说他：都像怎一个死了，你怎般起来，把骨秃肉儿也没了。你在屋里吃些什么，出去再乱也不迟。他倒把眼睛红了的，骂我：'狗攮的淫妇，管你什么事儿！'"

在李瓶儿丧事期间，这是西门庆对潘金莲说的唯一的话。老西不是很清楚潘氏对李瓶儿母子之死的罪责，但能感觉到与她肯定有关联，也能感到潘金莲内心的快意，故有此一骂。当然也仅仅是骂几句而已。

关于哭的差异化描写

说到西门庆的哭,我还想谈谈《金瓶梅》对哭的差异化描写。同样是哭,每个人哭出来的情态、内涵、声音和表情等都不一样。李瓶儿死后,随着西门庆的痛哭,引领全家上下来了个哭声大合唱——"合家大小,丫鬟、养娘,都抬起房子来也一般,哀声动地哭起来"。这里边会有一些悲伤,但主要是哭给西门庆听的。

金圣叹评点《水浒传》有一段妙文,专论哭的性别差异,他说:

> 夫哭,亦有雄有雌。情发乎中,不能自裁,放声一号,罄无不尽,此雄哭也;若夫展袂掩面,声如蚊蚋,借泪骂人,此名雌哭,徒聒人耳。

西门庆之哭发自内心,是所谓"雄哭"也,有声有泪,"手拘着胸膛……哭了又哭,把声都呼哑了"。这些描写真还有点儿感人,表现得也有些人性。像他这样的一个恶人,眼泪或许能弱化我们对他的厌恶,能丰富我们对他的认知,却无法改变此一形象的根本特征。

西门庆会在李瓶儿叮嘱时满心感动,含着热泪应允,或也有片刻的愧疚后悔,但不会有一点点改变。我们且拭目以待。

第二节
谁在为瓶儿之死
真正悲伤？

前两回写的是李瓶儿之死，《金瓶梅》的第六十三、第六十四回的主要内容，重在写西门庆为瓶儿治丧。

故事梗概为：

李瓶儿死后，西门庆心中有愧，隆重办理丧事，尽可能为之买了最好的棺材，为她画像传神、搭建灵堂、题写铭旌、做水陆道场，各衙门中的同僚和各亲朋好友都来祭奠。大院内摆开宴席，接待一应吊客，夜晚搬演《两世姻缘》。演唱时，西门庆想到与李瓶儿已天人两隔，不觉潸然泪下。这些又被潘金莲看在眼里，大发议论。就在大家都在看演出时，上房丫鬟玉箫与书童趁乱在书房私会，恰好潘金莲来书房要东西，当场将二人抓住。玉箫跟着潘金莲到她房中，转圈儿下跪求情，被胁迫着讲出月娘吃薛姑子符药怀孕之事，并答应做她的眼线。而书童心中惧怕，偷了一些财物潜逃。西门庆发现这小子盗财逃走后很生气，下令全城缉捕，却不知道真实的原因。家中前来吊唁的官员和亲友一拨接一拨，刘、薛两个太监也来了，闲聊中说到皇宫中种种异兆："雷电把内里凝神殿上鸱尾震碎了，唬死了许多宫人"，又是"太庙砖缝出血，殿东北上地陷了一角"。看似随意扯闲篇儿，却也将李瓶儿的死放置到国家危亡的大背景中。

此两回全写西门大院的治丧，既是一幅民俗风物的历史长卷，将风尚民情尤其是丧俗写得很细，又处处点染晚明那个时代的特点，借一个豪门丧事写世态人情，写人格与人性。后来《红楼梦》第十三回有大段文字写秦可卿之丧，学者常将两处文字相比较，各有各的精彩，但《金瓶梅》以将近十回的篇幅细写一场丧事，比《红楼梦》以不到一回带过，整体给人的感受大不相同。

为李瓶儿画像

就在李瓶儿刚咽气之际，西门庆就急忙请画师给她画像，为的是治丧所用，更是要长久"留个影像儿"。影，影像儿，又作"影神""传神""传个神子儿"，即指今天的画像，这里特指遗像，又有"大影"（全身遗像）和半身之别。不光是在人死时画像，活的时候也有，即所谓的留下"真容"，年轻的时候把自己的青春容貌画成一幅画，留作纪念，大约流行于宋代民间。《牡丹亭》中的杜丽娘奄奄病笃之际，就亲自操笔，为自己留下一幅真容。

一般说来，主家的男子当然是有资格给自己画像的。问题在于女子，在于为人侧室且无子嗣的女子，能为之传神留影么？西门庆不管，请来一个画师，特别说明这位姓韩的曾是宣和院的一个画师，是皇家的御用画师。画了以后，西门庆让拿给吴月娘她们看像不像，月娘立马表达不满，跟着的自然是潘金莲，说道："到明日六个老婆死了，画下六个影才好！"但一家之主要画，其他人又能如何呢？

西门庆看戏流泪

当日丧宴上西门庆所点的戏码，名叫《玉箫女两世姻缘》，出于元杂剧名家乔梦符之手，明代杨柔胜据以创作《玉环记》，是中国戏曲史上一个很有名的剧作。剧中正有"寄真容"情节，写女主人玉箫因思念韦皋而得了病，渐渐沉重，临死前自画容颜，寄给了意中人，情辞非常哀婉，看得西门庆不觉流下泪来。他的暗拭眼泪，自然被帘子后的女眷看到，而只有潘金莲故作惊诧，指给一旁吴月娘——

（潘金莲）说道："大娘你看他，好个没来头的行货子，如何吃着酒，看见扮戏的哭起来？"孟玉楼道："你聪明一场，这些儿就不知道了？乐有悲欢离合，想必看见那一段儿，触着他心，他觑物思人，见鞍思马，才落泪了。"金莲道："我不信。打谈的掉眼泪，替古人担忧。这些个都是虚的，他若唱的我泪出来，我才算他好戏子。"

潘金莲的过分尖刻，似乎连孟玉楼都看不下去了，辩论几句，也是向众人表明自己的厚道。擅于诡辩的潘金莲也知过分了，话头一转，扯到戏曲的"移情"作用上去了。

《金瓶梅》作者显然有着深厚的词曲修养，对戏曲名篇名段能随手拈来。此回中，李瓶儿与戏曲中的玉箫女身份、年龄、经历、性格都有不同，但相同之处亦很多：都有一种温柔美貌，都是凄惨辞世，都受到宠爱且至死不变，都留下了让人怜爱的"真容"。所以写到这里，西门庆似乎也和李瓶儿沾了点儿两世姻缘了，后文中真的也写到二人的梦中相会。

至于那些活着的妻妾，那些不久前还与李瓶儿姐妹相称的"比肩"，此时不独已没有悲伤，还有些愤愤不平：为什么要给瓶儿置办这么好的棺材？为什么要为她留下影像？为什么因为她不吃不喝？为什么为她看戏落泪？其中最觉得不忿，也最敢于流露不满的是潘金莲，其次则是吴月娘。这位主家娘子不久前才与瓶儿真诚作别，此际却与潘金莲一唱一和。

这场为李瓶儿举办的丧事是极其隆重的。前来吊唁祭拜、表达哀思的人很多，但说到底，又只能是西门庆一个人的祭奠。真正悲伤、深度悲伤、持久悲伤的人，除了西门庆以外，我们找不到任何一个人。

疼钱一说

对于西门庆为何这样悲伤，人们也有议论。书里特意写了他的贴身小厮玳安，这小子在李瓶儿生前受恩颇多，对着铺子里一位伙计发表了一番议论："为甚俺爹心里疼？不是疼人，是疼钱。"乍一看是怪论，实则是妙语！

疼钱，通常是说心疼花钱，或者花了钱心疼。而在治丧期间，我们看到的是西门庆不在乎花钱，甚至想尽办法多花钱。贴心小厮玳安为何又发此言？个人认为，他是说李瓶儿为西门庆带来巨大财富，是说瓶儿的陪嫁为他带来了"跨越式增长"，所以她的死会引发西门庆的内心震撼，心中产生一种痛切的愧悔，觉得自己对不住李瓶儿。同时，我觉得可能在他喊"天杀了我西门庆了"的时候，多少也能意识到，钱和权最终都是无意义的。

抓获了一个眼线

在一百回的叙事长过程中，作者用了很多的笔墨描写丧事，借丧事写人情世故。就在为瓶儿大办丧事期间，亦是随风生波，故事多多。先是写玉箫与书童一段恋情：两人已好了多日，像此类丫鬟与童仆的爱情，在任何大院中都只能是隐秘的。前面的第三十一回已发生了藏壶事件，闹嚷一番，总算没有暴露；而他们的爱情又只能是直奔主题的，不可能耳鬓厮磨，你侬我侬，加上平时看多了主子的淫纵，于是便趁着做丧事的混乱，选择了清晨这样一个较为安静的时间，选择了书房这个一般人不到的地方，放胆交媾。却不料煞星潘金莲来到，惊惧之下，书童匆匆逃离，而上房丫鬟玉箫则被潘金莲拿住把柄，从此以后不断地向潘金莲打小报告。

太监的生理阴影与心理优势

鉴于西门庆的职位和财富，前来吊丧的官员很多，作者主要写了两个特殊人物——刘、薛二太监。他们在书里曾出现多次，也算是西门大院的常客，得知老西爱妾病逝自然要有所表示。明朝中晚期政治的一个特点就是太监作恶，但也有区别，以正德朝、万历朝较为普遍，而嘉靖时则管束甚严，《金瓶梅》中写太监亦多，却是还比较规矩。清河尽管离权力中心颇远，当地官员也都会对刘、薛二太监敬让几分，却也未见二人胡作非为。

太监当然也是人，却是阉人，是身体残缺之人。前面说明代有很多歹恶的太监，其实太监中也不乏忠义之人，随侍朱厚熜入京的兴藩太监张佐、鲍忠等人后来在大内各掌权要，名声都还不错。但对于大多数太监来说，身体的残缺造成了他们心理上的变态，造成了特殊的贪欲，也造成了他们的优越感。毕竟是当今圣上身边的人，管着皇家产业，不是吗？

对于太监，世上的多数人内心都有着一种鄙夷、一种自身优越感。他们在表面上敬重客气，实际上在交往和交谈中难免流露，所以连应伯爵等帮闲都会有一种优越感。读到这里，我们会觉得，作者写得真是太细微、太精妙了。

其他书中也会写到太监，笔墨很容易类似，因为是太监嘛，便写他的阴坏、娘娘腔啥啥的。《金瓶梅》里所写的两个太监，则是各有特性，互相映照。比如薛太监有些年轻气盛，刘太监则老辣圆熟。他们很敏感，也能感受到这些人潜在的失敬，便甩开诸人自己聊起天来，所议自然是军国要事：皇宫的失火、金国的要挟、军事上的变动、科道言官的弹劾……话语不多，信息量极大。在一个小县城的丧事中，作者以两个不得烟抽的太监，带写出整个大宋王朝正走向混乱和巨大的灾难。

第三节

大丧中传来喜讯

《金瓶梅》的第六十五、第六十六回，西门大院仍在忙活李瓶儿的丧事，恰好钦差殿前六黄太尉从京师来山东，宋巡按率两司八府在西门大院接待，西门庆便请六黄太尉为李瓶儿主持超度仪式。

故事梗概为：

西门庆为李瓶儿治丧格外尽心，追荐斋坛主要由玉皇庙吴道官承办，"三朝转经，演《生神章》，破九幽狱，对灵摄招，拜进救苦朱表，颁告诸神符命"，十分郑重。三七之日，请永福寺长老道坚率十六名上堂僧念经作法。四七的法事则由宝庆寺赵喇嘛主持，又是整整一天。过了四天，破土开圹，参灵辞灵，然后才是发引出殡，场面极其隆重，守备府与县衙都派出军士衙役跟殡，送至西门家祖茔安葬。而宋巡按又领山东一省官员，借西门大院宴请前来泰山挂香的六黄太尉。虽说两件事挤在一起，西门庆仍处理得妥妥帖帖，令巡按很满意。老西借机请六黄太尉为李瓶儿主持法会，大大提升了祭奠规格。为寄托哀思，他在治丧期间坚持到李瓶儿房中歇宿，奶子如意儿端茶递水，二人很快搞在一起。东京翟管家也派人送来丧仪，并在信中密告他很快就会升官。

一部《金瓶梅》，写了数不清的寻花问柳和男女私情，也写了一连串的丧亡。前面有武大郎之死、李外传之死、花子虚之死、宋惠莲之死、官哥儿之死，后面有西门庆之死、潘金莲之死、孙雪娥之死、陈经济之死、春梅之死……所有这些前前后后的死，都远不如李瓶儿的死墨色浓重。作者以一回的篇幅写她的死，继以数回重点写她的丧事。这是书中写得最为隆重的一次丧事，所以我要先来讲一讲李瓶儿的丧事。

李瓶儿之丧

所有的丧俗都属于民俗，都能传递出世态人情。在整个的丧仪中，我们能看到闹热，看到忙碌，看到虚情假意，甚至看到喜乐兴奋，却很少能看到真正的发自内心的悲伤。《礼记·檀弓上》写道："邻有丧，舂不相。里有殡，不巷歌。"说的是古人对丧事非常敬慎，连邻里都为之肃穆哀伤，生怕弄出什么响动，惊扰了亡灵，至于歌乐欢愉之事更是尽量戒免。

历代皇家礼典中对帝王、后妃的大丧也极其郑重，禁屠宰、禁音乐、禁宴集、禁赌博、禁狎妓，甚至禁绝性生活、禁剃头……清代乾隆帝的孝贤皇后死于东巡途中，他很悲痛，写了长诗来悼念。当发现两个皇子表情不够悲伤时，乾隆帝勃然大怒，剥夺了二人的继位权。这两个儿子非常受打击，有一个很快就死了。更严重的是，乾隆帝将在这期间擅自剃头的几个高官砍了脑袋，这些人一开始没有想到会这么严重，没想到皇帝追究起来会如此严厉。

但人们有足够的智慧，找出办法在禁令中求乐。于是丧事常常是鼓乐齐鸣，吊唁与宴会相连。这一回写两个太监来吊唁，还要带上几个歌郎当场演唱。文中既有戏曲名剧的唱段，又引了几段《山坡羊》之类的流行音乐，下葬便有了几分郊游的性质。李瓶儿这个生时喜欢安静的女子，死后被动地引发一段喧闹，久久不能止息。

李瓶儿的丧事是当时各式法事的大展示、大比拼：首七是"报恩寺十六众上僧，引领做水陆道场"；二七是"玉皇庙吴道官受斋，请了十六个道众"；三七是"永福寺道坚长老，领十六众上堂僧来念经"；四七则是"宝庆寺赵喇嘛，亦十六众，来念番经"。到出殡那天，队伍里更是加上了一些军人，有帅府里全副武装的军士、提刑所排军、张团练的部下。当然了，还有一众女眷的轿子和妓院中妓女的小轿，她们虽不能像走百媚儿那样花枝招展，虽然要做出悲伤的模样，但心情应相去不远。

这也是一次各类剧艺的大会演：锣鼓细乐吹打、地吊高跷、渔鼓道情、队舞、纸扎、烟火、清唱、全本演出……还是一次各路官员的大聚会、大联络，就不一一细说了。

如意儿与西门庆在李瓶儿灵前乱搞

两回的故事里面，有几个人物比较凸显。一个是奶子如意儿，她的身份是官哥儿的奶妈。在整个治丧过程中，西门庆晚上都住在李瓶儿的房里边，为她守灵。房里边正面挂着李瓶儿的遗像，下面摆着她的鞋、衣裳等东西，桌上是香烛、鲜花等，西门庆再忙、再晚也都来守灵。

到了半夜睡不着的时候，老西就披衣坐起，看着窗外的月光，不断地唉声叹气。而到了吃饭的时候，家人拿上饭来，他每吃一口，都会把筷子向李瓶儿的遗像举一下，说："你也吃一点。"在场的人看了感动得流泪，可书中接下来写道：

> 奶子如意儿无人处常在跟前递茶递水，挨挨抢抢，掐掐捏捏，插话儿应答。

当西门庆在为李瓶儿守灵时，别人都有意靠后，包括已被老西收用过的迎春，奶子如意儿偏要凑过来。终于有那么一次，西门庆喝醉了回来，要水喝，如意儿端着水就过来了，看他的被子掉到地上了，便装作帮他掖被子，两人自然就搂到了一块儿。作者写得也很自然，说是"西门庆一时兴动，搂过脖子来就亲了个嘴"，接下来"云雨一处"，哪里还想得到李瓶儿的遗像就在对面。

插入一场欢迎宴会

特别有意思的是，兰陵笑笑生偏又于治丧期间插入一笔，写宋巡按借西门大院宴请六黄太尉。于是山东一省之大员"一拥而入"，忙上加忙，乱里添乱，却也办得平稳妥帖，西门庆的接待能力，当是整体实力的体现。

因为京师来的殿前太尉级别太高,地方官员自然也要受点儿委屈,八府府尹只能在厅外棚内落座,那些个知州知县啥的连院门也进不得了。不过官场之人最是知趣,似乎没有看到有任何人不满。

这次的官场接待,也是丧事期间的一个场景。

六黄太尉变身黄真人

第二个新的人是六黄太尉,后来又叫作黄真人。作者写到这,妙笔一转,就把这次接待和这个京师来的高官六黄太尉,一转而嫁接为给李瓶儿做法事的真人。如此操作,这次官家的宴请也纳入到了丧事之中。是应伯爵建议这样做的,要说西门庆为什么一直对应伯爵这么好,就在于他的机敏与提供高参。这样一来,由于有六黄太尉来主持这场法事,李瓶儿的丧事平添了几分皇家气象。

六黄太尉最早出现在第五十一回,介绍他是王三官娘子的长辈,说是他让朱太尉下令批示府县抓人。王三官整天在外面吃喝嫖赌,他的侄女几次气得上吊。所以娘家人生气,告诉了六黄太尉。六黄太尉就动用他的权力,让抓人。他的身份也有些疑点,说他是东京六黄太尉,叙述间却一句一个"老公公"。我们知道,"公公"指太监,他到底是不是内廷大太监呢?书中没有详细交代。

"六黄"这个姓氏,似乎不见于我们的《百家姓》。在书里面,对他的称呼也有点儿混乱——钦差殿前六黄太尉、六黄老公公、黄太尉、黄太监、黄真人……让人眼花缭乱。有时有"六",又常常无"六",又为何?我查了一下《大宋宣和遗事》,其中已出现此人,涉及虽不多,却确实有他出现。太尉为宋代武官官阶的最高一级，但仅以显示荣宠和尊贵，本身并不具体。蔡京、童贯、高俅之辈皆封太尉。于是小说家再做一番料理，添加增饰，进而以顺序称之，排到第六个，因此戏谓黄太尉为六黄太尉。姓氏与排名一结合，便生成"六黄"，生成一段机趣，生成一种调侃文字。

六黄太尉到西门大院主持法事，打出的名号又有一变，称为"清微弘道体玄养素崇教高士、领太乙宫提点、皇坛知磬兼管天下道教事"，有长长一串花里胡哨的名色。这套玩意儿在宋代和明代都有，而以明世宗之时为甚。我们知道，明世宗宠信很多道教的人物，给他们封了很多很长的名号，书中所写应该是当时生活的一种反映。由是可知，黄太尉是虚，黄真人为实，领行法事才是他的专业，而本职当为"全国道教协会会长"。

生活常是这样的色彩斑斓，《金瓶梅》的描写总爱抓住这些地方，昨天还是一省大员在隆重接待六黄太尉，第二天他便利用公务之机走穴。这样的一位黄太尉、黄真人其实也是能上能下，在官场上、宴会上，架子摆得十足，轻易不吐一言；往小庙里一住、经坛上一站，俨然又体现了他的专业精神，口若悬河。在给李瓶儿主持法事的时候，黄真人做得非常认真。后来，他的徒弟、下级吴道官也是赶紧捧场，说是经过这个法会，"尊夫人已驾景朝元矣"，即李瓶儿脚踏祥云，升天去了。西门庆给他的谢仪是两匹缎子、十两白银，大概也是作者有意的一笔，暗示他的价值也就这么多。我们知道，西门庆平日里打发一个妓女，差不多也给那么多钱。

大丧中飞来喜讯

穿插于法事之隙，东京蔡太师府的翟管家专程派人送了一封信，透露了西门庆即将升任正千户的信息,让他大喜过望。有一个词叫"悲欣交集",这次李瓶儿大丧之中遇到大喜事,也是悲伤和欣喜的交汇。这是西门庆仕宦生涯的第一次升迁。

官场中你争我抢,谋一官很难,升官更难,而西门庆的得官和升官,皆于不经意间得之,从未刻意谋求。有道是"钱到公事办,火到猪头烂",蔡太师是宋朝的一个大反派,但在《金瓶梅》里还是相当有人情味的,或许这才是作者心目中的蔡京,也更接近生活中的老蔡。

第四节
谁是此时的
心上人？

《金瓶梅》的第六十七、第六十八回，李瓶儿的丧事总算过去了，西门庆还坚持住在她房中，还处在对她的绵绵思念中，还会与如意儿胡搞，同时也有了新的猎艳目标。

故事情节是这样的：

西门庆在这期间辛苦劳碌，加上无度的放纵，身体渐渐亏虚。而潘金莲很快意识到如意儿之事，唱扬得满院皆知。老西所操心的事情很多很杂，要叮嘱温秀才代拟给翟管家的回函，又要替黄四丈人舅子打死人的官司开脱罪名，以致精力不济，大白天在书房里呼呼大睡。李瓶儿梦中来会，述说在地狱之苦，由此也证明所有僧道庙观包括黄真人的法术毫无作用。这是一种信号，可西门庆全然不觉，依旧折腾个没完，在家接待过安郎中，又到郑家妓院与郑爱月儿厮混。爱月儿悄悄告知他许多秘密，尤其是王三官母亲林太太的风月情事，令西门庆大为兴奋。他急派玳安去找文嫂，帮着牵线搭桥。

第六十七回的回目"西门庆书房赏雪，李瓶儿梦诉幽情"，虽然谈不上工稳，但也颇有点儿雅意，实则重点写西门庆之操心和劳碌，开篇便说："西门庆归后边，辛苦的人，直睡至次日日色高还未起。""后边"即吴月娘的正房，很累很累的西门庆，总算在她那里得到休息，一直在睡。

老西的辛苦

以"辛苦的人"称西门庆，初读颇觉得不通，细思则极是恰切。自李瓶儿死后，西门庆哪一日不辛苦？所有接来送往的事情、所有送殡的细节都是他来操心，非常辛苦！

本回开始，便是一连串的事务，旧的辛苦未去，新的辛苦又来，所以在老西的脑子里是七事八事——

首先是要与东京蔡太师府的翟管家写回信。对于他一个不大识字的人来说，这并不简单。此时西门大院已经聘请了温秀才办理文案，他就把写信的事托付给温秀才，当然呢，也就把翟管家的来信交给了温秀才。

其次是生意上的事。西门庆的生意逐渐扩大，对他来说做官是副业，做生意才是主业，所以即使是在李瓶儿大丧期间，对生意上的事也不耽搁。

再次是人情往还。接待各路官员，接受他们送来的赙仪与各种各样的实用物件，以及各衙门提供的各种方便……像那个薛太监，又是给他搭棚用的檩条，又是运来很多席子和绳子，使得西门庆在发葬、路祭的时候都不用花钱置办，所以他必须要感谢一下。

　　自来人生世上，各有各的辛苦，总之是辛苦的人多，不辛苦者少。宋巡按岂不辛苦？政务劳心，吏事劳神，要迎请六黄太尉，又不想花太多银子，还要寻摸一个合适的地方，顺便敲一个竹杠；六黄太尉岂不辛苦？既要侍奉皇上，又得应付地方官府，趁机也不忘走一场穴，挣几个小钱……

　　但是书里面写到，下层人的辛苦、贫穷人的辛苦才是真辛苦。比如老帮闲应伯爵，李瓶儿大丧期间一直陪在老西身边，鸡叫的时候才得以回家，早晨起来又被唤来，头戴破毡帽，身穿绿绒袄，大雪中一天两趟往西门大院跑，又要嬉皮笑脸、装傻哭穷，就为的是讨一点点恩赐，算不算辛苦呢？郑家妓院的小优儿郑春也很辛苦，大雪中跌跌撞撞奉命来送茶食，为的是套牢一个好主顾。还有那剃头的小周儿，又是帮着西门庆梳头取耳、按摩导引，又是拿木滚子在他身上滚动，寒冬腊月忙得一头大汗，也够辛苦了。这里请大家注意作者的两层笔墨，通过小周儿的导引之术，写到西门庆身体的亏虚。应伯爵看到这个情形，问西门庆是否舒服，引出老西的下边一番话：

　　　　不瞒你说，想我晚夕身上常时发酸起来，腰背疼痛。不着这
　　般按捏，通了不得。

　　真是自然而至，堪称化工之笔。

又一桩命案

　　既然在提刑所做官，少不得要受理一些刑事案件。跟西门庆合伙做香

烛生意的黄四，他的小舅子和老丈人把别人打死了，被抓起来，赶紧托西门庆找人，又得老西操心。黄四走了以后，韩道国又来了，因要去外地贩布，特地恳求西门庆帮着把一个公差给注销了。因为那个时候很多人都有差役，每年都要排名应卯，也要托人请假。这里又特别写到温秀才。应伯爵来了，西门庆摆饭给他吃，把温秀才请来作陪，而温秀才"峨冠博带"，一看便是要出门的架势。要去哪里？书中故意不写，留下一个伏笔。

心上的、心下的与心外的

这两回不是潘金莲的"主场"，可她也没有闲着，尤其那一双精光四射的眼睛。书中特意写到了潘金莲的一番话，关键词是"心上的、心下的与心外的"。潘金莲到书房里来，看到西门庆刚刚睡醒，眼睛红红的，因为梦见李瓶儿，在梦中两个人有一番对话，所以他泪流不止。潘金莲说："你怎么像哭了似的？"西门庆否认。潘金莲说："只怕你一时想起什么心上人！"西门庆说："不要胡说，哪有什么心上人心下人的。"潘金莲张口便说：

李瓶儿是心上的，奶子是心下的，俺每是心外的人。

潘金莲是个快言快语的人，说话虽恶毒刻薄、大多数不准确，然常见精彩。这句话也很出彩，活画出西门庆的用情不专，还有自己的失落嫉恨。

说金莲的话精彩，是说西门庆热衷于玩弄女性，常一时并举，又分为三等九格，于是心上心下、心里心外都有女人。潘金莲这话不是没有道理啊！说此话并不太准确，则在于西门庆对女人的兴趣点转换很快，刚才还是心上的，没多久便成了心下的，再一变即是心外的人。

潘金莲不曾是心上的么？在《金瓶梅》一开始的时候，最称得上心上人的就是她啊！一遇到孟玉楼便成了心下的；孟玉楼不曾是心上人吗？有一段写到刚遇到孟玉楼的时候，两人也是打得火热，把潘金莲都给忘了，一见到李瓶儿便成了心外的；李瓶儿不曾是心上人吗？而今则成了梦中的；曾几何时，妓女李桂姐在他心中爱宠有加，要潘金莲头发都给剪了一绺子来，而今早在八竿子以外了；还有那位宋惠莲，想当初也是和西门庆打得火热，现在却一点儿影子都没有了！

眼下，谁又是老西的心上人呢？

是如意儿么？不是；是王六儿么？也不是。这两个货色姿色平平，才艺全无，又最爱在交媾时要东要西，是以鬼混次数不少，却在老西心中没啥地位。

郑爱月儿提供的两个秘密

此际西门庆的心上人，应是郑家妓院的郑爱月儿，即在一次请客中请来唱歌的四个人里边，那个来晚了的、不说话的郑爱月儿。

读《金瓶梅》，会发现西门庆是很容易被吸引的。潘金莲以帘下一笑吸引了他，李瓶儿以"细弯弯两道眉儿"吸引了他，宋惠莲以高髻和水鬓吸引了他……而这位小妓女爱月儿，则是以妖娆身段和不出语儿的神情、以她的心不在焉吸引了老西。

中晚明是一个思想禁锢的时代，也是一个物欲横流、人欲横流的时代，在区区清河县城，书中重点提到的妓院就有好几家，散户游娼亦所在多多，竞争很是激烈。妓女如雨后春韭，一茬儿接着一茬儿，光靠年轻已经不行了，要有姿色，擅乐舞；要有心计，擅笼络，懂一点儿嫖客心理学；还要眼观六路，耳听八方，消息灵通且善于归纳整理，善于传播也善于封锁……李桂姐曾是清河第一名妓，而现在该轮到郑家的爱月儿了。

妓女与嫖客，自然先是赤裸裸的金钱和肉体关系，可相处日久也会产生感情。我国古典戏曲、小说中有许多这样的例子，故事均足以动人，所以专有一类"青楼文学"，专门写青楼妓女的。但是在生活中、在更接近生活的文学描写中，那又的确不叫爱情，而称"陷溺"。

西门庆梳拢李桂姐之初，陷溺颇深，以至于发现桂姐瞒着他接客后大为激愤，大打出手。后来又看上了爱月儿，虽然谈不上陷溺，却也把这个小妓儿放在心上，十分珍爱。当年梳拢李桂姐时是按月给二十两银子，而现在给爱月儿是三十两，完全不一样，不比不知道啊！

话又说回来，不管你给多少银子，要妓女专一侍奉，不接其他恩客，那也很难很难。在清河的当红妓女中，李桂姐、爱月儿与西门庆相交最深，两人亦有一比：李桂姐处处掐尖要强，连人家姬妾的醋都吃，以此也吃了不少暗亏；郑爱月儿则行事低调，懂得容让，善于投西门庆所好。

西门庆最大的爱好就是乱搞，变着花样的乱搞，在这一回中，爱月儿告诉西门庆一个秘密——其实是两个秘密——先告知李桂姐和王三官勾搭的秘密，已激不起老西的愤怒；又告诉他王三官之母林太太叫"外卖"的秘密，引发西门庆的极大兴趣。呵呵……

"外卖"的诱惑

近年来流行的"外卖"，是商业大潮推出的一个新兴行当，不想做饭了，就叫一个外卖，省却不少采买下厨的工夫。但千万不要以为"外卖"是一个新词，读《金瓶梅》可知，至少在明代已然出现。爱月儿说王三官的母亲、招宣府的林太太"生得好不乔样"，意思就是她虽然年龄大了些，但长得很漂亮，打扮得也很时髦，"只说好风月"；接着又细说守寡的林太太平时不安静，并说出她与人奸宿的地儿（文嫂家）和牵线人（文嫂），附带还说王三官家里还有个守活寡的十九岁的标致娘子儿。老西闻听大喜，满心想的都是这"外卖"的诱惑。

这样的一个秘密，为什么引得西门庆极度亢奋？因为招宣府虽已没落，但毕竟是堂堂招宣府啊！而这位如今徐娘半老的女主人，大约当初也是西门庆等小混混意淫的对象，现在居然要"外卖"了！

在公开场合不说话的人，绝非一定不爱说话、不会说话，这是郑爱月儿给我们的一个启示。看似"不出语儿"的爱月儿，在私下里不仅话头儿不断线，还一下子就抓住西门庆的注意力，让他听得兴致勃勃，让他想得心旌摇荡。

那么，是郑爱月儿爱上了西门庆？怕不是。还是她恨上了李桂姐？有一点儿，但也不全是。在我看来，是这小妓儿恨上了王三官。可为什么？是什么深仇大恨让她出此恶毒招数？

第五节

东京来了个"土鳖"

在上一回，郑爱月儿悄悄告知西门庆一个秘密，顺便发给他一张色情小广告。《金瓶梅》的第六十九和第七十回就是写西门庆立即找来媒婆文嫂，托她联络招宣府的林太太。

此处的故事为：

通过文嫂，西门庆很快与林太太勾搭上了。两个人都是老手，一见面就急急入港。林太太为儿子总在妓院里胡混烦恼，西门庆令手下打探清楚，碍于情面，没有抓李桂姐，而是拿了五个小帮闲，拷打一顿后释放。五人觉得吃了大亏，跑到招宣府纠缠嚷闹，让其赔偿精神和身体损失。王三官没有办法，只好到西门大院求情，西门庆又将小混混捉来训诫。朝廷邸报传来，写的是夏提刑升为京堂，西门庆为掌刑正千户。老翟与西门庆一起进京，并安排他同住在亲戚府上。而翟管家悄悄告知西门庆，埋怨他办事不牢，不知保密，说夏提刑在背后运作，几乎把他的官弄没了，使他大吃一惊。靠着蔡太师力挺，老西仍接任正职，何太监侄儿何永寿为副提刑，老太监出面接待，一家子对西门庆甚是热情。

这两回的事情有些密集，择其要者，则在于西门庆与林太太的偷情。又一个女性即招宣府的女主人林太太登场，又是一个完整的风情故事，又是一个全须全尾的女性。虽然文字不是很多，但是写得很完整。另一桩大事是西门庆的进京与晋升，又一次东京之行，一次真实可信的东京之行。

偷情的新高度

与林太太的淫混，是西门庆偷情之旅的新高度，我觉得也可以说是新低度。有人说，一部《金瓶梅》，写尽市井，写尽世情，亦写尽偷情，似乎颇为准确；但从更深一层着眼，就算有十部《金瓶梅》，也写不尽市井，写不尽世情，更写不尽偷情。

作为《金瓶梅》的主人公，西门庆这一形象以偷情开始，亦以偷情结束。其短短的三十三岁的一生，最得意的不是经商和暴富，不是得官和升迁，而是一次接着一次成功的偷情。

可毕竟岁数不饶人，西门庆老了！三十二岁对于官场和商场中人是年轻的，对于欢场中人也是年轻的，但是西门庆真的有点儿支撑不住了。所以我们说，不光是岁数不饶人，更严重的是人数不饶人！他的偷情实在是密度太大、人数太多了！

老天到底是公平的，我们看西门庆享用了过多的美色和欢娱，也加速了他的老化，缩短了他的生命。钱多了，官大了，身子骨却不行了。而更多的美色正不择地而生，更多的年轻的市井猛人正在大批涌现，如张二官、王三官都正在悄悄地蚕食他的地盘，觊觎他曾经的女人。

似乎还没有人敢公开与西门庆抗衡，却也不断有人让他心里不爽，尤其是招宣府的继承人王三官。就是这小子泡了李桂姐，就是这小子使会里的兄弟孙寡嘴和祝日念等整天围着转，所以西门庆真的是很恼怒！

但王三官毕竟是王招宣府的少主人，世代簪缨，妻子娘家又有六黄太尉这样的大靠山，老西也很无奈。没想到突然就来了一个"教王三官打了嘴"的机会，没想到爱月儿的门路如此之清，没想到文嫂办事的效率如此神速，没想到赫赫招宣府竟有专供"外卖"出入的后门和夹道……他和林太太两个人都是所谓的练家子，一见面就不玩虚的，"一箭便上垛"，可称为西门庆色欲生涯的新高度——这可是王招宣府的女主人啊！

王招宣府

这里不能不说几句王招宣府。《金瓶梅词话》以小县城为主要故事背景地，但写着写着，就将京城景物移来，使之与县城相混同，书中多次出现的王招宣府即其一例。唐宋时有招讨使、宣抚使等，而"招宣"之官，却是作者捏合而成。王招宣府的来历被写得影影绰绰，但在清河显然是一个世家豪门。

西门庆是从后门进去的，直入林太太所居的后院，文嫂却特意引领他到前院去，到节义堂落座，让他瞻仰太原节度使邠阳郡王王景崇的画像，见识一番王府气象。《新五代史》中还真有一位王景崇，历仕后唐、后晋和后汉。作者就把这么一个历史人物添油加醋，虚拟了一下，作为王三官的祖爷爷。

王三官如此不成器，至今才得知其家庭的影响，有一个这样的母亲、有一个这样的环境，想有出息也难！且他那已故的父亲显然也不是什么好鸟，本书第一回就说潘金莲"从九岁卖在王招宣府里，习学弹唱"，潘金莲淫毒性格的养成，应与这个家庭有着极大的关系。

《金瓶梅》对招宣府一路草蛇灰线，至此方以实笔描绘，读者可以看到其格局之堂皇，亦见识其大不堪。如果加以比较，可以说招宣府比西门大院更为污浊。女主人和儿子都在胡搞，一个在外边胡搞，一个在家里胡搞。但事物的复杂性在于，这仍然还是一个有着母子情分的家庭，母亲自己已经这样，却希望儿子能有出息。天下的母爱真的有许多种啊！林太太的母爱也是特殊的一例——拜托新姘头去教育儿子不要嫖娼。

牵头口中的年龄

牵头，牵线人的意思，由于指的是为奸情牵线，此词大有贬义。这里要提一下牵头口中的年龄。把西门庆与林太太弄到一起必要有牵头，有两个人，一个是郑爱月儿，她向西门庆介绍林太太，说她今年不上四十岁，水分较少。而到了文嫂这个更实质性的牵头，却说林太太属猪，今年三十五岁，但长得就像三十岁，显然隐瞒了不少。

我们知道，林太太和西门庆是有年龄差距的，还是不算太小的年龄差距，很有可能要差个七八岁的样子。文嫂有意识地缩小二人的年龄差距，她把林太太的年龄减去约五岁，又对林太太说西门庆"正是三十四五年纪，当年汉子，大身材，一表人物"，涨了三四岁，就是要让两人觉得年龄相仿。

偷情的理由

与王婆相比，文嫂似乎要文雅高明一些，她给两人牵头，还找了一个极为冠冕堂皇的理由，便是托西门庆对府中少主人进行教育和管束，给出的理由堪称妙极！西门庆和林太太也就顺着竿儿爬，见面的时候，一个说"使小儿改过自新"，一个保证"戒谕令郎"，都显得极为恳切。

母亲挂念的是让儿子走正道，资深老嫖西门庆成了"道德导师"和"兼职家教"。该说的说，该做的做，边说边做，妥帖自然，能有几人把偷情写到这个份上？

老嫖的选择性扫黄

作为从市井上打混出来的官员，西门庆重然诺，重实效，既然承诺帮着林太太教育儿子，马上就进行部署，并迅速展开行动：王三官正在李桂姐家，一帮人簇拥着鬼混，忽然提刑所来人抓捕，还有意地留一个空档，让李桂姐和孙寡嘴他们躲起来，只抓了五个新生代的小帮闲。第二天开庭，上来就是一通夹打，打得"皮开肉绽，鲜血迸流"。这几块料原也是认得西门庆的，过去也曾跟着他跑腿效力，可这时西门大官人却认不得他们了。

西门庆夹打这些小混混已经不是第一次了，比如第三十八回夹打二捣鬼，只一顿便把他吓破了胆。可是这五个小帮闲不服，被打了一顿，歪歪扭扭地走着，突然就想明白了是怎么回事，跑到招宣府闹嚷厮缠，要诈取几个钱养伤。王三官被逼无奈，由文嫂领着去拜求西门庆帮忙，便有了第二次抓打小混混。这回是长了记性，吓得不敢再来捣乱了。

对西门庆来说，此事实在乃人生得意之笔：在林太太那里过足了瘾，在小混混那里耍够了威风，一切又是这么冠冕堂皇！他觉得自己做了一件很正经的事，也许因为实在是心中得意，便将此事对吴月娘讲说一遍，当然略去了一些关键情节，省略了他和林太太鬼混的关系，没想到被吴月娘奚落挖苦："你也吃这井里水，无所不为，清洁了些甚么儿？"虽说吴月娘不知道西门庆和林太太背后的关系，觉得有几分古怪，但她说出的这些话仍是诛心之论！

老西眼中的京师

第七十回写的是西门庆进京，再透过他的眼，呈现京师与皇宫的气象。《金瓶梅》以一个僻远小县为主要故事发生地，但作者从来没有忘记作为首都的东京（蓝本实则为明代的北京）。我们看书里关乎地理的文字，走到哪里，经过哪些地方，你把它们对接起来，便会觉得东京的坐标就在北京。作者从来没有完全忽略煌煌朝廷和赫赫庙堂，没有撇开那些身居高位、祸国殃民的当政者。

生活中无处不存在联系，也无处不存在对比。有了黄四、李三的跑批文，有了胡知府的偶然往还，便见出清河与州府的联系；有了前任御史曾巡按的参劾题奏，有了宋巡按两次三番的降临，便见出清河与省城的联系。而说到与京城之关联，在清河当然并非西门庆一人。李知县是殿前太尉朱勔的亲戚，夏提刑是崔中书的亲戚，薛、刘二太监出自内府，还有很多半真半假的王皇亲、乔皇亲，还有莫名其妙的招宣府……在在证明这只是一个精心设计的典型环境，而非真实存在的北方小县城，小县城不会出现这么多的衙门和人物。

我们已看了太多的西门庆的纵横驰骋，看他操纵官府、包揽诉讼、垄断商市、欺压良善，看了太多的他在清河地界上的横行不法，这一回却要看他的谦卑与惶恐、谨慎与顺从，看他赔着笑脸处处讨好、拎着东西随时进贡，看他连住在哪儿都有些身不由己……

为什么？因为这儿是京城。

一个"土鳖"

做了官仍不改市井本色的西门庆，在京城就成了土鳖，成了一个被人操弄的牵线木偶。夏提刑让他一起下榻于崔中书家，意在监视，他也只好住下；翟管家对他讲任职过程中的风险，责备他办事不谨慎，他只有千恩万谢；何太监一出场便颐指气使，支得他团团转，他只得跟着转。而为了见卫主朱勔太尉一面，西门庆要从早晨一直等到午后，再从午后等到傍晚。朱勔接见他时总共只说了两句话，其中最关键的一句还是对何千户说的，西门庆只有"四拜一跪"和声诺的份儿。

正因为一切都在联系和对比中，才能见出地位之悬殊、权势之差异。我们看西门庆在清河，打这个，打那个；在西门大院接待过往要员，请这个，请那个；看他一阵心血来潮，就把几个新生代的小帮闲提来审问。但与朱太尉相比，便是小巫见大巫。我们从未见朱太尉捉人打人，从未见朱太尉动小心眼儿，从未见他为迎接上官欣喜、为筹办宴席忙碌、为选戏班和点曲目费心，只看到等候参见的人"黑压压在门首等的铁桶相似"，只看到国公、驸马、尚书、侍郎轮番来贺，只看到本衙六黄太尉一路的大阵仗和在朱府的恭谨。此时的西门庆在哪里？读者当能想象，在八竿子外的人闹儿里，他正在跷脚延颈，看得个不亦乐乎。这就是对比。

读了兰陵笑笑生笔下的此次东京之行，再看第五十三和第五十七回写的东京，便知仿作者之浮薄。

清河与东京

这里我想简单谈几句东京与清河的比较。前辈吴晓玲先生曾注意到，书中清河的一些坊巷与北京名称相同，所以他提出，《金瓶梅》里的清河即以嘉靖时期的北京为模型。虽不一定准确，但对研究有一定启发。所以大家看书中有关清河之文字，会说作者熟悉山东，熟悉小县城生活，熟悉市井各色人等。而读此处对京师和朝廷的描写，你不得不说作者熟悉北京，熟悉朝廷典制仪节，熟悉当朝大吏的行事格范。唯其熟悉，才能将这种闹攘攘的大场景写得纷乱而有序，也将黑压压的众官员写得层次分明。

大家可以设想，这是怎样的一个兰陵笑笑生？有人竟抓住书中一些错讹，说他文化层次不高、社会地位不高，果然如此，能写出这样的文字来吗？

第八单元

西门千户的最后一个春节

早年我曾写过一篇文章,题目为《纵欲与死亡》,是说西门庆的生命是一个纵欲的过程,而相伴随的则是死亡,一个接一个的死亡,先是别人,然后是他的亲人,接下来轮到他本人。大家看,在第六个十回,主要描写西门庆的儿子官哥儿的死,第七个十回写了李瓶儿的死和西门庆的悲伤;而这一个单元,则是写西门庆的死,看不到有多少人悲伤。

《金瓶梅》的第八个单元,大关目是西门庆暴死,为其丧命做铺垫的,则是一次接一次的淫纵。当今不是有一句"要想让他灭亡,先要他疯狂"吗?此时的老西真的像是疯了,疯魔般地追逐和占有女性,乃至年纪轻轻便丢了性命。真也佩服兰陵笑笑生的大手笔,在一部百回小说中,居然让全书主人公于第七十九回撒手人寰。就本人的阅读经历而言,先是对此不解,甚至以为作者未写完,后二十回为人补缀;接下来在较长时间内对后二十回较少关注,粗读而已,感觉也不好;再后来评点该书,细细阅读,方才读出味道,悟出作者的高明之处。

第一节

棒槌事件

阅读《金瓶梅》第七十一和第七十二回的内容，读者应注意叙事场景的转换，先是在东京，然后是路上，再就是回到清河。主要情节为：

为了侄儿何永寿在任所诸事顺利，何太监在家中设宴演戏，盛情款待西门庆，并坚持让他搬到自己家住。由西门家伙计贲四牵线，夏提刑将在清河的宅院卖给何千户，双方都很满意。老西与小何一同进宫面圣，然后起身往清河，路上冲风冒雪，颇为艰辛。而清河这边自西门庆去后，吴月娘严谨门户，金莲得不着机会与陈经济淫乱，怪罪如意儿，借棒槌一事将她打骂一顿。西门庆归来，与月娘讲述老夏背后弄的事，安排为何千户接风，忙得不亦乐乎，又被潘金莲缠上。王三官得以补请一席，还拜老西做了义父，从而给乃母林太太的偷情提供了更多方便。

在场景的转换中，同一个西门庆，有着不同表现：牛气冲天的他变得不那么自信了，行为放肆的他变得拘谨了，尤其他与何太监的一段交往，很得体也很生动。

上朝面圣

西门庆进京，一个重要事项就是上朝面圣，即进宫去朝见皇上。前一节写他晋见卫主朱勔，乃整个帝国政法系统的老大，决定着他的升迁与否，故书中所记以见朱为重，浓墨重彩；而到了上朝，仅一荣誉性程序，虽也由东华门进宫，朝贺了当今圣上，见识些皇家气象，也只是遥遥一望，虚应故事，用笔颇简。这里也可以看出作者的繁简有度：见朱勔要精心备办礼物，要等到腰酸背痛，还会有些紧张不安，且见面时间很短；上朝与众多官员则鱼贯而入，两手空空，既不花费，心亦坦然，就写得很简单。作者详略有度，其度正在于人物描写的需要。

端妃娘娘的历史密码

第七十一回浓墨濡染的是何太监，即上回中已出场亮相、公然在御街朗声呼喊的内府匠作监何公公。

一部《金瓶梅词话》，所叙的多是县城的市井生活，却也写了几位太监，可分成三类：一类是清河籍的太监，如花太监、徐太监，属于过去式；一类是派驻清河的太监，如刘太监、薛太监，职位较低；还有一类则是朝中大太监，如统领禁军的太尉童贯，如奉旨往泰山进香建醮的殿前太尉六黄。何沂名位在童贯和六黄太尉之下，但他执掌的是油水丰厚的匠作监，就是管基建的，又恩荫"弟侄一人为副千户"。

恩荫，即恩赐荫叙，通常在朝廷大庆之际颁给文武大臣，明代太监也多有得到者。又因为此辈没有直系子孙，允许他在兄弟的孩子里选一人给予官职，所以这个老何也属内官中的大太监。我们通常认为内宦为官中贱役，身体残缺，身心大多亦不健康，加以人数众多，能混出个头地来，也不容易。似这位何太监，便是"见在延宁第四宫端妃马娘娘位下近侍"。这里的文字有些特殊，特地提到"延宁第四宫端妃马娘娘"，至于他如何一步步混到今天，想也是吃了很多的苦。

宋朝有否一位端妃娘娘？我查了一下，没有结果。而就在该书产生的明朝嘉靖年间，的确有一位深受宠幸的端妃，姓曹，生育皇长女，一直深受宠幸。我们知道嘉靖皇帝长期为没有儿子而苦恼，就是女儿也不多，曹端妃生了他的第一个孩子，非常得他的喜爱，而端妃也尽心侍奉皇上，几乎有专房之宠。

就在嘉靖二十一年十月二十一日，朱厚熜在端妃宫中过夜，凌晨时分，端妃起身为皇上去御厨蒸甘露，留下他一人在榻上酣睡。嘉靖皇帝崇信道教，每天早晨要饮用甘露。什么是甘露呢？其实有点儿扯，就是树叶上的露水珠。他要求宫女早早起来去后花园采集，再加入人参等熬制给他喝，稍有失误，便要挨打受辱。长此以往，宫女每天折腾一番，备受辛苦，心中对他极为痛恨，蓄极积久，决心要杀死这个暴君。

端妃去蒸制甘露了，一帮宫女一拥而上，用绳子勒皇帝的脖子。由于朱厚熜惊醒后拼命踢蹬，加上绳子打了死结，总也勒不死。一个宫女见事不成，跑去报告皇后，方皇后急带人来救驾。这就是著名的"宫婢之变"，主使人据说是失宠的宁嫔王氏。

嘉靖皇帝尚在昏迷中，方皇后主持审讯，王宁嫔死活咬着曹端妃不放，而方皇后本来就嫉恨端妃，遂将她们一律凌迟处死，家族也受到株连。这个弑君大案共牵连诛杀曹王二嫔妃及宫女十余人，里面有不少冤枉，传说在后宫很长时间弥漫着一种浓重的霾，被指黑眚，指为冤气不散。朱厚熜清醒后也知道端妃受了很大的冤屈，怀念悔恨不已，对皇后产生嫉恨。后来坤宁宫中起火，他不令人去救，方皇后被活活烧死。讲述这个事件，是想说在嘉靖年间的确有这样一位先受宠后受祸的妃子。

五百年前的一笔房产交易

就是这位端妃名下的何公公，主动与西门庆见面且示好，邀请他来家里做客，并且请他给自己的侄子推荐一套房子。这一段写得也很细致。老何在见面时不断示好，充满热情，充满爽快与豪气，也底蕴着一种不可违拗的威严，散溢着内廷近侍所特有的尊贵。他住的御街上明窗亮槅的直房，看了大清军机处的值房，那两排低矮简陋的小房子，你就知道何太监有多牛。老西当记得花太监的富有，记得李瓶儿从墙上倒腾过来的财宝和婚后带来的东西，给西门庆带来了一次暴富，而花太监仅仅做过惜薪司掌厂和半年的广南镇守，比起老何的匠作监，那可是差得远了！

在人们通常的印象中，太监不能生育，自然与子嗣无关。该书却告诉我们，不一定，有些太监也有很强的子嗣意识，大太监尤其如此。自家无以生养，便从兄弟中过继来，那份疼惜关爱都让人感动。何公公对西门庆表示的亲近友善，当然只能是为了侄子何永寿，为了让他到任上顺遂。我们有理由相信：这位看似大大咧咧的公公，早已把老西的心性做派，包括在京的靠山和关系网，都查了个底儿掉。

何太监的侄子到清河任职，自然需要房子，西门庆见老何拜托此事，问他大概的要求，说是一千两银子以上（可参考常时节买的房子，也就二十两），足证豪奢。恰好老夏要到京师做官了，正打算卖房，也拜托了西门庆，说是原价一千三百两，又自己盖了一排平房，修了一个花园，请他帮着转让，老西便推荐了夏提刑的大宅子，并请何公公看着给。老何也不还价，但说了句："讨他那原文书（原来的合同）我瞧瞧。"哈，不讨价还价是身份和格局，要原来的合同则说明他的精明。果然，老夏多说了一百两。作者特别留下了这个细节。

春梅借棒槌

自从西门庆离开后，西门大院便显得有些清寂。

看上去安宁清寂的大院，实则到处涌腾着欲望，流淌着俗念。老西在家时，大院里有一个核心；老西这一段日子不在，这儿便有了好几个核心。吴月娘要主持家政，潘金莲想随心所欲，如意儿也有了顶窝做主的想法，吴月娘锁得了大门和仪门，可锁得了欲念吗？就这么几天，发生了不少事情，这里只讲一个棒槌事件。

先说远因。本是一件家长里短的小事，作者偏从远处入笔，扯出老西上次去东京时潘金莲与陈经济的勾搭，如意儿把这件事告诉了吴月娘，使潘金莲一直记恨在心。

再说过程。有了金莲积聚已久的私恨，小小一根棒槌，便生出一场三幕剧：先是秋菊出场，受春梅差派来李瓶儿房中借棒槌，如意儿正在洗衣服，不让借给；再是春梅被金莲鼓动，过来指责嚷嚷，如意儿连忙做了解释；最后是老潘亲自出马，见如意儿还不服气，便恼羞成怒地动起武来。这时候如意儿已经在西门庆那里得宠，也有一种压抑不住的主人翁意识，李瓶儿房子里的事情她做主。潘金莲毕竟是做过亏心事，毕竟天下事大不过一个理去，老潘在与如意儿对口时丝毫没占上风，恼怒之下便大打出手。

金莲嘴上功夫高强，通常是用不着动手的，除了打自家的丫鬟秋菊，这是她在本书中的第二次出手（第一次是毒害亲夫，从哄骗喝药到硬灌，到蒙上被子，骑在武大身上，独自完成了谋杀的全过程）。而这一次更是干脆利落，先揪头发，再抠小肚子，目标明确，直捣黄龙。因为她知道如意儿与西门庆有奸，若是如意儿肚子里真有什么"大型杀伤性武器"，便是一次成功的"外科手术式打击"。

再怎么说，这也是一场小打小闹，作者描写细腻，不光这三层波纹，接下来的内容也很精彩：

其一，孟玉楼的出现。因为打架总有人要来劝解，此处的劝架也是一篇妙文。时间拿捏得正好，即打过之后，进入骂的尾声阶段，"只见孟玉楼后边慢慢的走将来"，把金莲拉进她房里，问她，引出潘金莲的大段讲述加指责，连吴月娘、西门庆捎上一起批判，而"那孟玉楼听了，只是笑"。崇祯本改为玉楼问"你怎知道的这等详细"，远不如"只是笑"三个字。

其二，恶人先告状。西门庆回来，潘金莲对他讲述此事，不是单说这件事，而是来一个系统回顾，先说宋惠莲、李瓶儿，再说老西吃着碗里的看着锅里的，最后才说到如意儿，整得西门庆只敢为自己辩解，不敢为如意儿说话。

知心话儿对谁讲？

匆匆一趟东京，西门庆又回到"生我养我的地方"。返回的路上经历了一番奔波，在东京又被泼了一瓢冷水，他的官差一点儿就没了。因为他自己不知道保密。夏提刑在上面运作，而下面又被何太监运作，两头一挤，就连副千户都有可能整没了，真是好悬！

老西回来了。他憋在肚子里的话终于有了一个倾诉对象，那就是正妻吴月娘。大家注意：原来还有一个李瓶儿，现在只剩下月娘了。西门庆向她说这次升官的周折和风险，说起夏提刑的背后运作，但对于究竟谁泄的密，仍是一头雾水。通常看来，老西是个存不住话的性格，但翟管家的信他并未对人讲，这些话也是只说与月娘一人，对应伯爵、潘金莲、孟玉楼都不会说。这里面也可以看出来他对正妻的信任和尊重。不要看他胡折腾，不要看他对吴月娘较为冷淡，但是他心里有数，知道谁是最向着他的人，谁是最向着这个家的人。

老西回来了。王三官要补上那推迟已久的感谢酒宴，他那还不算老的老娘林太太，要与老西重续前缘。兰陵笑笑生擅于用对比笔法。这次，西门庆从正门走进招宣府，使我们总不免忆起上一次他那趁着夜色化装闪进后门的身影；再看林太太让儿子拜义父的场景，总不免想起她与老西的私下勾当。该书中的宴席常常连着淫乱，可这一次却显得一本正经，毕竟是招宣府啊，老西有着一份谦恭与庄重，与林太太的"好事"又被间隔。大顿挫后紧接一小顿挫，当也是一种能量的积聚吧。

第二节
谁是潘金莲的克星？

前两回写西门庆由东京回来，大院重新热闹起来，潘金莲也显得格外活跃。《金瓶梅》的第七十三和第七十四回，接着写潘金莲，写她用各种烂招吸引和缠住西门庆。

故事梗概为：

又到了孟玉楼的生日，一家子在上房饮酒听曲儿，玉楼与老西递酒，而西门庆想到去年此日还有李瓶儿，心中感伤，点了一阕怀念之曲，命小优儿演唱。金莲心中不忿，不停地与之拌嘴，却也把西门庆引到自己屋里，让他先与春梅睡了一觉。半夜后归房中来，金莲拿出新做的白绫带，又有新鲜花样，引惹得老西淫纵无度。宋御史和安郎中在西门大院接待蔡九知府，东道主馈赠甚厚，宋御史和来宾都很愉悦。两个尼姑也带了徒弟进入内宅，薛姑子私下里也给了潘金莲一包生子符药，还说了一些王姑子的坏话。之前她通过王姑子卖一包药给吴月娘，这个时候月娘已经怀孕，可证其生子符药甚灵。次日，家中众女眷一起听宣卷，而金莲又跑到外面等着，等西门庆送走了客人，把他引到自己屋里，月娘甚是气恼。

请注意，西门庆的死期正在临近，而作者仍在叙写他的纵欲行为，一夜之间，先与春梅，再与潘金莲淫乱无休，文字间看似不动声色，实则墨色渐冷，开始不断地暗示。比如这两回以大量篇幅写佛教故事，佛法与女色的故事：薛姑子在第七十三回讲《五戒禅师私红莲记》，在第七十四回讲《黄氏女宝卷》，都不乏深意和暗示。但此时西门庆本人与妻妾仍浑然不觉，大院中的生活一切如常。金莲加强了对西门庆的盯人战术，各种私下的钩心斗角开始明朗化，因为她盯得太死了，别人得不着，矛盾就激化了——

孟玉楼的生日

《金瓶梅》很喜欢借着生日来塑写人物，写得比较多的是孟玉楼的生日。孟玉楼是在潘金莲、李瓶儿和春梅之外又一个非常复杂的女性形象，看似处事谦让，实则心气很高，借她的生日似乎总要发生一点故事。

在玉楼生日时，在其他人生日时，潘金莲大都不甘寂寞，努力扮演一个活跃的角色，又会常常成为一个失意人物。太活跃的人往往容易失意，也难免被人打压。第二十一回记玉楼生日，酒宴后众女眷送西门庆与玉楼归房，通常西门庆当晚要到寿星的房里去过夜，只有金莲话语中酸妒灼人，连老西都觉得恼火。

这一回更是过分，潘金莲席上席下与西门庆斗嘴，愣是把一个本来祥和的生日家宴搅得闹闹嚷嚷，惹得老西起身追打，自家逃避躲藏，就这么一跑一追，也就把男人引到自己房中。

在自己生日，在其他人生日时，孟玉楼大都退居次席，把表演的舞台让与别人，尤其是让给潘金莲。正因为她是个"乖人"，更能权衡利弊，也更注重捍卫自身利益。若说她平日里与金莲显着几分近乎，在骨子里则有很深的不屑甚至痛恨，关键时也绝不相让。

第二十一回时见金莲犯酸，玉楼当场反讽，说的话一点儿也不客气，这次她也说了一句，说这个六姐儿（潘金莲虽然排行第五，但是大家叫她六姐儿）"单爱行鬼路儿"，就是别人说话她在一边偷听，别人不知道时有个人就在旁边了。这句话的锋芒非常直接，非常不客气，且令潘金莲无可反驳。

潘金莲的"斗志"

潘金莲是信奉斗争哲学的。她的聪颖与伶俐，她的刻毒与阴损，她的爱行鬼路儿，在上房安插的耳目（玉箫）经常向她告密，似乎都是她斗争的本钱。这一回西门庆点唱《忆吹箫》，作为对李瓶儿的一种忆念，别人不说，金莲则心中愤愤，说个不停。她是识得些字、记得些曲儿的，也为她的争强好胜带来了方便。

挑事与挑衅带来的多数是反击。强烈的斗争意识使潘金莲永远有敌人，孙雪娥、宋惠莲、李桂姐、王六儿、如意儿……都是她的敌人。种下荆棘，收获的自然是血痕。她永远在斗争,时常要害人,也命里注定有一些克星,要遭到报复。桂姐曾是她的克星,月娘现在是她的克星,连雪娥也将会成为她的克星,实际上是她死亡的直接导演者,虽不是根本原因,但是很重要的原因。

金莲的生活充满着算计和得逞后的小小喜悦,但是更多的、常态的则是失意。

玉楼是生日宴会的主角,却显得一派淡定,既不做金莲的敌手,也不像她的克星。玉楼会是金莲的同盟吗?从很多现象看仿佛如此,其实大不然。玉楼注定也是金莲包括陈经济的克星。

至于那已经流放离开的武松,当然会回来的,再来时便不仅仅是潘金莲的克星,准确地说,是一个煞星。

偏偏就在孟玉楼生日的前后几个夜晚,对自己的厄运还浑然不觉的潘金莲缠定了老西。她用一条白绫带为诱惑,加以处处紧盯,一时间竟将西门庆拿住,使其无力他顾。玉楼尚能隐忍,那壁厢却恼翻了吴月娘。

这位主家娘子原是有几分霸气、几分刻薄的,说潘金莲"这两日又浪风发起来",真是绘形绘影,把潘金莲的轻狂轻贱活活画出。孟玉楼则说"随他缠去","把这件事放在头里",她说的不争和由他,又哪一句不内蕴着浓浓的恨意,直指向金莲?

李瓶儿的皮袄

斗争中的潘金莲,必然生活在心理阴影之中。这个时候的她缠的是西门庆,但想的还是李瓶儿,惦记的是她的东西。在一次和西门庆欢会的时候,她说想要李瓶儿的皮袄。瓶儿已经死了有一段时间了，由于西门庆要表达对她的爱敬，保留了她的房屋，也叮嘱瓶儿的屋里人与东西不能分散，两个丫鬟要保留，奶子也要保留，房子里还挂着给她画的影像。西门庆经常会到那里拜一拜，叨叨地说会儿话，看出他还有讲感情的一面。第七十四回一开始，写潘金莲在枕头上向西门庆要李瓶儿的皮袄，二人有一番对话：

> 妇人道："我有桩事儿央你，依不依？"西门庆道："怪小淫妇儿，你有甚事说不是。"妇人道："把李大姐那皮袄拿出来与我穿了吧。明日吃了酒回来，他们都穿着皮袄，只奴没件儿穿。"西门庆道："有年时王招宣府中当的皮袄，你穿就是了。"夫人道："当的我不穿他。你与了李娇儿去，把李娇儿那皮袄，却与雪娥穿。我穿李大姐这皮袄。你今日拿出来与了我，我寨上两个大红遍地金鹤袖，衬着白绫袄儿穿，也是我与你做老婆一场，也没曾与了别人。"西门庆道："贼小淫妇儿，他那件皮袄，值六十两银子哩！油般大黑锋毛儿，你穿在身上，是会摇摆。"

这段文字，写出了潘六儿的争强好胜，也写出了其洗涤难尽的贪婪，写出了她为达到目的的那种无所不为，害死了官哥儿和李瓶儿，还要惦记着瓶儿的皮袄。西门庆很不愿意给她，心理有些复杂，不愿意让她享用李瓶儿的东西，也怕吴月娘知道了不高兴，其实孟玉楼她们知道了也都会不高兴，所以不想给她。但是架不住她硬要，要得西门庆没有办法，也就给她了。在拿皮袄的时候，吴月娘劈头盖脸地把西门庆数落了一顿，虽说是挡不住，这个账却记下了。

欲望三元素：钱·权·色

绘画中有"三原色"——红、黄、青，而欲望或者说世俗社会的三元素，应该是钱、权、色。《金瓶梅》中与西门庆有染的女人可谓多矣，完事后不讨要东西者则少之又少。话说回来，不在此际索求，又哪有机会呢？妓女如李桂姐、爱月儿，仆妇如宋惠莲、如意儿，姘头如王六儿，妾班如孙雪娥，无不如此。讨要时各逞其能，各有千秋，而像金莲这种霸王硬上弓、不给不休者，倒也不多。

细读全书，在老西这里讨要和索取的又不光女人，男子也多有之。那应伯爵之类如蝇逐臭的大小帮闲，那做生意善于空手套白狼的李三、黄四，那顶着千户之名的穷乎乎的吴大舅，那冒称小舅子的吴典恩，还有各种各样的亲戚，都千方百计从他这里讨要和捞取利益。至于东京的干爹蔡太师和卫主朱太尉，则用不着张口，是老西千方百计讨其欢心，他们能收取便是给面子了。此一回标目"宋御史索求八仙鼎"，宋大巡其实没有索求，只是夸奖几句，西门庆就心领神会，包好给人送过去。真正有权势的人是用不着乞求的。

从这里可看到色与权的统一，色与权在对待钱上的一致。妓女者流的讨要，那些心态上与妓女相去不远的仆妇、外宠甚至小妾的讨要，原是一种交换、一种交易、一种对色相和服务的价值认定；而权贵们的索取，包括那些依附寄生之辈如翟管家的索取，也是交换和交易，是对政治庇护和权力寻租的认定。而服务是有价值的，大宋和大明的官员早已明白了这一点。

正是因为有了钱，也就有了色与权的烘托，西门庆由成功走向成功。

该书一开始不就说老西是个"浮浪子弟"、破落户子弟么?几年之间,我们看他从欢场混到商场,再从商场混到官场,已然提刑所正千户矣。即使如此,他也绝不减却对女人的追逐,绝不放松对商务的关注。

一位前辈学者论西门庆是一个新兴商人,然不管是新兴还是传统,西门庆在骨子里是个商人。该执着时执着,该钻营时钻营,该花钱时花钱,该送礼时就发狠猛送。他秉持的是交换原则,以经商的路数玩女人,也以经商的路数玩政治。应该说玩得都还不错,直到把自己玩儿完。

第三节

温秀才的糗事

《金瓶梅》的第七十五和第七十六回，看似写西门庆的淫纵无度，为所欲为，实则读到这里，再返回去细读全书，才知道他还是不能不守些规矩。比如家中还有一妻四妾，便有一个轮流陪宿的规则，偶尔打破难免，可多了就不行。前两回写了潘金莲缠住西门庆不放，这两回便写吴月娘的积愤爆发，与之发生了激烈冲突。

故事梗概为：

金莲不听宣卷，在角门截住刚回来的西门庆，老西却告知要去李瓶儿屋里与如意儿睡，也很无奈。而春梅令人叫申二姐唱曲，因其迟迟不来和言辞刻薄，气哼哼跑去把她骂了一顿，月娘回来后说了几句，金莲不以为然，两人各存怨气在心。壬子日这晚，因为金莲得了薛姑子的生子药，所以算着日子要拉西门庆到她里睡。但月娘拦着不让，令潘金莲恼恨了一夜，借机与月娘大吵大闹，岂知月娘也是嘴巴很厉害的主家娘子，没占到一点儿便宜。双方吵翻后，玉楼两头解劝，领着潘金莲向月娘磕头赔罪，家中又归于平静。西门庆受宋御史之托，摆酒为侯巡抚送行，也趁机向宋御史请托了几件亲友的事儿。大家知道他与宋巡按的关系，而宋又有地方官员的推荐之权，都来拜托。而家中小厮哭嚷，导致温秀才事发，老西才知道泄密者原来是他，立刻将其赶出家门。

这两回的主场仍是西门大院，主要写妻妾之间的矛盾和争吵，也写西门庆夹在中间的左右为难，用笔很细微，刻画很生动，为《金瓶梅》中精彩篇章之一。

积聚与宣泄

生活中的不满和仇恨慢慢积聚，积累多了，大都会有一个宣泄或爆发。这两回重点在于以下数人：

潘金莲　前面写潘金莲"浪风发起来"，这是吴月娘的话，当然也不是什么好话，也是久久积聚之后的宣泄。很长一个时期以来，潘金莲的生命主调是灰暗晦涩的：自家没钱，也不管钱；没有儿子，对手却有钱也有儿子；自恃有一点色相和聪明，偏这世界漂亮和聪明女子历来不缺，老西又最爱滥交……而现在终于机会来了，西门庆似乎被她吸引住了，她能不紧紧抓住，寸步不让？情急最急，又管他谁的生日呢！

春梅　此节写她痛骂申二姐，当也是一种宣泄。春梅有着与生俱来的才貌和个性，吴神仙那一通"早年必戴珠冠"的命词，大家都说这怎么可能呢？但是她自己则坚信不疑。而潘金莲对她的另眼相看，西门庆的不时临幸，也都为她积聚着自信和霸气，也积聚着热望和焦灼。所以当一个盲歌女不接受她的呼唤来唱歌，顿时勃然大怒。这也是一个厉害角色，叱骂申二姐时的话句句诛心，兼着把王六儿一起骂，敢作敢为，心高气傲。一点儿不如意就爆发，就翻脸无情，便是春梅的性格特征。然此时地位不济，力道有限，再爆发也是一个急了眼的丫鬟，很快遭到打击。

吴月娘心中之怒也在快速积聚。潘金莲种种不轨搅乱了家中的秩序，导致了失衡，也触犯了她的权威。作为西门大院的女主人，月娘原也无须积聚太久，先对潘金莲和春梅是约束和抑制，见其不听，便由宣泄走向爆发。我们习惯于看潘金莲骂人，而月娘一旦爆发，难听的话也是滚滚而出——把拦汉子，凡事逞能，私下里讨要皮袄，与丫鬟猫鼠同眠（女主人和丫鬟同做淫乱之事）。月娘的一把手意识极强，自具一种主家婆禀赋和声威，打得潘金莲只有招架之功。对月娘来说，这一场爆发气势磅礴，顺理成章，也有着在大院中拨乱反正、重建秩序的积极意义。

但是月娘谴责金莲"把拦汉子"，几分是实，也有几分冤枉。她应该了解自家的汉子，又谁能把拦得住呢？金莲也有其冤屈：不顾一切拦截到老西，却去了如意儿那里，让自己顶了瞎缸；巴巴地盼到壬子日，兴兴头头邀约西门庆，又被月娘挡住，能不恼怒？

潘金莲吵不过月娘，便又哭又叫，躺在地上撒泼。然不管是宣泄还是爆发，一旦到了躺在地上打滚的状态，只能显示失败，只能将自己置于可悲可怜的境地。泼妇行径是最典型的市井文化，有点儿丑恶，有点儿卑贱，有很强烈的娱乐色彩，于潘金莲更有控制不住的讹诈和自虐心态。读过些书和自命知曲的金莲,身上从没有过一点点优雅。

孟玉楼 在隐忍的同时也在积聚哀怨,因为缺少宣泄渠道,为此添加些这病那病。孟三儿向以不争的面貌示人,可古往今来有几个世俗中人能做得到不争?当西门庆在吴月娘安排下到她房里去的时候,她对老西所说"俺每不是你老婆","今日日头打西出来","心爱的扯落着你哩",句句都是责怨,都是宣泄。性格使然,玉楼是从不爆发的,这是一个乖人所能把控的情绪底线,即使在后来,面对陈经济的无耻纠缠,她有恼恨和报复,却也没有当场爆发。

告密与学舌

催生怨恨,催生宣泄和爆发的,常常是学舌、告密与传言。所有大院之中,包括深幽的皇宫内廷,哪一刻没有飞短流长,哪一个不会告密学舌?且学舌又有原版和加料、减料之别:玉箫学说月娘话语,指责金莲在孟玉楼生日"把拦汉子",顺便也学了玉楼的话,大致都是原话,没有添油加醋;春鸿转述申二姐的话,便将"又有个大姑娘出来了",说成"那里又钻出个大姑娘来了",明显加强了恶意;而吴大妗子也会学舌,且有着两个版本,在众人前说此事较简单,略后私下里对月娘则详加讲说,还附带有自己的评论。

"娘是个天,俺每是个地"

这一场家里的风波,是以潘金莲向吴月娘认错和磕头赔罪结束的。她说了句"娘是个天,俺每是个地",看似服软,实则埋着暗刺。娘,指的是吴月娘，她是主家娘子，所以妾室都尊称她为娘；俺每，即我们，指的是四个妾。不说俺而说俺每，意在拉上别人，搞个统一战线啥的，也是枉费心机。

兰陵笑笑生以大量篇幅写月娘与金莲吵翻后的余波。历来有爆发，就会有平息。大院之中，妻妾之间，永远会有飞短流长、争斗嚷闹，永远会有东风西风、此消彼长，会有嫌隙与嫉恨、阴谋和倾害；然同住一院，共侍一夫，也会有尊卑与秩序，会有礼敬与谦让、和谐与喜乐。

若说矛盾爆发是生活中的特例，事态缓和直至平息，则是这种特例的通常的路径。但爆发是内心仇视的真正喷发，而平息常常是生活需要的表面显现。书中写吴月娘和潘金莲"姊妹们笑开"的场面，皆有几分勉强，有几分表演，实际上谁也没有解开心结。

一场正面交锋化为无形。正由于需要化解，才彰显了双方的存在价值。先前孙雪娥与潘金莲冲突，被老西踢了几脚便了事，又何曾要人化解？春梅当众叱骂申二姐，事后西门庆偷着给了一两银子算是安慰，又何须去化解？但话又说回来，虽然是两边劝解，仍会有差异，分主次。吴月娘作为主家娘子，争吵后众人围侍，比着献爱心，西门庆为之请医问药，唯恐有一点儿差池；而潘金莲就不同了，冷清清躺在自家房中，并无一个人搭理，好不容易来了个孟玉楼，还是拉她去道歉赔罪的，而她又怎敢不去。

西门庆的身心俱疲

为平息这场后院纷争，西门庆大费心力，两面安抚，若加上孟玉楼，应是三方安抚，赔笑脸，说好听的。年轻的他心态有些老了！搁在过去，他可能会不闻不问，可能会偏袒一方，而今则是尽量化解，好言抚慰。我们看老西首先想到的是吴月娘怀的胎儿，看他接连几天不去金莲处，不是他不想去，而是吴月娘不让他去，看他依着月娘指派到李娇儿房中，几乎都有点儿惧内了；再看他到得前院，听金莲一番哭诉，接下来又是春梅一番强词夺理，也只是赔酒赔话赔情和劝慰。这还是西门庆么？是那个"惯打妇熬妻"的老西么？

进入官场，经过几年宦程磨砺的西门庆，在日见圆通圆融的过程中，性格也有些弱化，更多地讲求和谐与稳定。他知道，这一事件中潘金莲确有冤枉，至少如意儿那一晚不应记在她的账上。在孟玉楼的房里，因为玉楼经常提到身体不好和管钱太累，他提出让金莲"管理使用银钱"，也算是一种回报。因为潘金莲从小贫穷，心心念念地想管钱，竟然借着这场争吵得了管钱的机会。一场风波以玉楼交出账本、潘金莲喜获美差了结，而月娘居然没有阻拦，也是出奇料理。

当大院重归于平静，西门庆也放下心来，以更多精力接待和应酬。宋御史又来了，其与老西的关系已热络得如同兄弟。侯巡抚的送行宴匆匆一过，西门庆趁机为荆都监和吴大舅的升职说了话，老宋满口答应。明清的官场大都如此，作者尽写做官、升官之难，写谋一台阶之艰难凶险，此处又细写升官之易，写笑谈间而大功已基本告成。这便是宴会的后续性效益。越是贪腐政权，越是注重社会中的人脉力量，注重编织关系网，历来如此。

温屁股儿事件

温秀才的"屁股儿事件"，是本节快完了时的神来之笔。

书中写月娘等人送客至大门口，看见画童儿哭，嘴里还嘟嘟囔囔地骂，询问之下，才知道温秀才多次鸡奸小童，被称作"温屁股儿"。家人童仆之间互相指称的绰号往往奇准，而"温屁股儿"虐待小厮事小，吃里扒外事大，被画童儿一一揭露出来。至此，西门庆终于解开泄密案的谜团，才知晓原来夏提刑还在自家院子中安了一个卧底，将翟管家密信中的消息私下告知！温秀才的故事结束了，得罪了待之不薄的东家，丢掉了上好的工作，以后便不知所终。按说《儒林外史》中应该有温屁股儿一席之地，可能是读书人中有故事的太多了，好玩的也太多了，吴敬梓还有些看不上他呢。

第四节

最后的

淫纵日记

前两回穿插了一个温屁股儿的故事，但主要写的还是西门大院的妻妾之争，以及西门庆的劝慰安抚。到了《金瓶梅》的第七十七和第七十八回，他的猎艳之旅再次出发，而且更加疯狂，更为变本加厉。

故事梗概为：

年关临近，西门大院中客人不断，宴请不断，安郎中等人来了又来，在这里宴请新升大理寺丞的赵知府。老西仍能忙里偷闲，先到郑家妓院，听爱月儿帮他谋划如何拿下王三官娘子；而不经意间又看上家中仆妇贲四娘子，由玳安传信，勾搭成奸。重和（北宋即将亡国时的年号）元年春节，西门庆比往日更为忙碌，私会了林太太，又让月娘延请各路女眷，其中也有王三官娘子。届时三官娘子未来，老西又看上了何千户娘子蓝氏，欲火升腾，不能得逞，顺手就把路过的来爵媳妇奸讫一度。

这是西门庆最后的疯狂，呈现的是病态的淫欲，就像飞蛾扑火，而他自己完全没有意识到，他的家人也没有半点儿思想准备。

谁最了解西门庆

"一个汉子的心，如同没笼头的马一般"，这是前一回吴月娘对众女眷说的话。她说的是夫君西门庆，也可泛指大多数的花心男子，指那些有钱有势的淫棍。她的话有几分人生感悟，更多的则是一种深深的无奈。试想，有谁能比月娘更希望给老西戴上笼头呢？

西门庆之妻妾以及与之有过"亲密接触"的女人，可谓多矣！这些女子各有能为，各显神通，无不想结其欢心，得其宠幸，那么谁最了解老西？

先说吴月娘。月娘是了解自家夫君的，她牢牢掌管着财物，也努力在大院里维持着基本的秩序，对老西的风流韵事则眼睁眼闭，不多干涉；孟玉楼满怀爱意，为了爱冲破家族阻拦嫁给西门庆，却也很快了解了这位夫君，选择了低调的生存方式，退一步海阔天空，退一步等待机会；死了的李瓶儿对老西的感情，应该用深爱来形容，从未见她索取，从未见她争执嚷闹，从未见她吃醋拈酸，她用全部的心思守护着官哥儿，也是想为西门家族留下一条根，算是一个理解西门庆的人，但是她死掉了；至于潘金莲，从一开始就了解老西的淫纵，从一开始就追求专宠，从一开始就使尽万般牢笼计，到最后也没给这匹马拴上一根缰绳……

作为文学典型的西门庆是杂色的。可怜这一班妻妾也如盲人摸象，各见其一端，没有一个（包括李瓶儿）对老西有全面了解。

这匹可怜的老马

接着吴月娘的话，如果以马来比喻西门庆，他已经算是一匹"可怜的老马"。家中风波已然平息，西门庆便开始忙碌，开始折腾，忙着接来送往。老西尝到了"接待出效益"的甜头儿，真真是频来不厌了。

而他更不厌、终生不厌的是以健康和生命为代价的折腾，是眠花宿柳，既喜欢桂姐、爱月儿等小妓儿，也痴迷林太太、王六儿这样的老炮儿。老西又到了郑家妓院。经过林太太一番奇遇，爱月儿在老西心中便与其他妓女不同。可是他在房中一抬头，竟然发现王三官题诗的《爱月美人图》。词句之间，见出两人关系之亲昵。由此可供读者产生联想：爱月儿应对王三官产生过一段刻骨铭心的爱，见王三官移情别恋，尤其是缠上竞争对手李桂姐，便转化成刻骨铭心的恨，出奇招报复。她为何在老西来时不摘下此轴呢？大约是以为老西不知王三官之号；又为何还悬挂此轴呢？或因她在心底仍怀有一线希望吧。哦——小小年纪的清河名妓爱月儿，生活已给了她太多的折挫和恶毒！

西门庆老江湖了，岂能看不出爱月儿的遮掩和慌乱？岂能想不到二人间会有纠葛和恩怨？可又怎么样呢？难道还会像在李家妓院一通打砸？第二十回写他发现自己包占的李桂姐接其他的客人，大怒之下一顿打砸，那个时候西门庆还很不成熟，还想着要妓女冰清玉洁。

现在不同了，一愣神后，老西随即释然。连自家小妾有外遇都能原谅，他也就不再要求妓女守节，而是与爱月儿讲说林太太淫事，商定勾引王三官娘子之计。所以这一次"踏雪访爱月",已不单单是一次嫖娼行为,而带有更多的密谋色彩。

老西毕竟是老西,会受爱月儿和她的妙计吸引,却不会受其羁绊。趁着妻妾们外出吊孝,他又与贲四娘子风流一度。这位贲四嫂也有"四方纳贤"之好,一经主子垂顾,立马欣欣然倚门等待,尽力孝敬。真不知该如何评说,不知道是西门庆拿下了贲四娘子?还是她拿下了主子?

这匹可怜的老马,还在撒着欢儿狂奔。

西门庆的最后一个春节

《金瓶梅》中的西门庆故事前后七年,大概一共经历了七个春节。对于西门庆,这是他在人间度过的最后一个春节,也是他生来最风光、最繁忙的一个春节。

送礼与收礼自然是少不了的。西门庆送礼很周到:察院中宋御史要送,又特特让春鸿去送;应伯爵、谢希大等几个会中兄弟要送,与主管各店铺的伙计同一待遇,以示帮闲和帮忙同等重要也;行院的妓女要送,也有杭绢也有银;和尚道士和姑子们也要打发……所以西门庆即使在当官之后,送礼仍然是多过收礼。

亲情的压力也不小。本回的两段精彩文字,是写吴大舅和潘姥姥不带礼物到来,我们知道春节走访一般不能空着手,但是他们皆缘于一个"穷"字,却是各有各的穷法。

吴大舅 为吴月娘的大哥,世袭千户,却是有名无实的"一个穷卫官儿"。书中写老西为吴大舅谋划升职,还谋求见任管事,该求人求人,该花钱花钱,全程负责到底；而吴大舅得官之后，束着金带、空着两手来拜，仍是一路诉穷。西门庆问他一年下来能有多少钱？他吞吞吐吐，追问之下才说出"见一年也有百十两银子寻"，其实还在装穷。这样的一个貌似忠厚，实则自私无能的老舅，在老西死后又怎能托付遗属、护佑其家？

潘姥姥 《红楼梦》中有刘姥姥，其实，《金瓶梅》的潘姥姥也写得很好。

写潘姥姥是为了写潘金莲，写其母穷窘正可发露其女之不孝。我们看潘姥姥一入门便为"六分银子轿子钱"烦乱，金莲不光不给，反而数落母亲"有钱就坐轿子，没钱就走"。这就是潘金莲的性子，月娘让她在账上支出亦不同意，最后还是玉楼拿钱打发，付了六分银子。而金莲对亲生母亲那一通数落，连月娘和玉楼都骂在里面，天下竟有这样的女儿！如果不写潘姥姥，潘金莲的形象好像还不是很完整，因为有了她母亲，一些人执意要给她翻案，还是很难。然春梅有解释，从潘金莲争强好胜的性格解说其作为，虽未全通，要之亦一家之言，亦自有道理。

这就是作者的高明之处，看似讲求极致化的描写，实则笔墨圆浑，从来都有分寸。

不祥的征兆隐现 在这个春节，危机的状态已经有征兆了，已经出现了不少不祥的苗头。回中大写荣华繁盛，大写酒宴笙歌，也不时插叙老西之倦态，写他不断诉说自己腰腿疼，写他晚间让孙雪娥"打腿捏身上"，写他在席上喝着酒就"鼾鼾的打起睡来"。而睡梦间的他仍然记挂着女眷那边的情况，一听何千户娘子要离去，老西又霍然来了精神，三两步走入夹道偷觑，情急之下竟把新来的惠元奸讫一度。

西门庆真是一条汉子，唯这汉子的身子骨已病入膏肓，而汉子的心仍如脱缰之野马，在黄泉路上发飙狂奔。

第五节

死神扑扇着黑翅膀
来至绣榻上

《金瓶梅》的第七十九和第八十回，写的是西门庆之死。前两回的西门庆还在淫欲之途上恣肆狂奔，进入第七十九回就死翘翘了，而且死之前受尽折磨，场面凄惨可怜，令人不忍卒读。

故事梗概为：

西门庆在节日间连日淫纵，身体已严重亏虚，总算在正房歇了一夜。次日吃了点儿药，又被王六儿勾去彻夜宣淫，还答应将她收为外室。回来的路上，西门庆身体已是不支，却被一直等待的潘金莲拉到房里，见其酩酊大醉，金莲急火攻心，竟把他贴身盒子里所剩三粒胡僧药都给喂到嘴里，于是一下子病症爆发。老西已是强弩之末，那潘氏却不管不顾，仍旧跳到他身上折腾，直至精血枯竭。我们知道西门庆热衷于性施虐，此刻则成了受虐者，场面惨不忍睹。

吴月娘将他抬回正房，求医问卜，终是挽不回病势。临死的老西是清醒的，对家事，尤其是家产——交代；又是糊涂的，嘱咐吴月娘原谅潘金莲，要她带着几房姬妾守家度日。他怎知自己刚刚闭眼，李娇儿就趁着混乱偷了五锭元宝，而潘金莲则毫无悲伤，又开始与小女婿打情骂俏，得空便黏在一起。就在这种时候，吴月娘生了一个儿子，起名孝哥儿。西门庆死后，吊客了了，昔日那些官场朋友大多不见了踪影。拿老西书信到宋御史处讨批文的黄四等商人，也起了贪昧之心。应伯爵虽领着一众帮闲前来祭奠，却是已生二心，第一个便是将李娇儿推荐给张二官——新上任的提刑所副千户。

第七十九回是西门庆在书中的最后一次出场，标题为"西门庆贪欲得病"，很不准确，实则是"贪欲亡命"。至于说他得病，那可不是一天两天了。一部百回长篇，竟敢在不到第八十回处就让主人公死去，留下二十多回的篇幅写其余绪，也算是艺高人胆大了。

西门庆死于淫纵，准确说来是死于淫纵后的并发症。任医官所说"脱阳之症"，胡鬼嘴说的"下部蕴毒"，何千户所谓"便毒"，都有几分道理，要之以吴神仙所称"酒色过度"最为直白，也最贴切。酒色能死人么？风花雪月竟然与死亡相牵连么？历史上和生活中有无数这样的例子，西门庆的死就是一个"旁州例"。

是谁害死了西门庆

老西得的是一种典型性病症，又是一种典型的非正常死亡。他的关系网正越结越大,他的官位正越做越高,他的生意正越来越红火,而他的生命却戛然而止。是谁害死了西门庆?

是潘金莲?是王六儿?是接连两战的林太太?是夹道里速战速决的惠元?她们个个都是催命鬼使。在这个行列中还有如意儿、贲四媳妇和郑爱月儿,没有哪一个是冤枉的。

然真正的原因又只能在西门庆。

就在西门庆医治无术之际,吴月娘想起了几年前来院中看相的吴神仙,派人请来,告知"是太极邪火聚于欲海,病在膏肓,难以治疗",又给了八句诗,大意是酒色过度,没得救了。其中一联"*当时只恨欢娱少,今日翻为疾病多*",当来自宋祁的《玉楼春·风前欲劝春光住》,原句为"浮生长恨欢娱少,肯爱千金轻一笑",作者加以改窜翻用,为老西的一生作结。身卧病榻时老西会有悔悟么?一定会有,而且是无限痛悔!然作者没写,一个字也不去写,生命不再给予他改过的机会,悔又何益!

最后的淫纵

《金瓶梅》所写西门庆的第一次偷情,是与潘金莲,而其最后的淫纵仍属于潘金莲。然不是给予,而是索取;不是在做爱,而是在作孽、作死;不再是春光缭乱的人生享受,而是在遭受折磨和报应。只有兰陵笑笑生才能写出这样令人恐惧的性爱场面。"*柳眉刀,星眼剑,绛唇枪*",文字间有几分调侃,可也有几分当真。

大家还记得"醉闹葡萄架"那一场性施虐么?如今只是主导者换了个个儿,当时是西门庆主导,潘金莲差点儿死掉,当今是潘金莲操弄着一切,老西则先是浑浑噩噩，后来便"昏迷过去"。他的死乍看是个突发事件，来得突然，实则早已给出了一个很长的准备期。

西门庆以他全部的胡作非为，以他的强横霸蛮，准备着这场完全被动，却也一派自然的告别演出。

这难道不是一个市井恶棍的应有下场么？难道不是西门庆巧夺豪取、杀人越货、贪赃枉法应得的果报么？是。但并不令人欢畅，而让人深感压抑。"其嗜欲深者，其天机浅。"这里的"天机"，指的是灵性，是鲜活的生命。我们看西门庆强忍着疼痛的煎熬，看他在长夜中号叫，看他与潘金莲、吴月娘的相对而泣，都会从心底产生一丝同情。

任何一个年轻生命的消失，都是悲剧的，都有令人悲悯之处。

西门庆的遗言

西门庆临终时对家庭财产做了一个完整交代，也对未来做了一个整体布局，那就是收缩和苦熬：缎子铺不要开了，绒线铺和绸绒铺不要开了，古器的批文也不做了，对门和狮子街的房子都卖了，只留下家门口的两个铺子。长期经商和做官的经历使他清楚，一旦自己死掉，偌大家业只能成为众人觊觎和瓜分的对象。他没有向任何一位官场中朋友托付身后之事，大约也是出于一种深刻了解和彻底的不信任。

临终时的老西仍然舍不得潘金莲，指望其能老实在家，"好好守着我的灵"；他又对月娘说情，要她担待容忍金莲，要她"一妻四妾携带着住"，大家都不分开。说话时老西满眼是泪，全是求恳，然而这可能吗？西门庆最后时刻看透了官场，看透了商场与欢场，却看不透吴月娘和潘金莲，看不透月娘的狭小格局,看不透潘六儿那与生俱来的冷酷与不忠。

比一比谁更薄情寡义

西门大院失去了男主人,立马便见出另一种光景。

有一句话叫"一死一生,乃见交情"。汤显祖称一部《牡丹亭》,"肯綮在死生之际",意思是"死生之际"才是一剧之关键。《金瓶梅词话》亦以"死生之际"绾结故事,摹画物理人情。西门庆之死,引来官场、商场与欢场的一场新比拼,即看谁更薄情寡义。西门庆的灵魂卑污,却有做人仗义的一面,对很多人都有恩,也因此交了不少朋友,死后便见出样儿来——

变化最大的是官场。 老西一病不起,西门大院便门庭冷落,宋御史不来,安郎中和汪参议、雷兵备不来,州府和县里大员一个也不来。作为提刑所的同僚,何千户来了一次,又约会几位武职和两个太监"合着上了一坛祭",算是给了官场点儿面子。最妙是误撞来一位蔡御史,就是最初到西门庆家打秋风的那位状元、现在的巡盐御史,西门庆赠借给他一百两银子,来到才知主人新死,灵前拜了,又还回五十两银子,已令月娘感慨万端。

反应最快的是商场。 倒腾政府批文的李三、黄四黏上西门庆,筹足启动经费,又从宋御史处拿到批文,而一听说老西死了,途中便定下诡计,买通应伯爵,要拿着批文转投张二官府。

尚留一丝温情的竟是欢场。 老西病重,莺莺燕燕争先前来,探视侍奉,或可解说为为日后铺垫也;而其卒后,吴银儿、爱月儿等仍来吊唁。老西的外宠王六儿也来上祭,遭到吴月娘好一阵羞辱。林太太压根儿没有出现,毕竟是招宣府女主人，比王母猪家的人聪明一些，但是不知道得到西门庆的死讯，会怎样寄托自己的哀思。至于那些曾沾濡主子雨露的丫鬟仆妇，倒也简便，只需在众人哭祭时多流些眼泪，放几个高腔，也就够意思了。

西门大院之变

西门庆死后，西门大院新一轮次的折腾立即开始。有词云"聚散本无凭"，实则不然，人世间一聚一散，皆有道理。老西在时诸般来聚，此时便立刻消解散落。这才是刚刚开始，大院中就出现很大变化——

李瓶儿房头之撤。 西门庆的重情义，突出表现在瓶儿死后，一直保留她的房头，挂着遗像，上着香，丫鬟女仆都不许分散。此时，首当其冲的是李瓶儿一房，老西的棺材还没出门，吴月娘就急不可耐地取消了这一编制，该烧的烧，该搬的搬，该分的分。

潘金莲之淫滥。 改变得最快的是潘金莲，比李娇儿变得还快。"君前日日说恩情，君死又随人去了。"后两百年的《红楼梦》中一曲《好了歌》，恰可为此写照。而金莲所随之人是自家女婿，溜眼调笑之地又是灵床子前、丧帐子后，所乱之时又在热孝中，非常过分。

李娇儿之偷。 桂姐和桂卿也一趟趟赶来，然吊唁是虚，劝说李娇儿改嫁他门，帮助她转移财产是实。李娇儿又岂需多劝？瞧她趁乱偷元宝时的快捷身手，瞧她这一家子齐来帮忙藏掖偷转的团队精神，瞧她很快敲定张二官府的决断能力，再瞧她借事大闹、寻死觅活的泼辣，真让人刮目相看。李娇儿平时是个很低调的人，低调到我们搞不明白她的个性，但是这个时候显现出来。明明是自己闹嫁，却落了个"打发归院"，愣是把那凤称悭吝的月娘吓住，满载一房之物而去。

应伯爵卖信息。 至于与老西交情最深，也受其关照最多的应伯爵，毫不犹豫地走向出卖，出卖信息、出卖关系，也出卖才智和谋略。对急于跳槽的李三、黄四，他拉住吴大舅，成功化解了月娘的追究；对已经归院待嫁的李娇儿，他安排了嫁前的"试婚"，促成了这次改嫁；对那最以风月著称的潘金莲，他更是看成一桩大买卖，极尽鼓吹。"一鸡死而一鸡鸣"，西门大官人化烟化灰去也，张二官儿继起于清河，第一帮闲应花子也赶在第一时间，把自己连骨头带肉卖给了这位清河新贵。

世上已无西门庆……

在李瓶儿死后，办了一场隆重的葬礼，西门庆有一种出自深心的痛殇，有着久久的挚切怀念。而今老西死了，居然是连棺材还没有，丧事潦草，而满院之中，大院之外，几乎没有谁痛殇和思念。

下面的故事已没了西门庆，但仍会有很多意想不到的精彩，很多震撼人心的文字。

第九单元

潘金莲的
横死

我国的一些著名古典小说，在版本和传播史上常会留下一些话题：《水浒传》有一个被金圣叹腰斩的说法；《红楼梦》有一个原作与续书，也就是前八十回与后四十回的问题；《金瓶梅》有陋儒补作五回的记载，而它的前八十回与后二十回也显得有点儿色泽不同，会不会也是续作补作？应该不是，至少学术界没提出这个疑问。我在前面曾讲过后二十回也有许多精彩描写，其实更主要的，是它的不可或缺。离开了这个版块，也就是第九和第十单元，《金瓶梅》的故事不光不完整，书名中那个"梅"字也就没了着落。

第一节

身亡人弄鬼，
事败仆忘恩

到《金瓶梅》第八十一和第八十二回时，西门庆已经死去，然而生活还在继续。红尘依然滚滚，坏人和坏事，包括淫乱，不光没见减少，似乎还有所增加。

此处的故事为：

这边家中为西门庆治丧，而两个伙计来保与韩道国自扬州置办货物回还，看看来到临清，老韩在船头站立，遇到家乡来的一个熟人对面驶来，交错之间告诉他西门庆已死。韩道国虽有些吃惊和狐疑，却记到心里，也不告知同船的来保，做主在临清码头发卖了一千两银子货物，说是押运着银子先回清河禀报家主。回家之后，确知西门庆已死，与妻子王六儿商议，连夜躲往东京女儿那里，即带着主人家的钱财跑路了。来保回来后听说，也私藏了八百两银子的货物，渐渐离开西门家，自个儿竟然开起店来。而韩道国夫妇到了东京，告诉翟管家老西留下几个年轻家乐，来信索要，月娘只得让来保将玉箫和迎春送去。潘金莲与陈经济打得火热，传递信物，约他在荼蘼架下相会，又在后楼库房内交合，恰被取东西的春梅撞见，索性拉上春梅，三人一起淫乱，无所不为。

这些事，不管是骗取钱财，还是乱伦群奸，都发生于西门庆生前的小环境，发生在他熟悉的人身上。这些人，变脸之快，变化之大，心肠之硬，皆让人吃惊。于是可知写主人公早死也有一大好处：只有在他死了以后，你才能知道世道人心是怎么改变的；在他活着的时候，周围的人都巴结他，都敬着他，看不到太多真相。

西门庆的经商之道

这两回各写一事儿，只能分开来讲。第八十一回写的是西门家族商业帝国的崩塌，应该先谈一谈西门庆的经商之道。

老西是一个商人，一个用经商挣来的银子砸了一个官位的成功商人。

"商人"一词，可能来自殷商王朝的崩溃，周灭商之后，那些昔日的王室勋贵失去了尊荣，失去了祖业家产和经济来源，也失去了土地，只好做些小买卖谋生。于是就有了新称号，社会分工中也有了一个新行当——商人。假若如此，则这基因中带来的影响，会使历代经商者有一种对权力的亲近，也有一种对权力的恐惧。

西门庆在软红尘中只待了三十三载：他在官场上是贪赃枉法的提刑千

户，欢场上是一掷数银的嫖客恩公，市井中是一呼百应、心狠手辣的黑社会老大。他是典型的黑恶势力头子，官商勾结，还跟妓院、当铺等地方勾结，只有在商场上还没有见出太多恶行恶状。经商是老西的主业，从一个生药铺开始，不数年时光，便有了五六个铺子，形成自己的商业链，有了巨大的财富。

他的成功首先在于有官府背景。未做官时结交官府，从小官小吏开始巴结，而机缘巧合，竟然够到了宰相府总管，高攀上当朝太师。没做官的时候巴结官员，结交官员；做官之后名正言顺，广泛交往，多次举行宴会，招待一省的重要官员，招待过路的朝中官员，也给他带来巨大的官场资源。正是在做官以后，他的经营范围和总资产得到极大扩展，所以说他的成功首先在于其官场背景。

其次是用人和待人。凡有经营本领者，不管自身有什么缺陷，老西一概任用，给以一定尊重和较高待遇。平日里家中宴席让店铺的伙计和主管参加，逢年过节则给他们的家人发放礼物。在一众商业伙计中，汤来保和韩道国都是能干的角儿。来保精明强干，曾多次被派往东京，很被主子信重；而韩道国本性虚飘，最爱摇摆逞能，大话炎炎，派到外地采办货物，亦有语言和场面上的优势。他二人前往江南，虽有吃酒狎妓之劣迹，却也很快把货物置完，再雇船运输回来。若主子健在，稳稳的又是一桩赚钱的大买卖。

问题是，西门庆死了，两个伙计的心理立即发生了变化。

家奴之欺瞒叛离

先说韩道国。他在船上最先听到这个讯息，平日里话语滔滔的他，竟然能瞒得一丝不露。汤来保跟他关系很好,但是他绝对不告知此事,心中却已有了算计。到了临清码头,韩捣鬼将货物先卖了一千两银子,骗来保说你在这里等着,我先回家拿信来托人过关,还可以少交税银。到家之后,跟妻子王六儿商量,韩道国还要装装样子,说一千两银子是不是要给主人家五百两,自己留下五百两?王六儿则理直气壮,说自个儿的身子被老西用了好几年,又说起前往吊唁时被吴月娘当众辱骂,声言"自古有天理倒没饭吃","不如一狠二狠"。就这样,两口子连夜安顿好一切,举家往东京去也。

再说汤来保。韩道国一家拐财而去,他"一口把事情都推在韩道国身上",并趁机瞒下了八百两银子的财产,只说是韩道国把它们带走了。吴月娘叫陈经济跟他一起去卖货物,小女婿的心思根本不在这里,而来保动不动就说他什么都不懂,气得陈经济也不去管了。

韩氏一家子捣鬼有术,可比起来保,应说还差得远。虽然韩捣鬼抢占了先机,带着银子走了,但是来保比他厉害。老韩先是个"戴绿帽子的明王八"(潘金莲语),再是个拐带财物逃跑的明骗子。而来保做事多在暗中:暗中转移了八百两货物,暗中买了一所房子,暗中开了间杂货铺儿;东京翟总管来书讨要西门庆家乐,又是他借引送之机,在路上暗中奸耍了两个丫鬟;回来翟总管给了两个元宝,他也暗中贪占了一个。来保后来摇身一变成了商铺老板,却只会是个地地道道的奸商。

西门庆的痴

两个家奴的故事主要发生在院外,尽写其贪;而第八十二回转向大院之内，西门庆虽死，这里仍无处不是他的影子，一个贪婪的鬼魂仍在此间游动。《金瓶梅词话》卷的《四贪词》，分别写"酒、色、财、气"，说人性的根本弱点在于贪，贪酒、贪色、贪财、使气。作为主人公的西门庆正是"贪"的化身，在短短数年中四处挥洒贪欲，一直到那年轻的生命戛然而止。

从来读者多见西门庆之贪，不见西门庆之痴。见他贪财贪色，以贪欲亡身；不见他花痴情痴，痴迷一生。见他奸巧颇多，时常骗人，尤其是骗女人；不见他憨痴仍在，总是被骗，又总是被女人骗，书中写了很多女人都在哄骗他。

欺骗老西最多的是潘金莲，大事如与琴童偷情要骗，小事如讨要件东西，给他人上点儿眼药、说点坏话也要骗，真真假假，就这样在大院过了几年。她与陈经济的勾搭由来久矣，但在西门庆活着的时候机会太少，一直小打小闹。老西一死，终于用不着惧怕，也用不着欺骗，似乎呼吸到自由的春风，二人就在西门庆的灵前掐掐捏捏，只是这老兄看不见了，真是悲哀。

告别人世之际的老西，说起话来常常眼泪汪汪，已成为名副其实的"西门含泪"。而这个时候的潘金莲，丈夫刚死的小寡妇，哪里还记得老西的含泪叮嘱。

荼蘼架下的乱伦

失去了精神压力的潘金莲与陈经济，没有一点儿悲伤，只顾享受肉体的欢乐，在花园中的荼蘼架下月下乱伦。前文中曾有"一鸡死了一鸡鸣"之谚，颇为精彩，也颇有局限，怎么可能如此一一相衔接呢？老西一死，群鸡争鸣，清河的雄鸡都盯着西门大院的秀色，而大院之中，陈经济这只小公鸡早已急不可耐地飞扑蹦跶了。

在古今社会里，"财"与"色"都是最有流动性的。前回写财，写西门大院之财如何为家奴弄去；本回写色，写大院中的美色又如何流向他人。心灵手巧的潘金莲又开始做信物、绣香袋儿、写情书；荼蘼架下又出现男女身影，金莲施展那全挂子武艺时必也满怀蜜意。金莲的信物中有一缕头发，是从头顶剪下的青丝，她曾被老西强行剪过，自己当初也剪下来送给过西门庆，如今要献给女婿陈经济了。

在这里提醒大家注意，作者写花，常有着寓意。荼蘼，花期较迟，苏轼曾有"荼蘼不争春，寂寞开最晚"句，更有名的是王琪的"开到荼蘼花事了"，后来被《红楼梦》引用，寓意与《金瓶梅》相似，都在于暗示，暗示繁华已尽，凋零丧败即将来临。所以让二人在荼蘼架下鬼混，有特殊的含义，这是潘金莲的最后癫狂，距离她的死期已然不远了。

第二节

淫乱也伤神

《金瓶梅》第八十三和第八十四回，写西门庆死后，曾经昼夜笙箫的西门大院顿时寂寥，没有官员贵客来访，只剩得几个妻妾和一帮丫鬟仆人。可她们也没有闲着，尤其是潘金莲与小女婿陈经济，连上婢女春梅，一起淫乱无度。虽然被丫鬟秋菊告发，引得吴月娘来查，也被瞒过。

故事梗概为：

在一个雨夜，秋菊恍惚看见陈经济披着个床单从金莲房中出去，告诉上房丫鬟小玉，被小玉说了几句，传到春梅耳中，挨了一顿打。中秋之夜，潘金莲与陈经济一夜欢娱，长睡迟起，秋菊发现后再去告状，吴月娘赶来查看，金莲慌忙将经济藏在锦被下，对付过去。月娘有了些怀疑，命严管门户，不许陈经济进内院，就算到库房取东西也找人跟着。金莲与经济被分隔，终日苦苦思念。春梅代传情辞，三人再次夜里群奸，又被秋菊瞧见，告知月娘，却被斥骂一顿。而吴月娘要往泰山还愿，吴大舅陪同，玳安、来安等随从，到岱岳庙进香。未想到庙中住持与知州的小舅子殷天锡勾结，骗她入禅房，月娘险被奸污。吴大舅率人一通打砸，连夜离开，被殷天锡招来的手下追赶，路过雪涧洞被普净禅师救下。普净要求让孝哥儿出家，但不是现在，是在十五年之后，吴月娘一想还有很多年，也就权且答应下来。回清河的路上经过清风山，又被一伙强人掳往山寨，几乎做了寨主王英的压寨夫人，幸得宋江出面救助，才被放归。

这两回话分两头，既写得生动具体，又是为后面做铺垫。插入吴月娘往泰山进香一段，是为孝哥儿后来的出家铺垫。西门庆死后的当天，吴月娘在慌乱中生了儿子，起名叫孝哥儿，也算是老西的根，但是长到十五岁以后出家做了和尚，西门庆也就绝了根。而浓墨写潘金莲与陈经济的私情，写他们一次次鬼混，写他们被告发和巧妙遮掩，也是铺垫，为金莲的惨死做引子。

偷情也艰辛

我国古代的小说戏曲，凡写到爱情（也包括奸情），大多由偷情开始，尤以王实甫《西厢记》最称经典。兰陵笑笑生对《西厢记》的喜爱与熟悉，让他在写作时忍不住加以引录，随时取用，以此两回最多。"隔墙花影动，疑是玉人来"，在《西厢记》中写张君瑞与崔莺莺的约会，那纯净纯情的意境，竟被拿来为乱伦写照,当然有些过分。话又说回来,张生与莺莺的热恋,和金莲与经济的鬼混,从根本上说都是偷情;普救寺的月夜,西门大院的月夜,也都是恋爱或偷情者的幸福时光。

偷情的人形形色色,偷情的故事和过程千差万别,而"性",都是其灵与肉的必然指向。张生如此,这个很糟糕的小女婿陈经济亦如此。

西门庆在世之日,潘金莲就不老实,如今西门庆死了,能不放胆一偷!然偷奸也不容易。限于身份,限于大院中还有月娘、西门大姐等人,限于小院中会有一个秋菊,潘金莲与陈经济只能是偷偷摸摸。而不管怎样小心,偷情日久,便不免露出马脚:最悬的一次是中秋之夜,两人加上春梅先是赏月饮酒,再下棋玩耍,从容就寝,——想是偷情多便警觉少,真像夫妻一般大睡起来。

不想丫鬟秋菊到上房举报,吴月娘蓦然前来,匆忙之下,金莲只好"藏经济在床身子里"。那时大家女眷的床很大,带框带格,有很大的空间可以藏人,用一条锦被盖住。真是好险好险!因为上房的丫鬟小玉与春梅关系好,见秋菊告状,没有告诉是两个人在偷情,只对月娘说五娘叫你有点事儿。吴月娘完全没有捉奸的心理准备,坐了一会儿,聊了几句也就走了。但是好险!若是进院时不被春梅看见,叫了一声"大娘来了",后果可以想象;若是潘金莲没有一个足以藏下汉子的大床,若是陈经济忍不住打一喷嚏,后果也很严重。

自来偷情最乐,偷情亦最苦。陈经济月下偷期、胡天胡地,黑天一觉,尽享与小丈母歪偷之乐;而此际处锦被之下,听月娘与金莲絮话,大气儿不敢喘,身子不敢动,不能起床,又不能睡着,真受尽偷情之苦。从来偷情者多聪明人,而偷情又往往激出很多人生智慧,似此际金莲惊慌有措,也算是急中生智，算是遮掩得法。

间阻之苦

吴月娘终是对潘与陈不放心，采取了一系列针对性措施，把门户看紧了，把他们隔开了。所以有欢会就会有间阻，有欢会之乐，就会有间阻之苦。吴月娘采取的措施虽然晚了点儿，但是很有效，使两个人鬼混不成，整天地思念，当然主要是潘金莲在思念。

《西厢记》中张生与莺莺被老夫人隔阻，红娘挺身传情送柬，此时的春梅便是西门大院中的红娘。我们看她用几句话宽慰金莲，出谋划策，拟好了私会的路径；看她灌醉了秋菊，倒扣了厨房，找到经济，交换了柬帖儿，敲定了约会。似乎是见义勇为了，其心思却又不像红娘那样纯洁，先与经济搂抱一处。当年老西光降小院，春梅就常是这般行事的。

西门庆曾讲过的偷奸案

读第八十三回的乱伦场景，不免又联想起老西讲过的一桩奇案。事在第七十六回，写西门庆衙门中回来，对众妻妾讲在衙门中审理的一个案子：女婿宋得与小丈母的奸情，也是为丫鬟举报，败露后两人都是死罪。潘金莲当场表示了不满，说是要搁在我，先要把坏事丫鬟打得烂烂的。老西死后，潘金莲演出一幕又一幕乱伦活剧，她的丫鬟秋菊也为此常常遭打，可他们的奸情还是很快就败露，世上又哪里有不败的奸情呢？

方丈的雪洞儿

第八十四回写月娘的泰山之旅，恍然又进入《水浒传》境界。我曾说《金瓶梅》系由《水浒传》分出武松一枝，再生成完整的故事，至此又觉得不尽然。兰陵笑笑生熟稔"水浒故事"，不光砍来"武十回"这一粗枝，又砍下很多细枝，来架构自己的故事。

此一回写吴月娘往泰山进香，写其一路历险，却是以《水浒传》的五个片段连缀而成，再经过重新编捏，分为五段：

第一段，为岱岳庙一篇韵文，系由《水浒传》第七十四回移来，为燕青和李逵到泰山打擂所见的岱庙景貌，基本是照录原来的文字。

第二段，在岱顶碧霞宫"瞻礼娘娘金身"，借用《水浒传》第四十二回写九天玄女形象的文字。毕竟都是有大神通的道家女仙，取其朦胧相似。但九天玄女一力护佑宋江，法术广大，而泰山娘娘承受人间香火，却不问人间善恶，甚至连庙宇都成了藏污纳垢之地，不着一词而褒贬自见也。

第三段，写一伙棍徒在殷天锡的带领下为非作歹，来自《水浒传》第五十二回，本是高俅堂弟高廉的小舅子殷天锡，因欲夺占花园，殴打和气杀柴皇城，举动极其嚣张；而为他诱骗良家妇女的庙祝道士，则出于新创，石伯才者，就是"实不才"也，与应伯爵恰可成一对，添此一人，场景便由高唐挪移到泰安，出《水浒传》而入《金瓶梅》也。不光是借鉴，而且有加减，有改变。

第四段，月娘在方丈中被困一节，由《水浒传》第七回改写，本来是写林冲妻子到岳庙进香还愿，被高衙内拦住调戏，两处喊的都是"清平世界"，自称都是"良人妻室"，事后也都是将门窗户壁打砸一通出气。所不同者，

《金瓶梅》将"殷直阁"改为"殷太岁",而高衙内则称"花花太岁"。

第五段,清风山的故事在《水浒传》第三十二回,本来劫持的是清风寨刘知寨之妻,改为清风寨强人劫掳了西门庆遗孀,都有一个"寨"字,暗示了官军和土匪的一致,也为月娘在国家丧乱时投奔云离守的灵壁寨,为灵壁寨可能发生的一桩血案,先透露一线消息。

为什么要去泰山

《金瓶梅词话》笔墨所至,无处不是市井,无处不见世情。读到这里,不禁有个问号,为什么要去泰山?泰山岩岩,为"累朝祀典、历代封禅"之地,为什么要如此描写泰山顶上荒唐恶劣的事情?口号的原则是喊什么缺什么,月娘两次叫喊"*清平世界*",可证这世界已然不太平了。泰山之巅有诱骗良家妇女的主持,两宫(娘娘庙和岱岳庙)之间有呼啸来去的棍徒,大道旁有劫财劫色的强人。五岳之首,竟被几个淫道与淫棍盘踞,真是一派末世景象。

外面的世界很精彩。方丈的雪洞儿颇像西门大院的藏春坞,西门庆在世时如往泰山一游,必如鱼得水,大叫快活。由是观之,到这儿来缅怀先夫,告慰亡灵,也许有一番深意。只不过选错了还愿的人,真正该来进香的应说是潘金莲,最好由陈经济一路跟随,便是一篇狂蜂浪蝶之精彩文字。大风大浪都经历过,小小一个殷太岁能如何?矮脚虎又能如何?对于潘金莲来说,有何不可!

第三节

西门大院的
驱逐行动

　　《金瓶梅》在前面以大约四回的篇幅，写潘金莲与陈经济的乱伦，以及一次次被告发后的遮掩躲避。到了第八十五和第八十六回，这件丑事终于暴露，先是春梅，接着是潘金莲被逐出西门大院。

　　故事情节为：

　　吴月娘外出期间，潘金莲与陈经济几乎没了顾忌，"如鸡儿赶蛋儿相似，缠做一处，无一日不会合"。金莲很快发现自己怀了孕，很着急，让经济找胡鬼嘴儿讨来"红花一扫光"，打下一个胎儿，随便就扔在茅厕中，于是尽人皆知潘金莲养了女婿。月娘回来，秋菊又来举报，终于抓了一个现行。月娘当场责斥，撵出春梅，托薛嫂领出发卖。接下来又赶走了陈经济，并将潘金莲让王婆领出发卖。潘金莲离开西门大院，到王婆家待售，经济又来私会，无奈王婆心狠脸酸，只要银子。万般无奈，陈经济只好去东京筹钱，而潘金莲也不闲着，竟然与王婆的儿子搞在一起，"摇的床子一片响声"。她的销路似乎也很好，艳名在外，不怕死的有钱男子不少，纷纷出价。

如果以聚散的角度来看，西门庆死后，他所聚敛的财富和女人，仍处于快速流散的状况。这两回，不是潘金莲一个人，而是春梅、陈经济接连离开西门大院，促成这次驱逐的是丫鬟秋菊，接下来她也被卖掉。前些年有一部《秋菊打官司》曾引起轰动，在五百年前的这本书中的秋菊告状也很精彩，甚至更精彩。

秋菊告状

秋菊，也是兰陵笑笑生创作的一个艺术典型。

读小说，尤其是古典名著，不宜随便翻翻，挑拣着读，那样真的太可惜了！如《红楼梦》的大观园，初读之下，满眼都是聪慧灵秀的小丫鬟，大观园是女儿之百花园；而再读三读至反复阅读，便见出其禀赋不同、性情各异，见出世故、自私、机心和打小报告，也见出巴高望上的共性，见出贾母所说我们家的男男女女"两只富贵眼，一颗势利心"……十四五岁的丫鬟小厮，已经受社会影响很深了。曹雪芹笔下的贾府，有两层主子和三等奴才一说，极是精彩！所有的丰富和复杂，都含在这并不完全准确的分类中。

兰陵笑笑生的西门大院虽无宁荣二府之规模，内部机制也相去不远。

如孙雪娥，算是第二层主子，地位反不如做头等奴才的春梅；而秋菊则毫无疑问是第三等奴才，永远在那最受欺侮和迫害的底层。

秋菊是大院中挨打挨骂最多的丫鬟，潘金莲品性之恶，很多是通过对待秋菊的态度反映出来的。她打秋菊非常阴狠，比如第五十八回写打过之后，"又把他脸和腮颊，都用尖指甲掐的稀烂"，是一种怎样的残忍！这样的非人待遇种下的只能是仇恨，那种你死我活、不共戴天的深仇。

秋菊有着丫鬟小厮的普遍性缺点，偷懒、嘴馋、撒谎、传话，但是她多了一点儿执拗和倔强。我们看她一次次挨打，又一次次告状，因告状被痛打，被打后仍坚持自己的监视和举报。秋菊显然是缺少点儿机灵劲，有些笨，但还是能在被灌醉后觉察出蹊跷，能从被锁的房门内打开扣子，在各种打击包括月娘叱骂下不屈不挠，也懂得在金莲懈怠时捕捉住战机……

从反抗压迫的角度来看，秋菊，堪称西门大院的唯一英雄！她成功了，宋惠莲也曾经激烈地表达过抗争，也与潘金莲有过交锋，但是失败了。

穿青衣，抱黑柱

写到秋菊告状的时候，用了一个俗谚，"穿青衣，抱黑柱"。我们知道《金瓶梅》有三个不同的版本，第一个是词话本，接下来是崇祯本，然后是清代张竹坡评的第一奇书本，《金瓶梅词话》与后来的版本相比有一个特点，就是大量使用俗谚，要注意这些当日流行的格言和谚语。

"穿青衣，抱黑柱"，曾在书中多次出现，有时也作"穿黑衣，抱黑柱"，大意是下人应该为主子着想，反对吃里扒外。这是一条奴隶法则，后来演化成主奴关系的一项潜规则，尤其是奴才对主子偷情行为的保密准则。《西厢记》中的红娘对莺莺如此,《牡丹亭》里春香对杜丽娘如此,西门大院大多数主奴关系都是如此。后来《红楼梦》还说到主子和奴才的一体性,并以凤姐与平儿、宝玉与袭人为例说明主奴关系之亲密。在《金瓶梅》中,主子偷奸,丫鬟只能是搬梯子、打灯笼、送信、望风……像秋菊这样举报的,应是独一份了。

但是所有的规则和潜规则都效力有限,主奴关系常是靠不住的。"穿青衣,抱黑柱"的生活依据是人身的依附性,而一旦这种依附变为折磨,变为痛苦和生命威胁,便发生了变化。秋菊的告状有着最充分的理由,说到底,还在于潘金莲的虐待,也是她罪有应得。

偷情之厄

通过潘陈奸情的败露,作者写活了偷情之险。一旦你被自己的丫鬟盯上了,一旦自家的小院子里有了潜伏,就危险了。《金瓶梅》在大写特写偷情之乐的同时,也写偷情之苦和偷情之险:会被人偷窥、监视、举报、捉拿,对于女子,常还伴随着怀孕与流产。怀孕生子曾是西门庆所有妻妾梦寐以求的事,包括潘金莲,她从薛姑子那里买了生孩子的药,其实是想给西门庆生一个孩子,以争宠和固宠。

在第八十五回开头,却写金莲怀孕后的恐惧,写打胎之麻烦。于是胡鬼嘴儿再次登场,"红花一扫光"一服见效,但是由于"一个白胖的小厮儿"被倒进茅坑,被人发现。书中写求药一段很精彩,陈经济拿了三钱银子,去找胡太医,也就是曾给李瓶儿看过病的胡鬼嘴儿,胡太医以为来买安胎药,张口就吹,却发现弄错了——

经济笑道，我不要安胎，我只要坠胎药。胡太医道："天地之间，以好生为本，人家十个九个只要安胎的药，你如何倒要坠胎，没有，没有。"经济见他掣肘，又添了二钱药资，说："你休管他，各自人自有用处。"这胡太医接了银子，说道："不打紧，我与你一服红花一扫光。"

结果是胎儿顺利打下来了，丑事却传开了，吴月娘从泰山上香归来，抓住潘金莲偷奸的证据，很快将三人赶出家门。

春梅被逐

第一个被赶出家门的是春梅。月娘找媒婆薛嫂领出去发卖，什么东西都不许她带离，更不要说首饰啥的，并叫自己的丫鬟小玉到现场盯着。潘金莲一听就哭了，絮絮叨叨说西门庆在世时如何宠爱春梅，而被驱赶的春梅则很镇定，书里是这么写的——

那春梅在傍听见打发他，一点眼泪也没有，见妇人哭，说道："娘，你哭怎的？奴去了，你耐心儿过，休要思虑坏了……不与衣裳也罢，自古好男不吃分时饭，好女不穿嫁时衣。"

春梅做了坏事要被卖了，自己却凛然不惧。离去时，金莲让她拜辞月娘等人，小玉摇手表示不必，"这春梅跟定薛嫂，头也不回，扬长决裂，出大门去了"。这才当得起那个"梅"字，比较起来，潘金莲可差了老大一截子。

小女婿的大折腾

陈经济第二个被逐，也是毫无愧色，有一番意外的掀腾。这小子在丈人前从来规规矩矩，但是在丈人活着的时候却也胆敢伸手，与宋蕙莲打牙犯嘴，与潘金莲摸摸索索、搂搂抱抱，就连李瓶儿大腿，也敢在荡秋千时借机抠一把。老丈人一死，他没了惧怕，索性就放开手胡搞，没被发现的时候还有遮拦，被发现了以后，这小子反而耍起了光棍。

在春梅被赶出去之后，吴月娘和西门大姐对他都有谴责，西门大姐骂他，说你在这个家里蹭饭吃，还敢胡作非为。陈经济跟西门大姐闹了一通，不在院子里住了，搬到铺子里住。一次如意儿抱着孝哥儿去铺子里玩，孝哥儿哭，陈经济就说这不是我的儿子吗，不要哭了，那个孩子果然就不哭了。此话传到吴月娘耳中，当场就气晕了，醒过来大哭。怀恨已久的孙雪娥及时补位，策划和组织实施了一场群殴，乱棍齐上，陈经济被打得急了，脱掉裤子，这些人才一哄而散。就这样，陈经济也被赶出家门。

驱逐潘金莲

淫乱三人组，最后离开西门大院的是潘金莲。

西门庆未死之际，已想到潘金莲将难以存身，最后时刻带着眼泪请求吴月娘多担待她。而老西一旦蹬腿去了，也就带走了潘金莲留在大院的全部依据。有意思的是：当所有人都看到这一点时，金莲还陶醉于她的不伦之欢；而当这一刻终于来到，对她来说，竟显得如此突兀，如此错愕。

自第九回嫁入这个院子，潘金莲便一直在努力和抗争，她拉拢排挤，打东骂西，调三惑四，更施展了无数害人手段：整死了宋蕙莲，整死了官哥儿，整死了李瓶儿，真可谓"从胜利走向胜利"。这些账虽不应都算到她一人身上，可若是没有她的刻毒，便少了很多悲剧。

当年送她来此的是王婆，如今领她离去的还是王婆。作者的设计精妙极了。王婆子一句"我只道千年万岁在他家，如何今日也还出来"，真是妙语，真与这个老虎婆的心性相合。她对潘金莲早有不满，看到她被赶出来，便一股脑儿发泄出来。

潘金莲不曾是强硬、强悍、强梁、强势的么？那是她的性格，更是由西门庆宠溺带来的虚幻。去年冬月她与月娘大闹，虽未算获胜，也把月娘搞得气生气死；眼下则是容不得她与月娘对话，也没有机会，一个王婆就把她镇住，把她领着离了院门。此际的金莲不敢闹嚷，不再寻死觅活，甚至连春梅那份决绝都没有，还要"拜辞月娘，在西门庆灵前大哭了一场"。大概这个时候她才有锥心之痛，才知道西门庆不在对她有多大的不利。

潘金莲的售价

毕竟是西门庆的女人，潘金莲很抢手。西门庆看上的女人，还是抢手和值几两银子的，价位最高的好像还是潘金莲：一个南方商人出价七十两，张二官出八十两，周守备府出到九十两，王婆咬死牙不卖。为什么？因为陈经济到东京弄钱去了，出了一百两加十两的谢钱。王婆在等最高的价位。这一等，就把潘金莲等到了万劫不复的境地。

第四节

自我设谶的"街死街埋"

在《金瓶梅》的第八十七和第八十八回，主角还是潘金莲，却已没有了往日的折腾和嚣张，暂住在王婆家，等着被卖（她本人知道的），也等着被杀（本人全无感觉）。

故事梗概为：

应伯爵傍上了新任副提刑张二官，撺掇他去买潘金莲。而被卖到守备府的春梅很快受宠，也央求周秀去买潘金莲。加上一个南方来的商人，还有去东京筹银子的小女婿，似乎不愁销路。王婆子见有这么多买主，越发起劲，咬死牙只要一百两银子。恰好武松遇到大赦归来，如数拿了银子来买，还给了王婆五两银子的谢钱，潘金莲喜滋滋跟武松回到旧家。而进入家门，武二郎立刻翻脸，将二人捆得结结实实，持刀逼问通奸与谋杀武大郎的经过，就在哥哥灵位前，杀了金莲和王婆，割下头来祭奠。因武松杀人后逃走，死于非命的金莲与王婆暂时埋在街上，等候破案。陈经济在东京骗了老娘的银子回来，见金莲已死，每日与街上光棍铁指甲杨大郎混在一起。潘金莲仍旧埋在街上，孤魂无依，托梦给春梅，始得在永福寺落葬。而春梅在卖入守备府后，深得周守备喜爱，已经有了身孕。

此两回文字，先是满纸铜臭，满纸市井气息；后是满纸血腥，又点染上几分江湖景色。

应花子的新花样

西门庆在世时，应伯爵终日泡在西门大院，得了很多好处，及其死后不见上门，一心傍着清河新星张二官，对院中之事仍念念不忘。李娇儿盗财归院后，由他牵线再嫁张二官；春鸿小厮，是他鼓动投奔张二官；潘金莲被赶出院门发卖，他又极力劝说张二官买下。市井中帮闲架儿，大都是此类小人。

通常说小人多无情无义、转瞬忘恩，习惯背叛和出卖，应伯爵就是小人的典型。毛泽东主席曾要求高级干部读一读《金瓶梅》，了解明代的社会背景，很有道理。高官和富豪身边往往有应伯爵之类人物，平日看着喜欢，用着顺手，阅读此书或能增加免疫力。

张二官府

西门庆死后，张二官最是捷足先登，因为应伯爵给他出了主意。昔日西门庆横行时，说起张小二官儿，应伯爵和桂姐等都是一脸鄙夷，说他是张二麻子。如今张二官接了副提刑，成了张二大官府，应花子立刻投靠，俨然又是一个高参。清河很小，张二官是张大户嫡亲的侄儿，潘金莲跟张大户有过一段孽情，若真的入于张二官府中，也属于一次新的乱伦。

小人能畅行其道，在于其不辞辛苦，常也表现得满怀忠诚，更重要的是有用。小人的忠诚虽只是阶段性的，虽只是一种"伪忠诚"，可一旦忠诚起来则无所不至。此时的老应也是满怀忠勇，希望新主子接了老西的女人，接了老西的童仆，最好连大院一起接下。问题在于，像西门庆那样的恩公可遇不可求，像老西对他的倚信也难得，随着张府内对潘金莲恶行的大揭发，应花子的"有用"和"忠诚"，都必然会被打个问号。

张二官府显然对他有了戒备，所以应伯爵以后的日子，怕是要不太好过喽。

武二郎杀嫂

书中写武松的文字不多，而应伯爵出场很频繁，再频繁也不过是一个以帮闲为生的资深的狗腿子，武松却是个顶天立地的好汉。本回中写应伯爵劝春鸿易主，写他鼓动张二官买金莲，一路全是铺垫，全是蓄势，而大事则是武二郎的回归。这是作者一种刻意的安排，也是读者久久的期待。我们和武二郎久违了！自从数年前为兄报仇时出了差错，被刺配蛮荒远地，读者就等待着打虎英雄的回归，等待着一场正义复仇，等待潘金莲和王婆子遭受报应，这一刻终于来到了！

"武松杀嫂"故事，源于《水浒传》，与"宋江杀惜""杨雄杀妻"合称"水浒三杀",皆由于女子的贪淫和背叛,皆写得很血腥。《金瓶梅》中的武二郎杀嫂,初看与原作无异,细读则见出较大不同,是"三杀"的调和版、整合版——

整个杀人过程,主要来自《水浒传》第二十六回武松杀嫂,但也撮合吸纳其他两杀:如杀人前把妇人剥得精光,在《水浒传》中武松没有这样做,原是杨雄杀妻时让石秀干的,剖腹剜心挂在高处也是杨雄和石秀所为;如金莲死后一段小赋,原书写宋江杀阎婆惜,移来此处,基本没有改变,却又在最后补缀八句诗,道是"谁知武二持刀杀,只道西门绑腿顽",满纸血沫之上,居然叠映了"葡萄架"的故事,一般人如何写得出!

江湖与市井

书中的武松形象,不可避免地有了许多改变:遇赦回归后又到县里做了都头,依旧当差,此其一;"打听西门庆已死",才想到要找潘金莲报仇,此其二;对王婆骗称要迎娶金莲,"一家一计过日子",此其三;当着十九岁侄女杀人分尸,非常残忍,对其将来生活也不管不顾,此其四;杀人后不忘取回银两,打开柜子找到八十五两银子——王婆只交给吴月娘二十两,剩下的留给自己,这回让武松全部缴获,还外带王婆自家的"钗环首饰",此其五。

所有这些个变化,皆因原书写的是江湖,本书写的是市井。而复仇时的过度血腥,也会冲淡正义精神。

武二郎重归江湖而去,留下侄女迎儿。原书中没有写武大郎有女儿,迎儿在《水浒传》中为潘巧云婢女,为主母望风送信,迎入送出,叫作迎儿亦有谐趣。而进入《金瓶梅》，做了武大郎的女儿，写她的时候也有一番特殊料理，其父病重不敢照顾，其父惨死不敢声张，挨打挨骂，居然还要日夜侍奉潘金莲。就这么一个亲疏不分的小可怜，书中常又把她写作"蝇儿"，也有寓意。

果真是"街死街埋"

与书中的很多女性热衷于求神问卜相比，潘金莲的行为更像一个无神论者，常对装神弄鬼、因果报应的说法嗤之以鼻。第四十六回"妻妾笑卜龟儿卦"中，写吴月娘等在门口遇到算卦的，都要算一卦，潘金莲不独没有参加，反说了句掷地有声的话："随他，明日街死街埋，路死路埋，倒在洋沟里就是棺材！"洋沟，又作阳沟，就是街边的污水沟。而今潘金莲死了，倒也真真应了她那句话，真的被埋在了紫石街上！

《水浒传》中写这条街在阳谷，颇类乎今日的食品一条街，武大卖炊饼，王婆开茶馆，前邻后舍有卖酒的，卖各种各样的东西，是个热闹的所在。

然而不管原作还是改写，金莲与王婆都不是精确的"街死"，而是死在家里，被抬出来埋在街上。本回所浓墨渲染的"街埋"，显得有些突兀，有些情理难通。我们看二人死后被县里吏典和保甲抬出当街，检验尸身，就此便埋在了街上；看当街隆起两个坟堆，外带一个看守的窝铺，挂了榜文，抓捕武松。写来如同目睹，又觉得不太可信。虽然草草掩埋，无有棺椁，毕竟也有尸身，埋在大街上可乎？若是出现大型斗殴，死上一片，也是凶手逃逸，街巷岂不成了一个大坟场！

这样的安排看似不合理，又有作者一番特殊用心。兰兄似乎有意让金莲说嘴打嘴,有意为经济来寻、春梅代葬设定一个特殊场景,有意给红尘中人一点鉴戒警示,也给读者一段交代。善有善报,恶有恶报。潘金莲死了,与其说这是一场凶杀或刻意谋杀,不如说是一次延期清算,是她的自取灭亡。

没有反省的游魂

潘金莲又是有一段儿聪明灵透的,书中以大量的文字,写她超过一般人的聪明机灵,同时用这些文字证明她是一个不计后果的恶毒妇,一个以自我为中心的健忘蠢妇。武松来了,拿着银子到王婆家买她来了,潘金莲毫无警惕,想起的只是那次被拒绝的勾引,想到的只是武松的回心转意,全然忘了亲手鸩杀武大郎那本账,忘了武松报仇未成的流配。"这段姻缘,还落在他家手里。"潘金莲心中或又泛起柔情蜜意,要再做一次新娘了。王婆也跟他们打趣:"还是你们一家子要在一起了!可喜可贺!"

作为一个美貌兼有才艺的女人,潘金莲从不缺少追求者,或曰垂顾者;她也不断产生着自己的追求,实施着自个儿的主动垂顾。美貌和才艺,都是她的资本,是她的利器。从西门庆,到琴童、陈经济、王潮儿,身份有别,却都有金莲一份主动。生活中的潘金莲缺少自主,却从不缺少自信。她只遇到过一个例外,那就是武松,在她以为武松也要被拿下时,便失去了年轻的生命。

作为一个生命,潘金莲又是可悲可怜的。她短短一生中多次被卖:九岁卖在王招宣府里,十五岁卖与张大户,嫁了两次人,最后还是被卖。一个三十二岁的女人,一个官宦豪富之家的姬妾,居然还要被领出待售,标价发卖,由着别人讨价还价,也是很悲惨的。贫且贱的人生经历使她心智不健全，也使她乖张狠戾、作恶多多。金莲终有一死。

　　作者细细摹绘了她的死亡，那是该书中最最血腥的惨死，"血流满地"。本来是一死皆休，可作者最擅提带映照，先让她满不在乎地说大话，而在此处遥遥一接，写她血污的游魂到处哀告求恳，絮说无家可归的"街埋"的般般痛楚……

两个人的祭奠

　　对金莲的死，世上仍有悲痛之人——陈经济和春梅。陈经济往东京筹款，置父亲丧事于不顾，置母亲和家事于不顾，心心念念要取回银子买下小丈母为妻。但是当他回到清河紫石街，发现两座坟头，看守者要抓他时，吓得他就跑了，遥遥地对着坟头烧纸哭祭。而春梅之情更为挚切：听得金莲出离家门，反复劝说周秀买来做妾，情愿自个儿排在后面；闻说金莲横死，"整哭了两三日，茶饭都不吃"；梦见金莲托付后事，即派人前往料理，将潘金莲收葬到永福寺。若说真诚不改，若说勇于承担，如果说潘金莲死后还有一丝的安慰，只剩下一个春梅了。

　　本回最后，写月娘等人在大院门首站立，拿出平日做下的僧帽僧鞋，施舍那前来化缘的和尚，只是一字未提到刚死的金莲。与薛嫂絮了半天家常，竟也不提。

第五节
"梅时代"的
开 端

故事进展到《金瓶梅》的第八十九和第九十回，春梅卖了，潘金莲死了，陈经济赶出去了，但西门大院的故事还没有结束，轮到孙雪娥出幺蛾子了。

故事梗概为：

> 吴月娘仍在实行紧缩措施，想把西门大姐送到陈家，两次皆被陈经济打骂赶回。清明节到了，月娘与玉楼往五里原祖坟祭扫，在西门庆坟前哭了一通，回路上顺便到永福寺游赏，意外与前来为潘金莲上坟的春梅相遇，场面不免尴尬，但春梅仍持奴婢之礼。此时在院里，当年被陷害的来旺已成为银匠，到西门大院门前兜揽生意，与孙雪娥重续前缘。雪娥也生离心，将屋里贵重物件悄悄转移，然后在来昭夫妇帮助下，与来旺相携出奔，谁知事情败露，被拿到官府夹打。吴月娘拒绝领人，而春梅听说孙雪娥"当官辨卖"，

便派人买来上灶（做饭），进门先痛骂了一顿。

一部《金瓶梅》写到这儿，瓶已破碎，金已入土，进入"梅"的季节。这两回中，写春梅的文字并不多，已极具气场，既有不记仇不忘旧主的大格局，又有睚眦必报的小心眼，形象圆整。先说一下西门大姐，这位西门家的长公主一直不太声响，而今苦日子开始了。

失去父爱的西门大姐

冷清已久的西门大院，又有了一番小热闹，起因则在于西门大姐。

西门庆在世之日，写他们父女亲情的地方不多，仍能见出一份关爱——出嫁时的陪送，那个时候西门庆还没太多的钱，只能拿出孟玉楼刚带过来的拔步床。大家想想，拿着新娶小妾的东西做女儿的陪嫁，也有点儿丢面子，但为了女儿，老西就这样做了。从东京避难回娘家，这位大小姐生活闲散而性格生硬，对夫婿颇有几分优越感，动不动责斥几句。乃父死后，她便成了水上浮萍，成了大院中的外人，再看不出有人爱护顾惜。

此回一开始，西门大姐的人生悲剧便拉开序幕：一顶轿子抬来抬去，从西门大院抬到陈家，陈家不要又抬回来，娘家坚持要送出门，婆家勉强收留，这边被劝被说，那边挨打挨骂……若是西门庆还在，他的女儿又哪里会是这种景况！

寡妇的哭诉

从对待西门大姐的态度上，颇能见出吴月娘的薄情。然在为西门庆祭扫上坟一节，听其哀哀哭诉，又觉她也很可怜。作者用了几段曲词，来写她的悲痛："今丢下铜斗儿家缘，孩子又小，撇的俺子母孤孀，怎生遣过？"句句都是心底流出的痛语，也只有对着丘坟诉说了。

同样可怜的还有孟玉楼，接下来是孟玉楼的一段："大姐姐有儿童他房里还好，闪的奴树倒无阴跟着谁过？独守孤帏，怎生奈何？"更是音声悲切。一座新坟，两位遗孀，月娘和玉楼接续而唱，所唱皆为西门庆之死，而所诉又各不相同，各为一己之心思。

比她们还要可怜的，是所祭的地下之人，有西门庆，也有李瓶儿。年年清明，今又清明，"清明何处不生烟，郊外微风挂纸钱"。西门庆墓前有各样祭物，也有纸钱和青烟，亲眷们完毕礼数，哭上几声，便是开宴吃酒，要去踏春游玩了。三尺薄土，幽幽九泉，只剩下一个孤零零的西门庆。而可怜的李瓶儿母子也葬在这儿，月娘和玉楼会去祭扫么？那些受其私恩颇多的人如冯婆子、吴银儿、如意儿、迎春、绣春，年节间会来祭祭么？还能记起这位曾经的主母和干娘么？此处未写，读者自不难想象。书中没写孟玉楼和吴月娘到李瓶儿的坟前祭扫，为什么没写？因为没去呗。

春梅的哭祭

距五里原家族墓地不远，在永福寺后院一棵白杨下，是潘金莲的孤坟。春梅入寺中直趋孤坟，跪下来深深自责，继之以"放声大哭"，一片至性至情。她对潘金莲感情深挚，"叫了声娘，把我肝肠儿叫断"；对金莲的命运充满慨叹，"自因你逞风流，人多恼你，疾发你出去，被仇人才把你命儿坑陷"，"怎知道你命短无常，死的好可怜"！春梅的认知当然是偏颇局限的，还有些是非颠倒，然也不乏自己的道理，其所流露的真情也足以动人。

借着这一葬一哭，春梅再次登场，自此便居于舞台的中心，也将一部小说引入"梅时代"。西门庆一死，大院中人几乎都染上一种悲剧色彩，春梅却是一个例外。虽然也经历了奸事败露、逐出家门、等待发卖等屈辱，虽然是罄身儿被赶出西门大院，她却由此走上命运的拐点，在守备府很快就成了气候。

还记得第二十九回"吴神仙贵贱相人"么？当时吴神仙称春梅"必得贵夫而生子"，"早年必戴珠冠"，吴月娘断言"就有珠冠，也轮不到他头上"。春梅听了大是不忿。"各人裙带上衣食，怎么料得定？"这是她那会儿对老西说的话，而今果然应验不爽。

人间何处不相逢

本回文字之妙，在于写永福寺的一场意外相逢。"人生何处不相逢"，却让吴月娘大为难堪，是她极力想回避的会面，可偏偏又躲不过，偏让春梅头戴珠冠而来，偏让月娘在永福寺与春梅不期而遇，偏让她和孟玉楼等人躲在暗处偷觑春梅的大排场，偏让她欲走走不得，与春梅在这里见面絮话。假如春梅当面辱骂，或者冷冷相对，都在月娘意料之中。而这位守备府得宠得势小夫人，则是极为亲热，极为恭敬，让月娘等人意外和欣喜，其心下必有几分惭愧。

就在这一回，兰陵笑笑生先后用了四首《哭山坡羊》，我们知道《山坡羊》是当日的流行歌曲，大家都会唱，加一个"哭"字，其义甚明。第一首吴月娘哭西门庆，第二首孟玉楼哭西门庆，第三首春梅哭潘金莲，第四首因为大家见面了,听说潘金莲的坟就在寺庙里,孟玉楼提出到坟前看一看,烧张纸,吴月娘不为所动,孟玉楼就一个人去了。她也唱了一段《哭山坡羊》,里面有这样两句:"可惜你一段儿聪明,今日埋在土里。"见不出有什么真悲痛,但是提出的问题却让人深思。

世上有不少坏人和恶人,原也都是聪明人,都有一段儿聪明。萧萧白杨下的潘金莲,活着时又何止一段儿聪明?五里原的西门庆,不也是一段儿聪明埋在土里么?历史上有多少聪明或自以为聪明之人,有哪个不被埋在土里?

衙内在长堤上

清明节,是中国的传统节日,是祭扫的时节、游玩寻芳的时节,也是私奔的时节。《诗经》中就写到春天是一个恋爱和私奔的时节,是踏春时节的必有之义。

西门大官人虽已不在世,清明佳节仍如期来临,仍是寻花问柳的大好时序。那大树长堤,那杏花村大酒楼,是西门庆当年游赏春景、捕捉美色的所在,而今活跃腾挪地换成了李衙内之流。

老西活着的时候,与清河李知县似乎关系甚好,现在又来了一个李知县。知县的儿子是李衙内,也俨然是个人物了!

"衙内"一词,不知起于何朝何代?为哪位高人所创?大约有了衙门,便有了衙内。《旧唐书·德宗纪》和宋人的著作中提到了"衙内"这个词。以今证古,大约就是时下的"官二代"吧。

大堤上这位李衙内,正是清河知县大人的儿子,名唤拱璧,可见其被父母珍爱；绰号李棍子，亦可料知其行事为人。他学文不成，习武未就，三十多岁还在市井上晃荡，做衙内也属资深；来清河未久，便纠集起二三十条闲汉，挨过西门庆一顿揍的小张闲也在其中，凝聚力也不算小。就是这李衙内，遥遥一眼，便打人闹儿里看见也看上了孟玉楼，一段新故事要发生了——

夜幕下的私奔

市井上无时无刻不出现新的事儿，该书之叙述错落有致。外边李衙内与孟玉楼的故事还没开张，大院中先有了孙雪娥的一篇儿。第二十六回被逐的来旺（宋惠莲的丈夫，当时被抓到牢里又押回原籍）再次出现，来在西门大院门前，与雪娥和西门大姐相见。他来得有些突兀，又极其自然，只是几年不见身子有些胖大，且摇身变为一个银匠，让雪娥一下子没认出来。孙雪娥的错愕来自意外的欣喜，来自对眼前事的不敢相信。还记得宋惠莲自尽前与孙雪娥那场打骂么？惠莲一句"我养汉养主子，强如你养奴才"，让雪娥恼羞成怒，便有了后来的厮打和惠莲自缢。往事历历，惠莲、金莲和老西皆已化烟化灰，来旺却是活生生来到跟前，怎不让孙雪娥心内波涛汹涌呢？

在西门庆一妻五妾中，孙雪娥的相貌并不甚差，地位却无疑是最低的。除非有特别邀请，出门赴宴或游玩一般没有她的份儿；除非有些偶然的机遇，西门庆也不进她的屋门。她的身份已然属于主子，却要负担着大量的仆人的劳作。书中写了许多次老西姬妾的生日，每一个生日都是雪娥在忙碌做饭，却未见有一次为她正经过个生日。作为西门大院的四娘，雪娥总是做着最辛苦最琐碎的家务，总是无白无黑地承担着"后勤服务"，因而也总是心态不平衡。孙雪娥在不平衡中生存，也在生存中抑郁、嫉妒、仇恨，走向心理的扭曲和变态。

世间潘金莲不多，而孙雪娥甚多，写她这样的女人，或许更具有普世价值。

老西死后，孙雪娥倒是在大院中渐渐重要起来，打陈经济，卖春梅和潘金莲，送西门大姐去婆家，都有她的意见或干脆由她提议。李瓶儿死了，李娇儿去了，潘金莲被杀了，孟玉楼想换一种活法了，只有她似乎要坚守在西门大院，成了吴月娘的智囊和主心骨。而其人品、教养、生活积累、行为做派，又决定了她的主意大多是一些下三路的货色。

此一回来旺出现，让孙雪娥也看到了新生活的希望，也要插翅飞去了。书中写其离开大院真是别开生面：在她要与来旺私奔的时候，一直帮助转移财产的来昭夫妇却说你不能就这样走，你从大门走出去会令人怀疑到我们，于是孙雪娥就从房顶上爬了出去，瓦都踩破了一些，然后躲到外面的亲戚家。潜伏了几天，好日子没过成，却因亲戚之子偷取嫖赌，犯事被抓，牵连二人也被捉到官府。这个时候月娘毫不怜悯，拒绝把她领回来，由着官府把她发卖，然后被春梅买走了。

苦人儿

对孙雪娥来说，西门大院应算是洞天福地了，有饭吃，有房住，饭和房都还相当不错，偶尔也能克扣积攒一点儿散碎银子，拣买些花翠手巾。但她还会渴望情感活动，还要追逐个人幸福，这有什么不对吗？

于是，作为俗人、蠢人、是非人的孙雪娥，怀着对爱情的憧憬，怀着对这座大院的弃绝，有生第一次翻墙越脊，从此便踏上人生的拐点，成了清河一桩最新风情故事的女主角，也落入春梅手中，成了一个不折不扣的苦人儿。

第十单元

春梅之"春"与"没"

这是《金瓶梅》一部百回大书的最后十回。大宋王朝正一步步走向沦亡，而芸芸众生大多懵懂不知，风情的故事仍不择地而生，情节则益发不堪。这是已被验证了的一段历史，徽钦二宗被解往遥远的五国城的经历，远比书中所写普通百姓的逃亡要悲惨得多。这也是大明王朝由疲敝走向崩解的开始，虽有幸出了个改革宰相张居正，死后即被清算，兰陵笑笑生也以小说人物为明朝设谶。在上一个单元，作者写了西门大院的凋零，写了潘金莲的惨死和孙雪娥失败的私奔，以及西门大姐的可怜景况，本单元一开始便是孟玉楼的改嫁。西门庆的一妻五妾只剩下吴月娘一人，故事的主场，从西门大院转移到春梅所在的守备府内宅。当年的婢女春梅生了儿子，成了帅府的第一夫人，丈夫周秀的官职远高于西门庆，却也迅速由放恣走向暴死。

第一节

乖人下了狠手

《金瓶梅》的第九十一和第九十二回，一贯甘当配角的孟玉楼，因缘际会，被迫站到台前，演了一次主角。

故事梗概为：

孙雪娥与来旺的私奔案，在清河县引发轰动，也使西门大院再一次出丑。陈经济借机讨回大姐的陪嫁，要走了丫鬟元宵儿，还要追索当年寄放的箱笼。而孟玉楼又开始了一次闪婚，嫁给清河知县的儿子李衙内，两口儿恩恩爱爱。原来的通房大丫头玉簪儿因不满而生事，被李衙内打了一顿，赶出家门。陈经济自从西门大姐来家，交还许多财物，又从母亲那里要出银两，便搭上陆三郎、杨大郎等人做起生意来，娶来妓女冯金宝，气死了母亲，又押着九百两银子到严州找孟玉楼，胁迫她与自己私奔。玉楼与丈夫设计把他拿入监牢，好容易脱身出来，银子货物已被杨大郎骗走。陈经济回到家中，将大姐百般凌辱，致其自缢。吴月娘领人来把陈经济痛殴，告到官府，陈家花了许多银两打点，才免去一死。

故事进展至此，西门庆死去仅一年多一点儿，曾经红红火火、众人瞩目的西门大院，已是一派萧索。作者把笔移向孟玉楼，移向昔日大院中出了名的乖人玉楼。她已经嫁入知县大人家，复因公公升为严州通判，又随新嫁的丈夫去了严州。没想到陈经济跑到那里，假装是玉楼之弟，竟然要和她私奔。玉楼过得正好，哪里有这种想法，被逼无奈，不得不下了狠手。有一句老话叫"自作孽，不可活"。西门庆死于自作孽，现在又轮到他的女婿了，路数不同，都是在作死。

明代的《好了歌》

《红楼梦》中有一首《好了歌》，很多人会背这组诗，朗朗上口，却悟不出"好就是了"所蕴含的生命含义和生存智慧。后四十回的重大缺陷，就是没写出宁荣二府的"了"，本来作者要写的是"一片白茫茫大地真干净"，被续作者改为所谓的"兰桂齐芳"，偏离了曹雪芹的原意。而《金瓶梅》的精彩与精警，则在于以二十余回的篇幅，写出了也写活了一个官僚豪富之家的"了"。

西门庆的发家很快，数年之间，升官发财，好上加好，如烈火烹油，鲜花着锦；而一旦暴病身死，其家族"了"的速度也很惊人。没有了权力的保驾护航，西门大院的那些娇妾美婢和丰厚家产，自然要为他人觊觎和侵夺，像清河新贵张二官、老西旧交周守备、会友云参将，甚至远在东京的翟管家都在此列。这些人都盯着他留下的女人和财产。

如果仅仅是这样，还在通常的写作路数。

兰陵笑笑生不同，他以更多和更细的笔墨，摹写了这些妾婢各自的主动作为：向来低调的李娇儿第一个出位，趁乱偷了几个元宝，再一通闹嚷哭喊，先归妓院，后改嫁给张二官；潘金莲早就勾搭上小女婿，还未来得及做出规划，就因乱伦事发被驱逐变卖，死于武松之手；蠢笨如孙雪娥者也有一番壮举，会合老情人，黑夜里高来高去，拎了财物私奔……二百年后曹雪芹一曲《好了歌》："君在日日说恩情，君死又随人去了"，似乎也为西门大院发出了一声叹息。

当年西门庆费心经营的房舍园林，现在看实在是太大了。偌大的院落日渐萧瑟破敝，野草疯长，狐狸弄瓦，只有月娘、玉楼和寥寥几个家人、丫鬟，厮守着一个小孩子，揪着颗心等待他长大。这就是常言的寡妇熬儿啊！可这是吴月娘的儿子，纵然是熬出头来，与孟玉楼又有何干呢？所以孟玉楼不得不另做打算。

"有位奶奶要嫁人"

论《金瓶梅》者，多以"乖人"称玉楼。乖人的词义内涵微妙，要之即聪明人。孟玉楼能在妻妾之争的刀光剑影中保持一种大致的超然，而在夫主死后又待了一年多，恐怕不单单是聪明乖巧，也有一种很深沉的人生无奈。毕竟是孟玉楼，一个尚能自爱自尊的人，内心再焦灼迷茫，也不会像李娇儿那般下作,不会像潘金莲那般放荡,更不会像孙雪娥那般愚蠢,而是沉静地等待着时机——

终于等到了那个清明踏春的日子,等到了杏花村酒楼下与李衙内的相遇。那会儿只写李衙内的一种急色,写他的打探追问和单相思;此回则补写了玉楼在当时的表现,"彼此两情四目都有意,已在不言之表"。孟三儿也会"秋波一转",及时准确地传递了内心的热望。虽然隔了八丈远,没能有半句情话儿,那意思已是再明白不过。无怪官媒婆陶妈妈进门便称:"说咱宅内有位奶奶要嫁人……"

这是孟玉楼的第三次婚姻,操作起来很迅速:因为一个要娶,一个欲嫁;要娶者是本县知县大人之衙内,欲嫁者为前提刑老爹之遗孀。当月娘问起时,玉楼虽有些羞愧,但很快就化被动为主动,将衙内的情况先问了个底儿掉。诸位当记得第七回她改嫁西门庆的情景,而今更显得胸有成竹了,从始至终皆一人安排,月娘在一旁形同木偶,瞠目结舌。

此回以"孟玉楼爱嫁李衙内"为题,"爱嫁"二字也可圈可点。当年玉楼嫁西门庆,岂不是爱嫁?虽有长辈死劝活拦,但是她不管。此番也是大主意自己拿,说嫁就嫁,全然不管吴月娘的感受。

孟玉楼的金簪子

此节主写孟玉楼的改嫁,起笔却先写陈经济,写其借雪娥一案威胁发狠,吓得月娘送回了不少财物,送回西门大姐及使女元宵儿。这小子有了银子,一下子自信心爆棚,也为他的严州之行伏下一线。至于写孟玉楼嫁入后,李衙内原来的大丫鬟玉簪儿的对抗和作怪,则以戏谑之笔，插科打诨，寓写李衙内原先生活之粗陋单调，反衬其与玉楼新婚后之精致生活和美满恩爱，皆在衬托与映照，在于为后面的故事铺垫，并非等闲文字。

孟玉楼也是《金瓶梅》中一位重要女子，前面我们多次讲到她，在"金、瓶、梅"三个女子之外，应该就数她墨色最亮了。这一回作者着重从她头上的簪子写起，一支特制的油金头簪，因制作复杂而显得贵重，上面镌刻两句诗"金勒马嘶芳草地，玉楼人醉杏花天"，嵌着孟玉楼的名字。这两句诗在话本小说中多次出现，《水浒传》第一一〇回也曾引用，一会儿说杜甫作，一会儿说是李白，也有人说是宋徽宗赠给李师师的，似乎都没有什么根据。

玉楼的簪子，在书中算是一个贯穿性的重要物件了：第八回第一次出现，是孟玉楼嫁来后赠给西门庆的，惹得金莲很不开心；第八十二回，潘金莲又从陈经济袖子里掏出此簪，小女婿辩说花园中捡的，被好一通嘲骂，搞得陈经济"赌神发咒，继之以哭"，金莲终还给他了簪子，但是不太相信；再过十回之后的第九十二回，潘金莲早已成荒野孤鬼，而经济则拿着这根金簪子，往严州找另一个小丈母来了。

所以，我们说陈经济真是色胆包天，初生牛犊不怕虎，竟敢到一个完全陌生的地方，要求他的另一个小丈母娘和自己私奔。

陈经济冒充孟玉楼的弟弟到了严州府衙，见李衙内时意态从容，满口称姐夫，而在没人处，竟要玉楼跟自己私奔。孟玉楼立刻变脸斥责，经济则不慌不忙，从袖中掏出那根簪儿来，说是两人有奸之证。已死的西门庆诚恶人也，却不如这小子之卑鄙无赖，也不会如此当面讹诈，更不能蠢到这种地步。

乖人下狠手

陈经济的行为是逼着孟玉楼下狠手,以玉楼之"乖",大约从未遇到过这种情形。正享受幸福生活的她觉得突兀,觉得匪夷所思,亦怕嚷将起来有口难辩,只好变作笑脸假装接受和回应。这还是聪明人行径么?却也正是孟玉楼不得已的做法。聪明人也会遭遇突发事件,也会遭受讹诈,其在讹诈面前也会退缩,而至此等境地,乖巧便会演为乖戾,屈辱和恨意便会酿成报复。逼着聪明人一退再退,绝不是一个聪明的办法,经济自以为得计,等到夜半来会,墙里面递过"一大包银子",等到忽然一声梆子响、闪出四五条汉子,已是晚了!

还有什么比恶人受到惩罚,更让读者开心的吗?

此一罪案足令经济小命休矣,未承想峰回路转,竟能逃出一条命来。作者于此处再写官场的复杂,李衙内与孟玉楼设计虽巧妙,却忘了他的父亲只是一个刚任职月余的通判,只是一个副职,能够决定的事情非常有限。在审案子的时候,知府大人不光不准,还带审出真真假假一串儿情弊,搞得李通判灰头土脸。陈经济真是命不该绝,假若衙内之父就是知府,假若其父与知府关系密切,假若衙内在夜间痛下杀手,乱棍加之,他这条小命也就玩儿完咧。

不管怎么说,簪子的故事、玉楼的故事都到此打住了。孟玉楼为此几乎被休弃,幸赖李衙内一心至诚,宁死不与之离婚,总算渡过了一关,偕夫君回老家攻书去也。玉楼经历了险厄,也考验了爱情,算是福大命大,吴神仙的命辞里写孟玉楼的结果是很不错的,也是一个验证。

陈经济从监狱里被放出来，严州之行仿佛打开了厄运之门，等待他的是一连串的灾难：先是因为被监禁，一船货物被铁指甲杨光彦拐得无影无踪；次是归家心情不好，打骂西门大姐，致其自尽，又吃了一顿监牢痛打，好不容易才赎出命来。"唱的冯金宝也去了，家中所有的都干净了，房儿也典了"，而此时上距他掌管家产，也不过一年光景。

败家子的作为纵然形形色色，也大都是这个套路。

第二节

咽喉深似海

《金瓶梅》的第九十三和第九十四回，讲的是陈经济的速贫之路。如果说前两回的主角是孟玉楼，其实写作重点仍在陈经济，在西门大院凋敝零落的大背景下，写这个官二代、富二代的作孽与报应。而在这两回，接着写陈经济在经济上的快速跌落，混迹于社会最底层。

故事情节为：

经历了一番折腾，陈经济很快荡尽家产，弄得贫无立锥之地，大冬天只好在冷铺里存身。幸得父亲故交王杏庵资助，荐到临清晏公庙做方丈任道士的徒弟，不久便骗得信任，常拿着银子到码头上游玩，与冯金宝再次相会。没想到惹恼了周秀亲随张胜的小舅子刘二，将二人发狠痛打，送往守备府审问。周秀见是道士和妓女厮混在一起，下令打二十大棍，刚刚打了十棍，恰被春梅在软屏后看见，说是自家表弟，周秀连忙释放。春梅本来想挽留，转念想到雪娥在府内，怕她乱讲，不敢挽留，找碴儿将雪娥打骂后卖到临清码头为娼。张胜到临清办事，在酒楼与雪娥相逢，很快就搞在一起。

俗烂的小说看似故事生动，多数读了开头便对结尾猜个大概差不离。而优秀的作品，处处文字妥帖自然，又时常出人意表。若非阅读至此，有谁能想到陈经济会在大冬天流落街头？谁能想到他即使落到寺院里、冷铺中，这小子过得都还不错？落魄至极的时候，陈经济的那些小聪明便会起作用，也有着很强的生存能力。

冷铺里的《粉蝶儿》

此处文字之妙，妙在冬夜冷铺（类似如今的收容所，但是四处漏风，所以叫"冷铺"）里那一套《粉蝶儿》。写陈经济在冷铺睡着了，做了一个梦，梦见自己回到了西门大院，在院里过得很好，有吃有喝，还有小丈母娘陪着鬼混。他从美梦中哭醒，对着一群叫花子讲述自己的身世，情与境相交融，真天地间一种不可多得之文字！没看到这些文字的出处，应该是出自兰陵笑笑生之手，比如这么一段：

> 九腊深冬，雪漫天凉然冰冻，更摇天撼地狂风。冻得我体僵麻、心胆战，实难扎挣。挨不过肚中饥，又难禁身上冷。住着这半边天，端的是冷。挨不过凄凉，要寻个死路，百忙里舍不得颓命。

什么是"半边天"？是说这个冷铺只有半个屋顶，半边没房顶。接着说他在这里面过得实在是太凄凉了，饥寒交迫，想自杀，又舍不得死。有回忆而没有反思，有自述而没有自省，如泣如诉，将一个败家子的全部经历和心绪一一道出，却让人无法同情。

咽喉深似海

没有研究过明代的冷铺，里面大约是不管饭的。以陈经济为例，在这样的寒冬，他晚上可以躲进冷铺睡觉，但白天还是要去乞讨。熬过了隆冬长夜的陈经济，仍然在街头乞食。他把能利用的亲朋好友梳理了一个遍，但从不到嫡亲的舅舅那里去，因为自知把舅舅得罪得很苦，害怕得不到同情。他也不去找春梅，大约于面子上下不来，或者担心连大门都进不去。最后想到父亲的旧交王杏庵身上，到了他的家门口。杏庵老人果然心存慈悲，屡次施舍解救，最后把他送到临清晏公庙与任道士做了徒弟。不光给他置办了所需的衣服，还给任道士送了礼物，亲自把他送过去交给任道士，叫他好好管束。

作者写经济三次上门乞讨，杏庵三次施舍和苦劝，层层皴染、色上着色。这里引录一段，是他第二次到杏庵家，老人叮嘱他再也不要这样放纵自己了，作者写道：

这经济口虽答应，拿钱米在手，出离了老者门，那消数日，熟食肉面，都在冷铺内和花子打伙儿都吃了。要钱，又把白布衫、裆裤都输了，这是老人刚刚送给他的。大正月里又抱着肩儿在街上走。不好来见老者，走在他门首山墙底下，向日阳站立。老者冷眼看见他，不叫他。他挨挨抢抢又到跟前，趴在地下磕头。老者见他还依旧如此，说道："贤侄，这不是常策。咽喉深似海，日月快如梭，无底坑如何填得起……"

说归说，杏庵老人还是再次资助，亲自把他送到临清的晏公庙。

晏公庙

《金瓶梅》以市井写世情，笔墨所及，无处不是市井也。朝廷岂非市井？钱送上去就能有官做；公堂难道不是市井？人情到而任何罪孽都可以消弭……这里又写杏庵老人把他送到任道士的晏公庙，那里也是市井。

作为一个庙宇，晏公庙中徒子徒孙，显得层次分明，而说到商业管理和经营，这里的人才看来是太少了。进了庙门的陈经济很快脱颖而出，在西门大院见过的世面、打下的底子也发挥了作用，又经过冷铺一番历练，欺上瞒下，深得信任。陈经济很快掌管了庙中的财权，好像又找到了一个福窝。在临清大码头，他遇上了离散很久的冯金宝，两个人重逢后非常感慨，再次腻在了一起。经历一场官司、一番磨难，经历了冷铺的折磨，陈经济手头宽裕了，与冯金宝又意外相逢了，"情人见情人，不觉簌地两行泪下"，场景有些感人，然不就是一对狗男女吗？

《金瓶梅》虽然写了很多女子，书名也以三个女子的名字连缀而成，但大体又以男子相绾结，几乎所有的女子都围绕着男主人。八十回之前为西门庆，八十回后则为陈经济。虽无老丈人西门庆的一表人才和豪爽，陈经济也是"生的眉清目秀，齿白唇红"，风流倜傥。如此说来，《金瓶梅》也算日后才子佳人小说之先河，主人公西门庆和陈经济虽恶行累累，但也都深得多个女子喜爱。

坐地虎刘二

刚刚在晏公庙找到一点儿幸福感的陈经济，很快又撞上一个克星——临清码头的坐地虎刘二。市井是一个完整的生物链，一些出身优裕者在家境陡变之后，才会对底层之苦有痛切认知。比如说陈经济，原来生活在西门大院，有老丈人罩着，根本不可能受刘二这种小角色欺侮，现在就不行了。欺行霸市的坐地虎刘二见两人整日起腻，又不交份子钱，先打冯金宝，再打躲在一边的陈经济，"手采过头发来，按在地下，拳捶脚踢无数。那楼上吃酒的人看着，都立睁了"，真是一顿好打。读者不能不想起，之前陈经济拳打脚踢西门大姐，也是这般抓住头发，摁在地上，使得大姐含恨自缢。

此处写经济，也写春梅。先写经济挨打受辱，吃尽颠沛流离之苦；再写春梅为救助经济，将孙雪娥打骂羞辱，卖到临清码头做妓女。而连接二事者，恰恰就是坐地虎刘二。在临清码头，在谢家大酒楼，陈经济被坐地虎痛打，却不会自缢。但因当初陈经济和冯金宝一起欺负西门大姐，所以坐地虎刘二固然可恶，其揪打金宝和经济一节，读来却如鲁智深拳打镇关西，让人有许多畅快。

又是一"脱"

刘二是临清一霸，不光找碴儿打人，打女人，还叫地保把二人捆起来，押往守备府审问。就是因为这一审，春梅与经济又见面了。春梅对陈经济旧情不断，本想就此将他留下，无奈孙雪娥在府内，只好暂罢，先把孙雪娥处置了。"剜去眼前疮，安上心头肉。"经济为心头肉，雪娥则是眼前疮。情欲如炬，因雪娥而不得马上燃烧，于是便发为邪火，雪姑娘要惨了——

昔日西门大院的四位身兼家乐的大丫头，各学一种乐器，俨然又是四个家乐，以春梅为首，也以她心性最高，常常顶撞得老西"一愣一愣的"。卖入守备府，周秀对之哄着捧着，后来生了儿子，成了正头娘子，更是一味迁就。春梅要找碴儿，要喝鸡尖汤，嫌孙雪娥做得不好，一遍又一遍泼掉和斥骂。孙雪娥忍不住嘟囔了一句，意思是你原来不就是个丫鬟吗，传到春梅耳朵里，春梅顿时大发作，叫人把她痛打，并要求把她脱光了打。连周守备都觉得太过分了，另外一个妾也来求情，说给老爷留点儿面子。

春梅不听，一定要把孙雪娥脱光衣服痛打，然后把她卖到临清码头上去做妓女。此处显示出春梅心性之恶，为了与老情人相会，把孙雪娥赶出去就行了，但是不，非要弄她去做娼妓，还声称谁不听就要把小孩摔死。她出自潘金莲房里，在狠毒上和潘金莲是一样的。

西门庆在世时就喜欢褪下裤子打女人的屁股，春梅也是有样学样。当众被脱光衣服，对女子是一种刻骨铭心的屈辱，而在场目睹的男性，感受就很复杂了。当初西门庆要打潘金莲和李瓶儿，均是先逼令脱衣，不脱就用鞭子抽，而一旦脱光，则又回嗔作喜，把过去的愤怒都丢掉，原谅了她们，搂在怀里。这都是有先例的。孙雪娥曾也是大家美眷，天生有几分姿色，脱她衣服行杖的是亲随张胜，显然也留下了极深的印象。

又一个风情故事开始了。受尽屈辱的孙雪娥被卖到临清为娼，在谢家大酒楼卖唱，与张胜意外会合，至于二人很快打得火热。张胜自此常来常往，雪娥被刘二处处关照，也过了几天优裕日子。市井上无奇不有，小舅子为姐夫的奸情提供便利，就这样发生了。雪娥与张胜之间似乎也产生了浓浓情意，却是一段危情。为何说出一个"危"字？后面自有分解。

第三节

死了汉子
败落一齐来

《金瓶梅》的第九十五和第九十六回，讲的是吴典恩（无点恩），这一形象颇有典型意义。此前的四回，虽然穿插各种人物，但以陈经济的命运为一条主线。这两回稍做停顿，把镜头又转回冷清已久的西门大院。小说渐近收尾，留在院中的只剩下不多几个人，仍然会有事件发生，引出了那个久违的吴典恩。

故事梗概为：

西门大院的败落仍在继续，而生活也在继续。中秋佳节照常来到，这天是吴月娘生日，两个娘家嫂子和几个尼姑来与她贺寿，喊人上茶不应，月娘亲自去催，撞见玳安和小玉正"在炕上干得好"，骂了几句，也就顺水推舟让他们成亲，拨一间房儿居住。惹得另一个小厮平安心中不服，认为自己年龄比玳安大，应该先给自己娶媳妇，于是偷了当铺里金首饰，到妓院嫖宿，被拿到巡检司。此时吴典恩新升巡检，将平安一通夹打，并让他诬告和攀扯吴月娘，指认主母与玳安有奸。月娘不知内情，认为吴典恩是家中旧伙计，找人去说情，岂知那厮翻脸不认人，无奈之下，只好去求告春梅。春梅托周守备相助，周秀派人命巡检司将案件移交，当众训斥吴典恩，平息了此事。于是，两家又有了走动，在西门庆死后三周年之际，春梅重回大院，重回她生活过的小院和房子，见到一派破败景色，无限感慨，也愈发思念不知流落何处的陈经济。而经济因为犯事后，任道士发现庙里的钱已被荡尽，一口气没有上来就死了，已不敢回晏公庙。他再次住进冷铺，依附土作头侯林儿为生，终于有一天，正和一群叫花子在太阳下取暖，被路过的张胜遇见，把他带回了守备府……

西门庆在世之日，吴月娘时常被惹得生气，而一旦死去，始知丈夫的价值所在。没有西门庆的西门大院真也不成个样子，只剩得孤儿寡母，再加上三五仆人，冷清得瘆人。

树倒猢狲散

有道是"大树底下好乘凉"，可"树倒猢狲散"，又各有各的散法，散之前也各有一番表演。一部《金瓶梅》，先是写各类人等如何聚拢到西门大院；再写这些红尘中的男男女女，又如何一个个先后离去。

第九十五回一开始，先交代西门大院近期发生的事情：来昭死了，一丈青带着儿子小铁棍嫁人去了；绣春给王姑子做了徒弟，出家去了；来兴的媳妇惠秀病死，与如意儿挂刺上，吴月娘知道后骂了几句，也就让二人完房。这日又是八月十五，吴月娘的生日，请娘家的两位嫂子来吃酒，听姑子宣卷，可连一个倒茶送水的丫鬟也呼唤不来，要月娘去满院子寻找。就这么一找，发现玳安和小玉正在上房亲热，生米做成了熟饭，月娘只好让他们结成夫妻。作者写来均用简笔，匆匆带过，似乎对西门大院这些琐琐碎碎的偷情和奸宿，已失去了渲染的兴趣。

接下来写平安不忿和偷窃，偷走当铺中的金首饰，不独破财，还引来了一个大麻烦。平安算是院中老资格了，是看大门的，有着奴才的劣根性。当初因多嘴几次被主人暴打，不肯离开，西门庆死后仍未马上离开，现在见玳安成亲，而自己年龄更大却没人关心，心中不满，偷了东西去妓馆中鬼混，结果犯了事。吴巡检让他诬蔑女主人，他也就照着说，没有一点儿良知。

"死了汉子，败落一齐来"

这是月娘在悲愤之下，对薛嫂说的话，即丈夫已死，各种各样的败象丛生。《金瓶梅》以八十回篇幅，叙写西门大院的扩拓，再以二十回写其败落。西门庆在书中的生命旅程仅仅七年，其间巧取豪夺，生子加官，几乎是无往而不利；而一旦撒手尘寰，不上两年工夫，他的家便成了这样一副光景。回想西门庆在世时月娘那无数幽怨，而今只剩下一种——汉子不在了。

至于那些曾在大树下乘凉的人生过客，那些在大树上上下腾挪、树一倒即纷纷走散的"猢狲"，又怎么样呢？爹死娘嫁人，各人管各人。兰陵笑笑生努力给出一个社会全景、一个清河市井的全记录，以形形色色的背叛，彰显世情之浇薄。如吴典恩这种小人兼恶人，应是极端之例了，更多的忘恩负义比比皆是。

小人也有克星

正是因为历史上、生活中忘恩背义者太多，人们对此辈也有着足够的戒惕和憎恶，朝廷和乡野，官场和市井，莫不如此。朝廷有朝廷的法脉准绳，官场有官场的潜规则，市井也有市井的价值观。吴典恩陶醉于一朝权在手的愉悦中，恣意妄为，忘记已冲决社会底线，更忘了自己仅一芝麻大的官帽儿。而守备府一纸令到，他顿时吓得屁滚尿流，磕头作揖，赔出几两银子。狐狸没打着，倒惹了一身骚，只怕也要晦气一阵子了。

没有了大树的庇护，多数的猢狲是没有好结果的。但春梅是一个特例！曾经的她也是一个小猢狲，如今却成了周府的大奶奶，有了儿子，更有了宠幸，成为朝廷命妇，今非昔比了。春梅又靠上了一棵大树，自家也俨然成为一棵大树。试想，当年的高冷主母要靠被赶出家门的丫鬟来解救，在月娘是怎样的一种屈辱失落，在春梅又是多么的扬眉吐气！

三年后的西门大院

第九十六回，写月娘为了表达感谢之情，邀请春梅重回西门大院，就这样，在西门庆死后三周年之际，春梅回来了。

她是第一个被卖出去的，逐离时身为下贱，又有奸情败露，那份耻辱，自然是刻骨铭心；回来时已是守备府中的大奶奶，又是何等的尊荣。逐离时仅有小玉一人在夜色下相送，还要偷偷摸摸，免得月娘发现；回来时大轿小轿，"军牢执藤棍喝道，家人伴当跟随"。生活中总会发生这样的此消彼长，也教导人在得势时别太过分。"休道世情看冷暖，果然人面逐高低"。我们看月娘奉赔着笑脸，真也觉得难为这位曾经的第一夫人了，可让她能怎样呢？

春梅回来了。距她被赶出院门，也就差不多两年零三个月光景。这期间春梅被薛嫂儿领出待售，被卖到守备府，然后是由丫鬟而小妾，受宠生子，母因子贵，再由妾成为正头娘子，一连串的"发迹变泰"；而西门大院则是诸妾出离，众仆逃逸，各样官司，种种难堪，数不尽的麻烦接踵而至。是人的造化，还是造化弄人，又有谁能说得清楚呢？

多成多败

这一回的标题叫"春梅游旧家池馆"，当然会忆起旧日的幸福时光，春梅更强烈地思念陈经济。作者随之笔锋一转，写陈经济重入冷铺，写他被骗子铁指甲当街痛殴，写他成了土作头儿的"小弟"……这小子命中灾星多，贵人亦多：父亲遭事时，岳父西门庆是他的贵人，收留了他；严州被监禁拷打，知其一不知其二的知府是他的贵人，饶了他一命；流落街头时，杏庵老爷子是他的贵人；在晏公庙充见习道士，师兄金宗明是他的贵人；此时重入冷铺，则是飞天鬼侯林儿成了他的贵人。

那时候的冷铺，条件虽然艰苦，却是流浪者的避难之地。这是陈经济第二次进入冷铺，已有几分熟门熟路，有几分亲切感。第一次来时还会梦回西门大院，然后从梦中哭醒，一番倾诉，再来则连梦也没有了。短短几年光景，荣华富贵对陈经济已是无比遥远了。可就在这时候，又来了一个算命先生叶道，叶道说混在花子丛中的陈经济将来有"三妻之会"，引起一番哄笑，说他现在还在给别人当老婆呢。又说他的命运"多成多败"，成事不少，败事也不少。

所谓无巧不成书，就在陈经济和一帮花子"倚着墙根，向日阳蹲踞着，捉身上虱虮"之时，守备府虞候张胜来了。大约这个张胜为讨好小妇人，时常留心寻找她的"表弟"，路过的时候竟在人群中发现了陈经济，惊喜万分，扶他骑上大马，去见他生命中最重要的贵人兼情人——春梅，留下一帮叫花子目瞪口呆。

第四节

帅府已成淫污地

从《金瓶梅》的第九十七回开始，亦即春梅回了一趟西门大院之后，叙事场景转到周秀的守备府。

第九十七回、第九十八回的故事为：

> 张胜把陈经济送进守备府，周秀不知就里，欢欢喜喜安顿他在府里住下。由于周秀职掌军务，常年在外，家中事全由春梅做主，与经济重叙旧情，只瞒得周秀一人。吴月娘应邀来做了一次客，因经济对此不满，两家交往也就此断绝。春梅为陈经济操办婚事，娶了开缎子铺葛员外女儿翠屏。有了守备府的背景，陈经济先报了铁指甲杨大郎之仇，追回一宗资产，加上春梅的五百两银子，在临清大码头开了大酒店。一日，遇见韩道国一家从船上下来，故人相见，韩爱姐已经长成，并很快与经济打得火热。

从本节开始，故事的场景多选在周府——原来是守备府，现在是统制府了，而以临清大码头为辅，至于西门大院，则没有人去再关注。有道是"千年房舍换百主，一番拆洗一番新"，那个地方注定是要改换主人的，谁知将来又姓甚名谁呢？

陈经济的小发达

此回的叙事主线多在陈经济身上，以经济来衬托春梅。让经济诉说往事，以其沦落之惨，映衬春梅之尊荣享乐；经济对着周秀叫姐夫，以其见事机警善变，映衬春梅安排之周密；经济反对吴月娘来守备府，以其啾啾唧唧，映衬春梅处事尚有大度量……总之以经济之恨映衬春梅之怨，以经济之小映衬春梅之大，以经济之耿耿于怀映衬春梅之以德报怨。当然她也只是对吴月娘，对孙雪娥不是这样。所以说，西门庆在时，为一书之主脑，所有故事围绕老西生发起伏；如今西门庆不在了，以春梅为一书之主脑，围绕着她结撰故事，点染人物。至于陈经济，始终为附笔，为二类角色。写一陈经济，在为春梅做铺垫。

真不知该如何评说二人的关系？春梅被逐，经济赶去私会缠绵；经济遭罪，春梅为之寝食难安。能说两人无感情乎？然二人之情始于乱伦和群奸，既不纯洁，更说不上专一，剪不断，理还乱，深不深，浅不浅，是怎样的一种男女感情类型？

西门庆在日，周秀与之往来颇多，后来又收用了春梅，虽说是不太懂风情，却糊糊涂涂将一双淫人弄入家门。今日的守备府，真可称复制了西门大院的旖旎风光。春梅终于寻到陈经济，二人也把在西门大院曾有的欢乐重新续起，也有笙歌与欢宴，也有年轻的丫鬟侍妾，也有书院和花亭，更多的则是两人的私会。主子的私会和厮混，永远是不避也避不了下人的，只可怜那周守备被蒙在鼓里，还要为陈经济谋官职，娶老婆。

娶妻的与犯事的

陈经济娶妻一节，由于周守备的原因，在清河一县如同"选秀"，妙笔多多，谑笔多多，却也带写出当年与西门庆相熟的一干人等。毕竟快到了文末卷尾，对那些活物该有个交代了——

首先是应伯爵。这位清河第一名嘴、天下第一帮闲，这位市井上的变色龙，曾几何时，再提到他，却是写他死了。怎么死的？作者没有做任何交代，就是两个字"死了"。顺便说到在他死后，二十二岁的女儿嫁不出去，也让人感叹，一生坑蒙拐骗，经常得手，却也没有带给他什么好日子。

李三、黄四，那两个专门与官府打交道、主营"政府采购"的奸商，西门庆死后立刻投靠了别人。他们如今都犯了事儿，"拿在监里追赃，监了一年多，家产尽绝，房儿也卖了。李三先死，拿儿子李活监着"，费尽心机，无情无义，下场也不过如此。

还有来保，李三、黄四的案子中也牵连了来保。那位多次上东京办事的仆人，在主子死后狠捞了一笔，大意昂昂开起自家铺子，此时也与黄四等一起入监，身死大牢，儿子接着蹲监狱……

在听到这些时，春梅没有太多反应，更谈不上同情与帮助，她所牵挂的西门大院的旧人只是陈经济。不管怎么说，陈经济看来是脱离苦海了，娶亲之日，骑大白马，青衣军牢喝道，清河县必又是一阵轰动。

不知这个娶亲的队伍选择了什么样的路线图，或者会避开西门大院，或者要专门经过西门大院，吴月娘听见有什么样的反应呢？作者没写，留给大家去想象。

新事与故人

一部大书进展到尾声，新事减少，故人渐多。

新事减少，却也不能没有新故事，因为书中情节要靠新故事来支撑；故人渐多，让故人入于新事，使其再现，亦做一收束也。上回中，陈经济在守备府的选秀和大婚为新故事，新娘葛翠屏也是鲜活登场，却借聘嫁带写出应伯爵、黄四、李三等人之结果。第九十八回中，周秀升为济南兵马制置（大军区司令？），陈经济沾光成了军中参谋，顶着参谋的名义在临清开大店。这些皆是新事，涉及的故人却也不少——

陆秉义即故人。此人虽迟至第八十八回才与铁指甲杨光彦一起出现，却是陈经济故交，是他一度走动很热络的酒肉朋友，也是他被拐骗钱财之事的见证人。正是陆二郎提起旧事，引得陈经济恨从心头起；又是陆秉义为经济出谋划策，夺了谢家大酒楼，自家做了主管。

杨光彦和兄弟杨二风也是陈经济故人，兼大仇人也。严州之行，经济有锥心之痛，最痛的不是被捕入狱，而是被杨光彦拐去一船货物，两次讨要，两次被他和兄弟打骂。这是经济由小康走向赤贫的关键一步，所说"我恨他入于骨髓"，发自肺腑。其实陈经济淫虫入脑，加上受辱太多，有些健忘，可一经陆提醒，便下痛手。而一旦杨家二兄弟被抓到提刑所，也就剩下了哭爹叫娘的本事，顷刻间财产荡尽，从今而后，该是这哥俩去冷铺里讨生活了。

那问案的何千户和张二官也是故人。想当初西门庆一路引领何永寿前来清河上任，回家对老婆讥笑其"嫩"，认为离了自己就不行；而今何永寿已转任正职，素来瞧不上的张小二官，也成了张二官府。没有了西门庆的提刑所，还是那个声威赫赫、棍棒飞扬的所在。

韩捣鬼回归

最浓重的一笔，是韩道国（韩捣鬼）一家三口的回归。

韩道国是西门庆的伙计，听说西门庆病死，拐了一大笔钱财，带着妻子去东京找女儿。几年不见，韩道国老了！跑到京师的宰相府转了一圈儿，拐了的钱财不知去了哪里，至如今却连清河也没了存身之地，随船漂泊，流落到临清大码头开私窠子（没有执照的妓院）！与陈经济意外相逢时，韩道国"已是掺白发鬓"，全没了当年那份摇摆逞能，没有了当年的滔滔不绝，甚至连捣鬼的能耐都没剩下多少，只见一个卑微瑟缩的小老头，终日为妻子女儿的卖淫打下手。曾做过"相府亲戚"的王六儿重操旧业，一时荣宠的女儿爱姐也披挂上阵，看来仓皇离京之际，这一家子也没捞着什么便宜。

京师的消息

就是这个韩道国，带来了京城的消息：朝廷闹地震了！几位"太"字号人物——蔡太师、童太尉、李太监等等都倒了！老蔡最有出息的儿子、已任礼部尚书的蔡攸被处斩，家人仆役"各自逃生"。至于那个权重一时的翟管家，韩道国居然一字不提，怕也是提不得了。一定要提么？天下事常以不了了之，蔡太师一旦玩儿完，翟大管家也就跟着完了呗。

只有爱姐的故事似乎刚刚开始，她与陈经济打得热络，似乎又在演绎一个新版的"一见钟情"：吟咏弹唱、寄简酬韵，当年潘金莲那些招数，爱姐皆能运用自如。可读来却令人心中酸楚。毕竟北宋末世来临，一部大书就要曲终人散了。

第五节

家国乱离时的"风情绝唱"

在一开始,《金瓶梅》的作者就声称要写一个"风情的故事",而到了第九十九和第一百回,即全书的最后两回,国事已大不堪,临清码头上仍然上演着新的风情故事,真可谓将风情进行到底了。只不过此时的风情,更贴近和关联着死亡,充满血腥。

故事梗概为:

国事危急,大队金兵杀入中原,铁骑直趋东京汴梁,而临清大酒楼仍热闹非凡。陈经济在楼上与爱姐厮混,王六儿在楼下与贩私棉何官人(似乎是要到王婆家买潘金莲的那个不要命的)行房。坐地虎刘二过来寻衅,先打何某,再打王六儿,勾起被其打骂过的陈经济的旧恨。不久,经济得知张胜与雪娥之事,回府与春梅鬼混时添油加醋,二人定计,要收拾张胜。不料恰好被在后院巡风的张胜听见，回去取来尖刀，恶狠狠闯入。其间春梅因儿子哭闹离开，只有陈经济光赤条条躺在床上，张胜手起刀落，杀了经济。他还要去杀春梅，却被武艺过人的另一个虞候李安拿下，周秀下令将之当场杖毙。国事家事皆已大不堪。不久后周秀死于战场，春梅死于新勾引的家生子周义身上，周义死于管家乱棍之下。而金兵攻陷汴梁，徽钦二帝被押解往北地，国家沦亡，生民涂炭。吴月娘和家人也踏上逃亡之途，想去投靠西门庆故交云离守，夜宿永福寺，经普净禅师点化，送孝哥儿出家，得名明悟。十几天后，高宗皇帝即位，天下渐趋安定。月娘归家，把玳安改名西门安，继承家业，人称西门小员外。

最后的两回，北宋王朝已经崩解，而兵锋未到之地，万丈软红尘中的男男女女大多数仍浑然不觉，醉生梦死。

都统制周秀

《金瓶梅词话》所写官员也颇多，就中一个值得注意的官场人物，便是守备周秀。周秀长期担任的守备，在明代实为一个品阶不高的军职，大约相当于当今的军分区司令之类吧。

从为人和做官上论，周秀有几分老实忠厚。未见他到处跑门子谋官位，未见他有太多的假公济私和巧取豪夺，未见他有意作恶和欺压百姓。他颇有几分正直和善良，但更多的应是愚钝和糊涂：西门庆对其升迁明明说了不利之词，他却轻信是帮了自己，再三表示感谢；潘金莲何等恶名在外的歹毒妇人，他听了春梅的话，竟打算娶来府中；陈经济与春梅的不正常关系一望而知，他竟然真的视为表弟；张胜杀陈经济这种不可思议的恶性案件，他居然对其中隐情问都不问……

就这样一个庸庸碌碌之辈，这样一个头戴绿帽子的超级糊涂蛋，在国家危难之际，竟被擢拔到重要职位上，要统兵出征了！他的职位是都统制，为宋代高级军职，类似统帅。正当抵御强敌之际，宋朝居然选了像周秀这样一个庸笨之人。

"黑头虫儿不可救"

大体说来，有怎样的统帅，就会有怎样的军队。历来封建王朝更替，大约有一定的气数，气数到了则无可挽回。周秀还算是老实人，居然也要把裙带关系陈经济提拔为军中参谋，其余亦可想象。在一个市井气弥漫的社会，在高级武官们可以不论军功、任意提拔私人的体制下，不可能有一支强大的能征善战的军队，也不可能拥有为国效命、视死如归的士气。这不，尚未出师御敌，周都统帐下一位参谋先玩儿完了——

这位死于非命的军中参谋便是陈经济，没有上战场，就被割了脑袋。

本质上，陈经济是一个转眼忘恩的小人。他一心要报复刘二，完全不顾张胜的搭救之恩，与春梅密谋要害他。没想到被张胜听到。为什么这么巧？大概张胜从孙雪娥那里得到了不少信息，对陈经济和春梅时刻警惕着，随时监视，故将他们的话听去。张胜回去拿刀来杀，而闯入房间时，春梅已离开，陈经济还在被窝里。书中写道：

那张胜提着刀子径奔到书房内，不见春梅，只见经济睡在被窝内，见他进来，叫道："啊呀，你来做什么？"张胜怒道："我来杀你！你如何对淫妇说，倒要害我？我寻得你来不是了，反恩将仇报？常言：黑头虫儿不可救，救之就要吃人肉。休走，吃我一刀子，明年今日是你死忌。"那经济光赤条身子，没处躲，搂着被。乞他拉被过一边，向他身就扎了一刀子来。扎着软肋，鲜血就邀出来。这张胜见他挣扎，复又一刀去，攘着胸膛上，动弹不得了。一边采着头发，把头割下来。

　　这是一个非常血腥的杀人场面。有谁会把陈经济当作一位军人？可他的确是大宋军队中的军官，上了军官的名册，穿上了武官的"大红员领"官服。这样的军队又怎么能保卫国家呢！

改朝换代之际

　　作者把上皇禅让（即宋徽宗把皇位内禅给了儿子钦宗）和金兵入寇的大事件，简洁穿插于对市井日常生活的叙述中，使读者惊见大厦倾覆时的沉迷与贪婪，见识什么叫执迷不悟，什么叫醉生梦死——

　　伪军官陈经济死了，真军官张胜也死了，被周秀不由分说，下令当场打死，他的小舅子刘二也被抓过来当堂杖毙。论起来张胜也是一名伪军官，本是个市井混混，曾遵西门庆之意殴打和讹诈蒋竹山，被西门庆推荐到守备府，渐渐竟混成了武官。已故西门庆的妾室、新近张虞候的情妇孙雪娥听说后惊慌失措，自缢身亡。一股浓重的血腥气渐渐从字里行间泛起。陈经济死后，爱姐儿似乎无比悲伤，虽有些莫名其妙，也懒得去想它了。

风情的迷蒙与血腥

到了最后一回，随着北宋王朝的崩塌，书中的所有人物，还有他们的爱恨情仇都戛然而止。与韩爱姐的一番遇合，算是本书的"风情绝唱"。

一部《金瓶梅词话》，不是作者所说要写"一个风情的故事"，而实际呈现了很多个风情故事，一个接一个的大大小小、长长短短的风情故事，以此汇聚成软红尘中的人间万象。仅一个西门庆，短短的三十三岁的一生，与不同女子的故事就不下数十件，几乎件件不离淫纵与风情。西门庆与潘金莲相继死去，陈经济和春梅在风情和作孽的跑道上接棒狂奔。

"惆怅软红佳丽地，黄沙如雨扑征鞍。"是范成大的诗，写出风骚、风尘、风情之常驻。而对于每一个生命个体，风情又是瞬间的，短促的，飘忽无定和转眼即逝的。第三十四回，西门庆讲了一个风流案，说阮三对陈小姐倾慕渴思，一朝交合，竟然"*死在女子身上*"。而老西本人纵横欢场，所向披靡，最后却是死在潘金莲身下。上一回写陈经济与春梅白昼欢会，笑语之声传扬户外，接下来便是张胜窃听惊怒，取刀来杀，而周秀也下令将张胜"*登时打死*"。越是写到后来，作者笔下的风情就越是迷蒙着血腥。

春梅之死

就在全书的最后一回，不甘寂寞的春梅又看上了李安，就是那个当场把张胜拿下的李安。一个"英雄美人"的风情故事似乎又要拉开帷幕，然而没有，孝子李安听从母亲的话，逃离了这个是非之地、淫烂之地。周统制亡于沙场，作者没写春梅有多少悲痛，却转而去勾画年轻遗孀的新故事：她早已勾搭上了家生子周义，淫欲无度，最后"呜呼哀哉，死在周义身上"。二十九岁的春梅死了！伴随她的还有童仆周义——一个十九岁的俊俏小生，被管家乱棍打死。这是《金瓶梅词话》最后的风情事，写得一派潦草匆促：写了春梅那病态的性饥渴和性迷乱，却一点儿也没描绘她的愉悦；写了周义的惊慌有措（逃跑之际不忘抵盗银两），却不去记述他在过程中的感受。

与她的前主子西门庆一样，春梅可谓将风情进行到底了。然则男女之事到了这种地步，床笫之私呈现的如此之不堪，还有何风情可言？不！这也正是风情，正是《金瓶梅》要讲述的风情故事的真意。此一书中，风情更多的是恶之花，是世俗生命中的病态，是市井生活一道光怪陆离的风景线。

小玉看到的鬼蜮世界

也就在此际，书中写"大势番兵已杀到山东地界，民间夫逃妻散，鬼哭神号，父子不相顾"。逃难途中，吴月娘的婢女小玉深夜醒来，窥见普静禅师念解冤经咒，看到的竟是一个鬼蜮世界：周秀、西门庆、陈经济、潘金莲等死去之人，尽皆登场。这些人无不与风情故事相关涉，或是当事人，或是受害者，皆现死时之惨状，口称往某处托生云云。这是本书人物的大收煞，而鬼蜮中凄雨腥风，也分明在孕育着下一世的风情。

月娘的噩梦

小玉夜半见鬼之时，吴月娘则沉沉一梦，一个素来清白贞节的女人，梦中竟也再次被人搂住：举家往济南灵壁寨投奔云参将，一则与孝哥儿和云小姐成亲，一则躲避战乱，未承想"云离守笑嘻嘻向前把月娘搂住"，月娘不肯，立刻便有血沥沥吴二舅和玳安两颗头提了上来；再不从，孝哥儿的脑袋又被云参将砍下来。这是吴月娘做的一个梦，是另一个鬼蜮世界，也是普静禅师提前演示的真实前景。如果吴月娘率家人真去投奔云参将，这就是最有可能的结局；这是西门庆遗属最可能的归宿，也是《金瓶梅词话》中最后一个血腥的半拉子风情故事。

小说之事，开篇难，收束更难。在两段虚虚实实的描写之后，在对吴月娘母子命运做了一番推演之后，作者又将场景转换到西门大院，孝哥儿被化入空门，玳安改名作西门安，奉养月娘到老，至七十岁善终。

跋

重读的愉悦

2020新岁第一天，晨起读张双棣先生校释的《淮南子》。那时的我对"新冠病毒"毫无意识，居住在京北昌平一个小山村，读书写作，享受退休后的闲暇时光，也为早年失学造成的"知识留白"补点儿课。而读至《说山训》"将军不敢骑白马"句，不禁霍然一惊！长期研治古典戏曲小说的经历，脑子里留下很深的白马将军形象，那银盔银甲、白马白袍的勃勃英姿，尤其是常山赵子龙在长坂坡的杀进杀出，怎么竟会有"不敢"一说呢？

一个疑问产生了，接下来自然是沉思反省，是捋着线头追索，翻检各种相关典籍，年节间在魏崇新兄府上小酌，也乘机请益切磋，写成一篇《白马意象论——兼议古典文学中战争书写的反智化倾向》，对古典小说戏曲追求极致的传奇笔法，对于生活本真、史籍记载与文学创作的差异化，进而对古典文学中有些作品将残酷战争等同儿戏，以类乎市井角力的程式化表演，遮蔽古人深邃的军事思想等等弊端，做了一些思考。文中引用了《三国演义》《西厢记》的例子，亦专有一节谈到《金瓶梅》——西门庆也有一匹白马，也爱骑着白马在街上摇摆。

就为了那短短一小节文字，又把这部大书几乎翻了个底儿掉。

纳博科夫说："只有重读才是真正的阅读。"略觉偏执，但在道理上极是。根据个人的读书经历，我想说：对于那些内蕴丰厚的经典著作，每一遍细读，都能获得新的认知和愉悦。以《金瓶梅词话》为例，我与白维国兄一起做过校注，后来个人为全书做过评点，中间还想编一本专书辞典，已经弄不清读的遍数，也弄不清这种带着目标（功利性）的点校注评算不算真正的阅读。为作家社搞"评点本"时，我刚调到中国文化报社，编务繁杂，是以起了个"双舸榭"的室号，自谑是脚踏两只船也。而2010年再调至国家清史办，一头扎进清代典籍的浩瀚文卷中，学术兴趣大转移，不光较少细读《金瓶梅》，连相关的学术会议也远离了。退休后专注于掘发黑龙江的史料，应邀在《三联生活周刊》上开设有关中俄东段边界的专栏，一晃又是两度春秋。喜欢这个刊物，几位有操守和社会责任感的带头人，一帮朝气蓬勃的男孩女孩，做得认真且大不易。主编李鸿谷曾多次说起，也约来负责"中读"的俞力莎晤面，希望我能讲一下《金瓶梅》，皆以文债太多推却。孰知去年春间，一个海棠盛开的日子，力莎带着团队中的几个编辑到我的山中小院来了。力莎在北大读书时入山鹰社，参加过世界上不少马拉松赛事，文静而沉毅，讲座的事也随之敲定。

此前曾听王蒙先生说开坛讲书之趣：晨起锻炼后，打开录音机，以"我是王蒙"开头，每讲约二十分钟，一次录四讲，可供播放两周，略不影响日常的写作。先生历来举重若轻，事务繁多而穿插得宜，可艳羡而难以仿效。我在一开始也是列个提纲，试图即兴发挥，但总是跑偏或打磕巴，只好提前准备讲稿。而"中读"的小组通常三人，一人录制，一人核稿，一人记录。负责这个项目的叫傅婷婷，其他有李响、李南希、金寒芽，最后还来了一位实习生王佳音。她们会谛听，会以眼神或竖起大拇指鼓励，也会在暂停时说：

"老师，刚才有个字您读得不对吧"……就这样每周一次远远从市区来到山里，几乎持续了整个夏天。

伴随着这次开讲，我又一次重读了《金瓶梅词话》。请原谅我在说到这部书时大多带有"词话"二字，皆因个人对此版本情有独钟，较少去研读比对其他版本。我也拜读与参考了近年出版的一些研究著作，如涉及第二十七回"李瓶儿私语翡翠轩 潘金莲醉闹葡萄架"中"瑞香花"的一段，就借鉴了扬之水的学术成果，恰是自己原先所忽略的。"词话本"的驳杂、粗疏和随处可见的错讹，历来已为人抉剔疵议；而其内容的深邃精警、文字的无工之工、人物的穷极世态，还期待于深入细读与体悟。当然不是每一本书都值得重读，但《金瓶梅词话》值得。看到迟子建出了一部新作《烟火漫卷》，尚未获读，已从书名感觉到一种活色生香，而《金瓶梅词话》应该是欲望漫溢。心平气和地去读吧，你会在情欲物欲恣肆流淌的画面上，看到道德与智慧的微光，会得到一次灵魂的荡涤，而最终会获得审美的愉悦。

也要感谢《三联周刊》将这个专栏纳入出版规划，感谢负责图书推广的段珩付出的辛劳——她整理汇纂了各次讲稿，在年假期间仍不忘与我反复沟通。此书得以与陕西人民出版社合作，对我来说也是一件愉快的事情：该社社长惠西平乃多年挚交，曾邀我撰写《国之大臣——王鼎与嘉道两朝政治》一书，由关宁和韩琳担任责编，留下美好记忆。这个讲座播出之初，韩琳即联系希望获得出版权，我答应与三联沟通。至岁杪，西平老弟台归隐林下，偕接掌社务的宋亚萍总编辑来京，韩琳等随行，席间告知此事已成，大家都很高兴，多喝了两杯。

对书名颇费斟酌，最后确定了"软红尘"三字，是采纳妻子悦苓的意见。其是红尘的加强版，也被简为"软尘"，以纷扬的尘土喻京师繁华，喻市井